Los astronautas de Yavé

Biblioteca J. J. Benítez
Investigación

Biografía

J. J. Benítez (56 años). Casi 30 de investigación. Más de 100 veces la vuelta al mundo. Está a punto de alcanzar su libro número 40. Cuatro hijos. Dos perros. Dos amores (Blanca y la mar). Apenas cinco amigos de verdad. Y un JEFE: Jesús de Nazaret.

J. J. Benítez

Los astronautas de Yavé

Planeta

Avinguda Diagonal 662, 6.ª planta. 08034 Barcelona (España)

Diseño e ilustración de la cubierta: Opalworks
Fotografía del autor: © José Antonio S. de Lamadrid
Primera edición en esta presentación en Colección Booket: marzo de 2003
Segunda edición: junio de 2004
Tercera edición: agosto de 2004

Depósito legal: B. 37.009-2004
ISBN: 84-08-04674-8
Impresión y encuadernación: Litografía Rosés, S. A.
Printed in Spain - Impreso en España

ÍNDICE

A Tirma, Lara y Raquel,
las mujeres de mi vida

ALGO ASÍ COMO UNA «DECLARACIÓN DE PRINCIPIOS»

Supongo que este momento le llega a todo el mundo.

Y aunque debo advertir al lector —no por afán de justificarme, sino por el más estricto respeto a la verdad— sobre mi profunda ignorancia, es tiempo ya de definirme y definir lo que ha ido posándose en mi corazón.

No soy ajeno al negro fantasma del error. Sé que ahora mismo puede estar planeando sobre estas líneas. Pero, a pesar de ello, correré el riesgo.

A estas alturas, y después de dar varias veces la vuelta al mundo, he reunido suficientes pruebas y testimonios como para saber —con absoluta certeza— que los mal llamados ovnis existen.[1] Si después de comprobar que han sido filmados, fotografiados, detectados en los radares civiles y militares, que han sido perseguidos por los «cazas» de los Ejércitos de medio mundo, que han sido observados, en fin, por miles de testigos de todas las categorías profesionales y culturales, si después de todo eso y de haberlos visto y fotografiado personalmente no creyera en la realidad ovni, no sería un prudente investigador, como pretenden algunos...

Sería un estúpido de solemnidad.

No voy a cubrirme, por tanto, con frases tan huecas como cargadas del «miedo al qué dirán...» Al menos en aquellas facetas del fenómeno ovni en las que las pruebas cantan. Las hipótesis sobre el origen de estas naves y sobre las intenciones y objetivos de sus ocupantes es harina de otro costal...

1. J. J. Benítez es autor de las siguientes obras sobre el tema: *Ovnis: S.O.S. a la Humanidad, Cien mil kilómetros tras los ovnis, Ovnis: Documentos Oficiales del Gobierno Español, TVE: Operación Ovni, Existió otra Humanidad, El Enviado, Incidente en Manises* y *Encuentro en Montaña Roja.*

Y he dicho «naves». He aquí un segundo pronunciamiento. El análisis de esos cientos de miles de pruebas —las formas y aspecto de los ovnis, sus bruscas aceleraciones y frenazos, su pasmoso desafío a las leyes gravitacionales, el silencio con que se desplazan y las velocidades que desarrollan, inimaginables aún para la tecnología humana— llevan a cualquier mente medianamente lúcida y racional a una única conclusión: nos hallamos ante máquinas. Supermáquinas, quizá...

Esto es lo que creo: los ovnis —una vez separada la «harina» de los casos auténticos del «salvado» de la confusión y del error— no son otra cosa que «astronaves». Pero ¿de dónde?

Y llegamos al tercer y último postulado. En mi opinión —y a la vista también de los miles de casos espigados en todo el mundo desde hace ya más de treinta años—, esas máquinas o vehículos son dirigidos o tripulados en la mayor parte de los casos por seres de formas antropomórficas. Es decir, y para no andarnos con laberintos, seres parecidos al hombre. En mi andadura tras los ovnis he podido investigar más de 200 casos de personas de toda honestidad que afirman haber visto a estos «tripulantes».

He dicho seres «parecidos» al hombre. Quiero reflejar con ello que, de acuerdo con esos miles de avistamientos, los «pilotos» de los ovnis no son exactamente iguales a nosotros. Varían en sus tallas, volumen craneal, ausencia de pabellones auditivos, movimientos más o menos naturales —siempre sosteniendo como referencia nuestra gravedad—, presencia de escafandras y un largo «etc.».

¿Dónde quiero ir a parar?

Muy sencillo: en base a esas miles de declaraciones de testigos que afirman decir la verdad,[2] los expertos e investigadores con un cierto sentido común —y espero encontrarme todavía en dicho «pelotón»— consideran que dichos «tripulantes» no pueden ser habitantes de la Tierra. Sus características, aun ofreciendo los rasgos y atributos esenciales de la naturaleza humana, no los etiquetan como rusos, norteamericanos, latinos o asiáticos.

¿Qué piloto yanqui se vería obligado a utilizar una ex-

2. A la hora de valorar un testimonio no podemos ignorar que, en Derecho, la declaración de un ciudadano tiene —por sí mismo— el suficiente peso y seriedad como para que los tribunales consideren dichas palabras como «pruebas testificales». Y yo me pregunto: ¿por qué esas manifestaciones no pueden gozar del mismo carácter testifical cuando el testigo afirma haber visto un ovni? ¿Cuántas personas son condenadas o absueltas en el mundo, en base a los testimonios de segundos o terceros declarantes?

traña escafandra en plena sierra Cespedera, en la provincia de Cádiz? ¿O qué astronauta soviético se movería «a cámara lenta» en mitad de un bosque sueco, a escasos kilómetros de Estocolmo?

¿Es que tenemos noticias de «humanoides» ingleses o alemanes que no alcancen siquiera el metro de estatura?

¿Cuándo se ha conocido en toda la Historia de la Medicina de este astro frío un solo ciudadano «normal» cuyo occipital[3] arroje un tamaño triple al de una cabeza estándar?

Y ejemplos como éstos —insisto— se cuentan por miles...

Para una mente sana, racional y lo suficientemente informada, esos seres sólo pueden proceder de fuera del planeta.

Llegados a este punto —y manteniendo siempre el mismo grado de sinceridad—, los investigadores y estudiosos del fenómeno sólo podemos encogernos de hombros.

Es precisamente a partir de aquí cuando —necesariamente— todos elucubramos. Mientras no se registre ese histórico encuentro entre el hombre de la Tierra y los «hombres» que nos visitan, lo más que podemos hacer es teorizar, sospechar, imaginar...

Y en esa órbita me moveré a partir de ahora. Que nadie tome mis palabras como una verdad demostrada. Ni siquiera como una verdad. Sólo me mueve el corazón. Y por encima, incluso, de los sentimientos, el respeto.

Respeto —no docilidad borreguil— a unas tradiciones que, como trataré de exponer, no comparto en ocasiones.

Pero no nos desviemos del sendero principal...

Una vez sentado que los tripulantes de los ovnis no son «terrestres», ¿cuál puede ser su origen?

Un cuidadoso reconocimiento de los más sólidos casos de «encuentros» con estos seres me ha hecho reflexionar sobre una posible doble procedencia.

Al desmenuzar las descripciones de los testigos, uno deduce —casi por pura lógica— que esos tripulantes son de carne y hueso. Me estoy refiriendo a la casi totalidad de los «encuentros».

Todo hace pensar que no son otra cosa que «astronautas» —con o sin cascos espaciales, con o sin las ya esbozadas diferencias anatómicas respecto al hombre, con o sin sometimiento, en fin, a la gravedad terrestre— en

3. Hueso occipital, situado en la parte trasera del cráneo, correspondiente al occipucio.

misiones específicamente científicas y exploratorias. ¿Por qué si no se les ve recogiendo muestras de cultivos, de minerales, de ganado...? Sólo un afán de conocimiento podría llevarles a sobrevolar las grandes urbes, las instalaciones militares, las centrales nucleares, las más destacadas factorías del planeta, las flotas o los monumentos. A través de este prisma puramente intelectual —posiblemente «universitario»— sí cabe encontrar una razón que satisfaga la lógica humana. Esto no quiere decir, ni mucho menos, que nuestra lógica sea la de ellos...

Pero, suponiendo que así fuera, esos objetivos «científicos» justificarían de alguna manera sus violentas aproximaciones a turismos, aviones, embarcaciones o sondas espaciales.

A la luz de esta hipótesis, esos cientos —quizá miles— de razas que estamos observando desde hace siglos tendrían sus hogares en mundos básicamente parecidos al nuestro. Es lógico creer que toda esa miríada de seres pensantes y de formas anatómicas iguales o parecidas a las del hombre de la Tierra debe arrancar de astros cuyas condiciones fisicobiológicas estén en los límites —más o menos— que conocemos para nuestro propio hábitat.

Si sabemos que nuestra galaxia tiene más de 117 000 años-luz,[4] en su longitud máxima, ¿cuántos miles de millones de planetas serán «hermanos» o «primos-hermanos» de la Tierra? No debemos caer en este sentido en la «miopía» o «ceguera» mental de otras generaciones, que, por ejemplo, a pesar de los miles de testigos, rechazaron «que pudieran caer piedras del cielo, por la sencilla razón —esgrimieron los científicos franceses de finales del siglo XVIII— de que en el cielo no hay piedras...»

Y se quedaron tan anchos. Hoy, la presencia de meteoritos no sólo ha sido mundialmente aceptada, sino que, gracias a esas «piedras» siderales, la Ciencia ha llegado al convencimiento de que los «ladrillos» (los aminoácidos) para la «edificación» de la Vida son básicamente iguales en todo el Cosmos.

Entra dentro de lo posible también que parte de esos visitantes proceda, no de nuestro Universo físico y visible, sino de otro o de otros llamados «paralelos», cuya comprensión se hace todavía más angustiosa.

Esos Universos, seguramente, son tan físicos y mensu-

4. Un «año-luz» es la distancia que puede recorrer un rayo de luz en 365 días, a una velocidad aproximada de 300 000 kilómetros por segundo.

rables como el que apenas conocemos y que nos envuelve. La gran diferencia podría estar —siempre de la mano de la especulación— en el hecho evidente de que no logramos verlos ni registrarlos. Y, sin embargo, como digo, pueden «ocupar» el mismo «espacio» y el mismo «tiempo» que el nuestro —¡cómo limitan las palabras!— aunque sometidos a ritmos o vibraciones atómicas diferentes a las que conocemos.

Por esta misma regla de tres, nuestro Cosmos puede permanecer ignorado para muchas de las posibles civilizaciones que habiten en dichos Universos «paralelos» y que no hayan alcanzado aún el suficiente nivel técnico o espiritual como para «descubrir» esos otros «marcos dimensionales» y «viajar» hasta ellos.

Éste, precisamente, puede ser el «camino» para los grandes viajes interestelares o para pasar de unos a otros universos. Supongamos que una raza ubicada en un Universo «paralelo» alcanza un nivel técnico capaz de detectar otros mundos habitados, pero en un Cosmos como el nuestro; es decir, invisible del todo para ellos. Bastaría con hacer «saltar» una de sus naves o vehículos de su marco tridimensional natural al nuestro. Y esos «astronautas» —de carne y hueso— «aparecerían», por ejemplo, en cualquier punto de nuestro Universo, sin necesidad de haberse «trasladado» por el Espacio, tal y como lo concebimos en nuestro cerebro. Para eso, claro está, hace falta un perfecto conocimiento de los llamados «Universos paralelos» y una tecnología tan sofisticada que hoy, en pleno siglo XX, sólo podemos relacionarla con la ciencia-ficción.

Pero, salvando las distancias, ¿es que no hubiera sido ficción para Napoleón una visita a cualquiera de los portaaviones de la VI Flota USA en el Mediterráneo? Y sólo han transcurrido doscientos años...

¿Qué habría pensado el bueno de san Pedro si alguien le hubiera hablado, no de su silla papal, sino de otra «silla» —la «eléctrica»— capaz de electrocutar a un hombre en un segundo?

Para qué seguir...

¿Cómo podemos hablar de «imposibilidad para salvar tales distancias intergalácticas» si ni siquiera conocemos la naturaleza y estructura de nuestras propias partículas subatómicas? ¿Cómo podemos ser tan insensatos de juzgar lo que no conocemos?

El hecho de que no tengamos la explicación definitiva para el fenómeno ovni no quiere decir que éste no exista.

En cuanto a la segunda gran fuente de origen de estos seres extraterrestres —y también en base a una no menos considerable relación de casos—, creo firmemente en otros «planos» o «realidades» en los que existe una vida pensante. (Si las palabras me limitaban a la hora de interpretar los «universos paralelos», ¿qué puede ocurrirme ahora...?)

«Planos» o «realidades» o «estados» o «Universos» —qué más da la etiqueta que le colguemos— en los que seres inteligentes e infinitamente más evolucionados que el hombre de la Tierra y que los «hombres» quizá de la galaxia o de esos mundos «gemelos», vivan bajo formas físicas tan asombrosas para nuestra mente como pueda ser, por poner un ejemplo, la pura energía lumínica o mental. «Seres» quizá no encadenados al torrente del tiempo, como ocurre con nuestra civilización. «Seres» adimensionales tan cercanos, en definitiva, a Dios que sólo podrían ser asociados con el pensamiento o con los sentimientos...

«Seres» que quizá escalaron esa cómoda y desconcertante «vida» después de un largo y penoso proceso de perfección. «Seres» —¿quién sabe?— que quizá fueron creados directamente en dicho estado...

«Seres», en fin, capaces de penetrar en los miles o millones o infinitos «marcos dimensionales» tan ajenos como distantes de su «hábitat» y que, de alguna forma, «tienen encomendados».

No creo que repugne a la razón la existencia de entidades cuyas «estructuras» mentales —otra vez las palabras...— hayan alcanzado niveles tales de perfección que se vean libres de las cadenas que todavía sujetan a formas humanas como la nuestra.

Obviamente —y al estar mucho más cerca de la Verdad que nosotros— esas «civilizaciones» podrían entrar o descender a planetas como la Tierra con objetivos radicalmente distintos a los de la pura investigación o exploración científica.

Su presencia a lo largo de la Historia de una Humanidad como la que está pasando sobre el planeta obedecería, por ejemplo, a necesidades de «rango superior». Estoy más convencido cada día de que nada queda al azar en los «Universos» o en nuestras existencias individuales.

Pero antes de aventurarme en el análisis de esas estrategias o misiones de «rango superior», quisiera ir más allá. Es más que probable que, a partir de unos niveles mínimos en el desarrollo mental y tecnológico de las razas que pueblan los infinitos Cosmos, la intercomunicación sea una realidad igualmente clara y constatable.

Si la espiral de la evolución en cualquier forma pensante —como creo— conduce inevitablemente a una más profunda vinculación con la Fuerza o Energía que llamamos Dios, es casi matemático y obligado que todas esas civilizaciones o seres terminen por «trabajar» con una única y formidable meta: la aceleración del conocimiento de Dios en todos los rincones y en todos los tiempos de la Creación. (Y no puede quedar más lejos de mi mente en estos momentos el pobre y demacrado panorama de un Dios única y exclusivamente clerical o antropomórfico...)

Ese hermosísimo «trabajo» —que quizá lleguemos a comprender algún día y en el que participaremos a nivel cósmico— está siendo desplegado por una legión de seres y entidades, mucho antes, incluso, de que el hombre apareciera sobre la Tierra.

¿Y en qué puede consistir esa «estrategia» o «misión» de «rango superior»?

Por un mero principio de economía estimo que la Creación estará organizada de tal forma que núcleos inmensos de seres sean los responsables de «parcelas» concretísimas. Es muy posible que las «responsabilidades» aparezcan en razón directa al índice de perfección de tales seres o «paquetes» de seres.

Echemos mano de un ejemplo que, aunque grosero, quizá ilustre lo que intento definir.

Todos somos conscientes del grado de responsabilidad y desarrollo técnico y espiritual que llena nuestro mundo. Aunque nos duela, ese «termómetro» o «radio-faro» de la Humanidad del planeta Tierra arroja una temperatura y unos destellos tan fríos y débiles que sería poco menos que una locura otorgarnos la tutela de una determinada área universal. Tal y como se comporta nuestra civilización, los hipotéticos seres pensantes a proteger recibirían de todo menos ayuda.

Es más. Suponiendo, como supongo, que una de las banderas más respetadas en el orden cósmico es la de la libertad individual y colectiva, difícilmente puedo pensar en «mensajeros», «misioneros» u «operarios» de la Gran Energía que no hayan superado —y con creces— este principio sagrado.

Es muy posible, incluso, que sólo a partir de muy altas gradas en la escala evolutiva sea posible la «intervención» o «mantenimiento» o «vigilancia» en Universos o mundos que están en los comienzos de esa gran carrera hacia la Perfección.

Una vez sentada esta premisa, todo resulta más fácil. Los «mandos intermedios» en ese formidable «escalafón» que deben conformar las creaturas al servicio de la Perfección conocen «su trabajo». Y lo cumplen y ejecutan, siempre de acuerdo con principios y programas establecidos «a niveles superiores».

Y aunque tampoco me satisface, he aquí otro ejemplo que —ojalá— puede que simplifique mis pensamientos:

En esa caricatura de lo que Jesús de Nazaret quiso hacer y decir en el planeta Tierra —y que llamamos Iglesia— difícilmente los «mandos intermedios» (obispos) llegarán a ocuparse personalmente del cúmulo de trabajos a que obligan, por ejemplo, las pequeñas o grandes parroquias de cada zona. Esas misiones, sencillamente, están en manos de la «infantería»: los sacerdotes.

Éstos, salvo excepciones, tampoco se sitúan en las «órbitas» del «estado mayor» (el Colegio Cardenalicio), que suele ser quien planifica y vela por las líneas maestras de la gran superestructura.

Cada cual tiene su misión y el conjunto —al menos teóricamente— debe funcionar con un único propósito: elevar al hombre, cada vez más, en su dignidad de hijo de Dios.

Pues bien, en una audaz traspolación, éste podría ser el «esquema» de «trabajo» a escala cósmica. Y nosotros, los mundos como la Tierra, entraríamos de pleno —queramos o no— en el catálogo de las «parroquias» más atrasadas, polvorientas y maltrechas de la gigantesca «diócesis» que debe ser la Creación.

Y en nuestro caso particular, con ciertos «agravantes» de todos conocidos.

Nuestra «parroquia», en fin, es casi seguro que fue encomendada a concretísimos «mandos intermedios» de la jerarquía celeste. Y con ella, otros muchos seres pensantes, también en pleno período evolutivo y ubicados físicamente en una o quién sabe cuántas galaxias. Esos «mandos intermedios» —siempre conectados al «estado mayor»— pueden disponer de legiones o miríadas de seres (la «infantería») que son los encargados y responsables de poner en marcha, de «ver cómo van las cosas» o de «corregir» todos y cada uno de los mecanismos que intervienen en el nacimiento y progresiva evolución de una colectividad de seres inteligentes.

Encuentro perfectamente posible, y mucho más racional que las doctrinas tradicionales al respecto, que «misiones» de «inyección» —por utilizar una expresión terrestre— de la «conciencia espiritual» en determinados seres irracionales sea asunto de los «mandos intermedios» o, incluso, de la «infantería» que del propio Dios. Siempre he creído que la Gran Energía utiliza a esa inmensa lista de «intermediarios» suyos para perpetuar lo ya creado.

¿O es que el Papa es el responsable directo y personal del bautizo de cada nuevo cristiano?

En mi opinión —e insisto en el hecho de que sólo estoy teorizando— resulta mucho más hermoso y propio de un Dios «generador» que sean sus creaturas las encargadas, ni más ni menos, de la selección del momento y de los seres que, por sus características, están llamados a ser hijos del Innominado. Pero para desempeñar esa trascendental tarea, como apuntaba anteriormente, se necesita una talla mínima en la espiral de la Perfección. Nosotros, sencillamente, ni sabríamos ni podríamos...

Una vez depositada en el ser la semilla o la chispa de la inteligencia y de la inmortalidad, los servidores de Dios —llamémosles «ángeles», «enviados» o «astronautas»— deberán permanecer muy cerca de esa nueva colectividad, procurando que su libre albedrío no se vea anulado y que, al mismo tiempo, dispongan de los elementos mínimos para un lento pero firme proceso de integración en la magna comunidad de la que han surgido y de la que no serán conscientes por mucho tiempo.

Esta apasionante «misión» —así me lo dicta el corazón— puede estar encomendada en ocasiones no sólo a seres puramente energéticos o desprovistos de soporte físico, sino también a civilizaciones de carne y hueso, pero que hayan dejado atrás muchas de las miserias que todavía esclavizan al hombre del planeta Tierra. Civilizaciones supertecnificadas que pueden habitar en Universos como el nuestro o —¿por qué no?— en otros Cosmos «paralelos».

Civilizaciones, en fin, que tuvieron acceso un día a buena parte del conocimiento de la Verdad. Civilizaciones que, en esa espiral de la Perfección, han llegado a tales extremos que puedan «dominar» el tiempo, las fuerzas de la Naturaleza y algo peligroso y que galopa siempre a la sombra del progreso y que nosotros llamamos soberbia...

Civilizaciones que nada tienen que ver, evidentemente, con la nuestra.

Esos seres —a mí me gusta llamarles «astronautas»— pueden estar colaborando íntimamente con la «infantería» o con los «mandos intermedios» de escalas superiores y de naturalezas, repito, básicamente distintas a las suyas y, consecuentemente, a la nuestra.

Ese entendimiento —¿por qué no?— puede ser perfectamente posible cuando se alcanzan esas cotas mínimas de perfección evolutiva. Salvando nuevamente las distancias, ¿es que el hombre no está tratando de «comunicarse» con las plantas, mediante el uso de sofisticados paneles electrónicos? ¿Qué hubieran pensado nuestros antepasados ante semejantes ensayos científicos?

Como consecuencia de esos «contactos», los «astronautas» pudieron hacer acto de presencia en nuestro mundo. E inevitablemente fueron tomados por «dioses», «ángeles» o «enviados». Y así consta en las tradiciones, leyendas o libros sagrados.

Pudo ser prudente que en determinadas fases de la difícil y atormentada evolución de la Tierra, esos «vigilantes» del Espacio tomaran parte de una forma directa o más activa de lo habitual. ¿A quién enviar entonces? ¿A los seres adimensionales o puramente energéticos? La más elemental lógica no lo hubiera considerado eficaz. ¿Cómo se habrían comunicado con los primitivos pueblos humanos? ¿Cómo hubieran conjugado una mínima aproximación al hombre con la transmisión de los mensajes e ideas claves para su evolución? El terror a lo desconocido se hubiera incrementado en estos casos hasta límites traumatizantes y de imprevisibles consecuencias...

¿Qué hacer entonces?

Muy simple: el «estado mayor» o los «mandos intermedios» de la Creación pudieron aconsejar y arbitrar que fueran seres básicamente idénticos al hombre del planeta Tierra los que descendieran sobre el hermoso mundo azul. Y que esas civilizaciones de carne y hueso, supertecnificadas y tan próximas a los planes divinos, fueran las responsables de aquellos «trabajos» en los que era obligada una o múltiples «aproximaciones» al género humano.

Y esto, sin duda, pudo quedar establecido mucho antes, incluso, de que el hombre apareciera sobre el mundo...

La presencia de esas civilizaciones siderales en la historia de muchos pueblos de la Tierra, en sus leyendas y religiones, en sus ceremonias y folklore, quedaría así más que justificada. Y, sobre todo, aparecería más que lógico su enigmático comportamiento.

Y entre esos «programas de trabajo», los «misioneros» o «astronautas» espaciales recibieron uno definitivamente solemne: preparar la llegada a la Tierra de un ser superior, perteneciente al «alto estado mayor» de toda la Creación: un ser que iba a ser llamado Jesús de Nazaret.

Los preparativos del gran «plan»

No puedo evitarlo. Aunque sé el riesgo que entrañan las comparaciones, me veo empujado a tomar un nuevo ejemplo.

Hace tan sólo unos días pude ver y escuchar en la pequeña pantalla al obispo portavoz de la Conferencia Episcopal Española. Los «mandos intermedios» de la Iglesia se habían reunido para estudiar y tratar los afilados problemas que la acosan. Uno de los asuntos clave de dicha asamblea fue la programación de un próximo viaje del Papa, Juan Pablo II, a España.

Los obispos españoles —y es natural— se mostraron preocupados por esta visita del máximo responsable y jefe del «estado mayor» de la gran «estructura».

«... Tenemos que verificar muchas cosas —apuntó el obispo encargado de las relaciones con la Prensa—. Hay que perfilar esta estancia del Papa hasta en sus mínimos detalles. Por supuesto, habrá nuevas reuniones y se nombrarán comisiones especiales de trabajo...»

Las palabras del representante de los «mandos intermedios» me parecieron lógicas. Y supongo que así pensaron también los millones de telespectadores que pudieron oírle.

Pues bien, y saltando nuevamente a la arena de la hipótesis, si la Iglesia española se preocupa —y de qué forma— por el histórico viaje de su jefe supremo en la Tierra a nuestro país, ¿qué no pudo ocurrir hace miles de años, «una vez llegada la plenitud de los tiempos», cuando el Padre o la Gran Fuerza estimó que ya era el momento de que su Hijo apareciera en el planeta Tierra?

Y aunque dudo que los «métodos» y «recursos» del «estado mayor» o de los «mandos intermedios» de la Creación tengan algo que ver con los de la Iglesia Católica, parece lógico y sensato (siempre en base a nuestra raquítica lógica, claro está) que aquellas jerarquías celestes adoptaran también las medidas oportunas para el feliz desarrollo del gran «plan de la Redención humana».

Colocar a Jesús en la Tierra no creo que fuera una tarea complicada, aunque no por ello —supongo— debían descuidarse los detalles...

La gran complicación, imagino, pudo centrarse en el hecho de —por encima de todo— tener que intentar respetar la libertad individual y colectiva de los habitantes de tan arisco y primitivo mundo.

Y el «plan» recibió «luz verde»...

Y un buen día —hace ya más de 4 000 años—, esas civilizaciones elegidas o «voluntarias» —¿quién puede decirlo?— aparecieron con sus vehículos espaciales y su extraordinaria tecnología en esta mota de polvo que es la Tierra. Los «astronautas», sin duda, conocían el «plan» a la perfección. Su contacto y vinculación a los «mandos intermedios» o al «estado mayor» de los Cielos tenía que ser poco menos que constante. ¿Quién podría describir hoy las facultades y recursos mentales, espirituales y técnicos de estos seres, tan lejos de nuestra oscura forma de vida?

Estoy seguro que la Tierra fue «peinada» en su totalidad, con el fin de elegir la zona ideal donde pudiera nacer un día el gran «Enviado». Es posible que las naves de los «astronautas» llevaran a cabo minuciosas tareas de rastreo e investigación.

Y al fin fue detectado el que debería ser el «pueblo elegido». Y comenzaron los primeros «contactos» y «encuentros» con los primitivos patriarcas.

Y se produjo un fenómeno, quizá previsto por las jerarquías celestes y por los propios ejecutores materiales del gran «plan», por los «astronautas»: desde un primer momento, los hombres y mujeres elegidos por los seres del Espacio confundieron sus brillantes y poderosos vehículos con los tripulantes de los mismos, y viceversa. El «ángel del Señor», la «gloria de Yavé», la «nube de fuego» o la «columna de humo» venían a significar una misma cosa. La absoluta falta de nociones y de vocabulario por parte de aquellas gentes sencillas del desierto en relación a «máquinas» capaces de volar, de vencer la ley de la gravedad, de emitir luz y de las que entraban y salían otros seres no menos extraños, enfundados en trajes espaciales —quién sabe si provistos de escafandras— tuvo que provocar en sus cerebros una grave confusión a la hora de distinguir «astronautas» de «máquinas».

Imagino que este problema no revestía mayor importancia para los «astronautas». Todo lo contrario. Es posible que, a veces, lo considerasen altamente práctico y beneficioso para sus fines.

Dado el formidable abismo mental y evolutivo que separaba a los hombres de la Tierra de sus visitantes, cualquier intento para explicarles las verdaderas «razones» de su presencia en el mundo hubiera sido rematadamente negativo. No se trataba, a fin de cuentas, de mostrar a los seres pensantes del planeta Tierra unas técnicas o realidades que jamás hubieran asimilado o utilizado, sino de preparar un camino, un pueblo, una «infraestructura» —si se me permite la fórmula— para el gran momento: para la llegada, miles de años más tarde, del Cristo.

Siempre me he preguntado por qué el Padre o la Gran Energía o quizá el «estado mayor» de los cielos estimaron aquella remota época como el momento propicio para la encarnación de Jesús. Hoy sí hubiéramos «reconocido» —espero— esas formidables máquinas voladoras y a los «astronautas» celestes... ¿O no?

Hoy estamos en condiciones de interpretar y de comprender la luz eléctrica, la ley de la gravedad, los viajes espaciales, la utilización de cascos y de trajes «anti-g»... Y hasta hemos empezado a aceptar la idea de unos visitantes extraterrestres que llegan a nuestro mundo en vehículos que popularmente son bautizados con el nombre de «ovnis».

¿Por qué no fue retrasada entonces la llegada del «Enviado»? ¿No hubiera sido más fácil hoy su misión?

A decir verdad no he perdido la esperanza de llegar a saber algún día los motivos que decidieron al Padre o al «estado mayor» celeste a considerar aquellas fechas como «la plenitud de los tiempos...»

Es posible que muchas personas se pregunten por qué asocio términos bíblicos como «el ángel del Señor» o «la gloria de Yavé» o «la columna de humo» o «la nube de fuego» con astronaves y «astronautas».

Sé que no dispongo de las pruebas finales o absolutas. Nadie las tiene. Sin embargo, leyendo y releyendo los pasajes del Antiguo y Nuevo Testamento, así como los Evangelios apócrifos, las descripciones de aquellos testigos coinciden asombrosamente con las que hemos reunido en pleno siglo XX sobre ovnis.

He meditado mucho antes de dar este paso. Y ahora, al hacerlo, estoy contento de mi decisión. Sé que juego con puras teorías, pero algo me dice en el fondo del alma que puedo estar en lo cierto...

Aquellas formidables «luminosidades» que nos relatan los Libros Sagrados, aquellos seres «resplandecientes», aquel «carro de fuego», aquellas «nubes como ascuas» inmóviles sobre la Tienda de la Reunión, aquellos «ángeles» que subían y bajaban del cielo en mitad de una «gran luz», aquella «estrella», en fin, que guió a los Magos hasta Belén de Judá guardan una sospechosa semejanza con las naves, brillantes y silenciosas, que son observadas hoy en los cielos del mundo. Para cualquier persona medianamente informada de la realidad ovni, las coincidencias son abrumadoras.

Y lo he dicho muchas veces. Admitir que los «ángeles» que aparecen en la Biblia pudieran ser seres del Espacio —«astronautas» de carne y hueso— no oscurece, ni mucho menos, la grandiosidad y divinidad del «plan» de la Redención.

¿Por qué tenía que restar belleza o solemnidad a la llegada de Jesús de Nazaret la presencia en el mundo de todo un «equipo» de seres supertecnificados y superpróximos a Dios? ¿Es que el Papa no se sirve de los más rápidos y cómodos aviones a reacción para cruzar los cielos del planeta y llevar la palabra de Dios? ¿Es que el Cristo le haría ascos —suponiendo que apareciera en 1980— a las cámaras de televisión o a la difusión «vía satélite»?

Sensacionales «noticias»

No deseo extenderme más. Y creo que nunca hubiera adelantado mis pensamientos, de no ser por la delicada naturaleza de lo que voy a exponer a continuación. Siempre me ha gustado que sea el lector quien vaya descubriendo por sí mismo los resultados de mis investigaciones y hasta el trasfondo de mis últimas inquietudes.

En esta oportunidad, sin embargo, he querido que fuera diferente. No siempre se enfrenta uno a pasajes tan trascendentales como la concepción virginal de María, su infancia, el nacimiento de Jesús y las posibles vinculaciones de todo un «equipo» de «ángeles» o «astronautas» con estos hechos.

Porque éstos, nada más y nada menos, han sido los blancos de mi investigación.

Tanto el Antiguo como el Nuevo Testamento ofrecen abundantes relatos donde ese «equipo» de «astronautas» aparece siempre en momentos decisivos. No obstante, y a pesar de mi interés por hallar explicaciones lógicas y racionales, ninguna de las que ha llegado a ofrecerme la Iglesia y los exégetas o especialistas en temas bíblicos ha terminado de apagar mi inquietud. No eran suficientes las cómodas «salidas» de los teólogos, que sumergen siempre los «temas difíciles» o «comprometidos» en la neblina del «misterio de fe» o de los «géneros literarios» o del «hecho sobrenatural»...

Por otra parte, como digo, esos «ángeles» y sus manifestaciones guardan demasiada semejanza con lo que yo llevo investigado en ese otro campo de los «no identificados». Era preciso bucear, por tanto, en otras direcciones. Aun con riesgo de equivocarme. Lo sé...

Había —y hay— demasiadas incógnitas en la preparación de la llegada de Jesús. ¿Cómo pudo ser la concepción virginal? ¿Por qué fue elegido aquel pueblo y no otro como «base o infraestructura» de todo un sistema monoteísta? ¿Por qué el «estado mayor» celeste consideró el Próximo Oriente como la zona idónea para el nacimiento del Mesías? Y, sobre todo, ¿cómo pudo desarrollarse el parto del «Enviado»?

Ni los Evangelios canónicos, ni por supuesto los teólogos, aclaran estos extremos con la suficiente transparencia. En ocasiones —para qué engañarnos— el miedo al encuentro con tales verdades les paraliza y casi todos «huyen», disimulando su impotencia con tesis rimbombantes que, supongo, no convencen ni a ellos mismos.

Y en esa búsqueda tropecé un día con los llamados Evangelios apócrifos.

Mi sorpresa fue creciendo conforme fui devorando aquellos textos poco menos que malditos hasta hace unos años. Allí encontré datos, precisiones, informes, referencias y descripciones que me estremecieron. Aquello sí era racional. Aquello sí despejaba algunas de las grandes incógnitas...

Allí, por ejemplo, sí empecé a intuir por qué Jesús tuvo que nacer en una cueva y no en un establo.

Allí sí me ofrecían una información infinitamente más verosímil sobre la persona de san José, sobre sus dudas y sobre el curioso juicio a que se vio forzado...

Allí me di cuenta del gran error que ha supuesto considerar a la familia «humana» de Jesús como pobres ciudadanos, poco menos que harapientos e indigentes de solemnidad. Nada más lejos de la realidad...

A través de los apócrifos ratifiqué hasta la saciedad la constante y meticulosa «inspección» del «equipo» de «ángeles» o «astronautas» en relación a los «abuelos» de Jesús y no digamos respecto a la pequeña María.

Allí estaba claro como la luz que la «estrella» de Belén no había podido ser una estrella...

Y lo más hermoso y esperanzador —no me cansaré de repetirlo— es que las «nuevas noticias» sobre la llegada del Salvador sólo contribuían a engrandecer el «plan» de la Redención del hombre de este viejo y rebelde planeta, perdido en una de las más bajas curvas de la espiral de la Perfección.

Y antes de pasar ya a la exposición de esas sensacionales «noticias» sobre un «plan» que no considero cerrado, espero que después de la lectura de este trabajo ningún principio o sentimiento se vean heridos.

Esto no es Teología, ni mis aspiraciones son las de sentar cátedra. Si mi impaciente búsqueda de la Verdad —y este reportaje es sólo eso— estimula a otros a seguir buscando, mi esfuerzo no habrá sido baldío.

1

LOS ASOMBROSOS Y DESCONOCIDOS EVANGELIOS APÓCRIFOS

«... Y en aquel momento la estrella aquella, que habían visto en el Oriente, volvió de nuevo a guiarles hasta que llegaron a la cueva, y se posó sobre la boca de ésta. Entonces vieron los magos al Niño con su Madre, María, y sacaron dones de sus cofres: oro, incienso y mirra.»

Este párrafo —extraído de los Evangelios apócrifos y concretamente del llamado Protoevangelio de Santiago (XXI, 3)— me decidió, en buena medida, a escribir el presente libro.

Me impresionó.

E inicié una devoradora lectura de cuantos apócrifos pude localizar.

La famosa estrella de Belén de Judá me intrigaba desde hacía tiempo. Y ahora, nuevamente, la tenía ante mí. Y volvieron las viejas preguntas:

¿Se trataba realmente de una estrella? ¿Por qué guiaba a los magos? ¿Por qué se «posó» delante de la cueva donde nació Jesús de Nazaret?...

Tengo que reconocer que, después de recorrer más de 300 000 kilómetros tras los ovnis, la estrella en cuestión me resulta «familiar».

Pero vayamos por partes.

La verdad es que no podía sospechar lo que encerraban estos apócrifos.

Al concluir el estudio de los mismos sentí la necesidad de escribir mis pensamientos e impresiones. Creo que muy pocas personas han tenido la oportunidad de conocer los textos de dichos Evangelios apócrifos. Y esto me animó a transcribirlos. Al menos, a divulgar aquellas partes que, para mí, guardan un interés muy especial.

2

LOS EVANGELISTAS «TITULADOS» Y LOS «INTRUSOS»

Si he de ser sincero, tuve que recurrir al Diccionario de la Real Academia para conocer exactamente el significado de «apócrifo».

Había oído hablar de los Evangelios apócrifos. Pero no terminaba de entender por qué, precisamente, se les llamaba así.

He aquí lo que apunta el Diccionario Ideológico de la Lengua Española.

«Apócrifo: dícese de los libros de la Biblia que, aunque atribuidos a autor sagrado, no están declarados como canónicos.»

El problema empezaba a esclarecerse. Sin embargo, al leer lo de «canónicos» me entraron nuevas dudas. ¿Y qué es exactamente «canónico»? ¿Por qué unos libros están declarados como tales y otros no? ¿Qué criterio o valoración se había seguido para ello?

La cosa era sencilla. «Canon» es «el catálogo de libros sagrados admitidos por la Iglesia Católica».

En realidad, la cuestión quedaba reducida a un único punto: ¿y qué criterio seguía la Iglesia Católica para decidir si un libro tenía carácter apócrifo o canónico?

El asunto, según he podido comprobar, recibe una «larga cambiada» por parte de los teólogos y estudiosos de la Biblia con un planteamiento pleno de fe, pero disminuido en su carácter racional y científico.

«La Biblia, y por tanto los libros canónicos —dicen los expertos— está inspirada por Dios.»

Esto significa que todo cuanto hubiera podido ser escrito sobre Cristo —incluso en vida del Maestro—, pero que no fuera reconocido por los hombres que forman la Iglesia como «inspirado», no tiene el menor valor canónico.

El tema, cuando menos, se presta a discusión.

Y no es que yo dude del referido carácter divino de esos libros. Creo en Dios y considero que, efectivamente, puede ser. Pero si la propia Iglesia Católica reconoce que buena parte de esos Evangelios apócrifos fueron confeccionados por autores sagrados, ¿por qué no son incluidos en el «lote» bíblico? Y lo que es peor: ¿por qué durante siglos han sido perseguidos y condenados?

Según la propia Biblioteca de Autores Cristianos —declarada de interés nacional—, «apócrifo», en el sentido etimológico de la palabra, significa «cosa escondida, oculta». Este término servía en la antigüedad para designar los libros que se destinaban exclusivamente al uso privado de los adeptos a una secta o iniciados en algún misterio. Después, esta palabra vino a significar libro de origen dudoso, cuya autenticidad se impugnaba.

Entre los cristianos —prosigue la BAC— se designó con este nombre a ciertos escritos cuyo autor era desconocido y que desarrollaban temas ambiguos, si bien se presentaban con el carácter de sagrados.

Por esta razón, el término «apócrifo» vino con el tiempo a significar escrito sospechoso de herejía o, en general, poco recomendable.

En algo tiene razón la Iglesia. No todo el «monte es orégano». Quiero decir que, con el paso del tiempo, han surgido tantas historias de la vida y milagros de Jesús que resulta laborioso separar el grano de la paja.

Sin embargo, y a pesar de todo ello, la propia Iglesia Católica reconoce hoy el valor de algunos de estos textos —llamados, como digo, Evangelios apócrifos—, en los que se amplían o dan a conocer por primera vez algunos pasajes de la natividad, infancia y predicación del Señor.

El mismo san Lucas asegura que, ya desde el principio, muchos emprendieron el trabajo de coordinar la narración de las cosas que tuvieron lugar en tiempo de Jesús.

Esto resulta lógico y del todo humano. En realidad se venía haciendo desde hacía siglos con los grandes personajes griegos, romanos, sumerios, egipcios, etc. ¿Por qué no hacerlo con Jesús de Nazaret, hacedor de milagros, Hijo del Dios vivo, revolucionario para muchos y enfrentado a los Sumos Sacerdotes de Israel?

Resulta igualmente verosímil que alguien tuviera la feliz iniciativa de relatar y dejar por escrito cuanto había hecho y dicho el Maestro. Esa idea —estoy seguro, como periodista que soy— debió florecer muy poco tiempo después de la muerte y resurrección del Cristo.

Parece claro que esa tarea de «reconstruir» la vida de Jesús fuera emprendida no sólo por los cuatro evangelistas oficialmente aceptados, sino por otros apóstoles, discípulos y «voluntarios» en definitiva.

Y ahí están los Evangelios apócrifos de Santiago, de Mateo, el Libro sobre la Natividad de María, el Evangelio de Pedro y el Armenio y Árabe de la Infancia de Jesús, entre otros, para ratificarlo.

Estos textos apócrifos son hoy reconocidos por la Iglesia Católica como parte de la Tradición. Y aunque, en efecto, hay pasajes en los mismos que resultan dudosos, otros, en cambio, coinciden entre sí y —a su vez— con los de los cuatro evangelistas... «titulados».

Esta situación, salvando distancias, me recuerda un poco la planteada en nuestros días.

En mis 20 años como profesional del periodismo he conocido a decenas de hombres y mujeres que, a pesar de no haber estudiado en la Facultad de las Ciencias de la Información y de no poseer, lógicamente, título alguno que les acreditase como periodistas, han demostrado y siguen demostrando que, a la hora de «hacer periodismo» son tan buenos o mejores que los «canónicos», si se me permite la licencia...

¿Qué quiero decir con todo esto?

Algo muy simple.

Estoy seguro que hubo otros cronistas —incluso apóstoles y discípulos de Cristo— que llevaron al papel un excelente trabajo sobre la vida y milagros del Maestro. Relatos, incluso, que pudieron servir de base en determinados momentos a los cuatro evangelistas «oficiales».

Hoy, esos textos —aparecidos en su mayor parte en los siglos II y IV— son considerados como «apócrifos».

En realidad, lo que les distancia y diferencia de los cuatro Evangelios canónicos no es otra cosa que lo ya apuntado anteriormente: el hecho de que «no han sido inspirados por Dios».

Y yo sigo preguntándome: ¿dónde está la prueba científica y palpable de esa «inspiración divina»? ¿Es que Dios ha vuelto a descender sobre el Sinaí para entregar el «catálogo» de los libros «canónicos», como si se tratara de un vendedor de libros a domicilio?

¿Hasta qué punto no se ha manipulado —por parte de los hombres que han formado la Iglesia— esa circunstancia de la «inspiración divina»?

¿Hasta qué punto no se han distorsionado las propias

palabras de Jesús, con el fin de «arrimar el ascua a la sardina» de esa institución llamada Iglesia?

Hace más de dos siglos que el doctor Fréret,[1] uno de los más eminentes filólogos y orientalistas de su época, y el que mejor supo aplicar la filosofía a la erudición —según frase de Turgot— escribió, al margen de sus numerosos trabajos de crítica histórica, uno de crítica religiosa[2] que puede resultar esclarecedor en relación a aquellos confusos primeros tiempos del Cristianismo.

En el capítulo XII, al hablar de los motivos para creer en los milagros y en cada uno de los que se refieren en los Evangelios canónicos, Fréret pide que cada cual se asegure —por demostración— de la autoridad de tales libros, y también de que las pruebas de que son auténticos en firmeza a cuanto han dicho las demás sectas cristianas en favor de sus Evangelios respectivos, para llamarlos inspirados. Conforme a tan sano criterio, Fréret examina los Evangelios, oponiendo a la autenticidad de los reputados verdaderos los muchos considerados como falsos y que corrían desde un principio.

«Es un hecho cierto —decía el gran filólogo—, reconocido por todos los sabios, confesado por los defensores del Cristianismo, que, desde los primeros tiempos de la Iglesia, y aún desde los de la fecha misma de los libros del Nuevo Testamento, se publicaron una multitud de escritos falsamente atribuidos, ya a Jesús, ya a la Virgen, ya a los apóstoles, ya a los discípulos. Fabricio, que recogió cuantos pudo reunir, cuenta hasta 50 con el solo título de Evangelios, y un número mucho mayor bajo diferentes títulos. Cada uno de estos escritos tenía en aquel tiempo sus partidarios. De aquí resulta con evidencia que, entre los cristianos de aquel tiempo, unos eran trapaceros e impostores y otros, hombres sencillos y crédulos. Si con tanta facilidad se logró engañar a estos primeros fieles, y si tan factible era inducirles a ilusión con libros supuestos, ¿en qué vienen a parar todos los sofismas con que se pretende demostrar la imposibilidad de una suposición con respecto a los Evangelios canónicos?

»En medio de tamaño caos de libros publicados a un mismo tiempo, y todos recibidos entonces con respeto, ¿cómo podremos ahora distinguir los que eran auténticos y los que no lo eran? Pero lo que hace aún más ardua esta distinción es que vemos citados con veneración por

1. Fréret: 1688 a 1749.
2. «Examen crítico de los apologistas de la religión cristiana.»

los primeros Padres de la Iglesia los Evangelios apócrifos. Las *Constituciones Apostolicae*, san Clemente Romano, Santiago, san Bernabé y aun san Pablo, citan palabras de Jesucristo tomadas de esos Evangelios. Hay más, y es que no vemos que los apologistas de la secta que quedó dominante, hayan conocido los cuatro Evangelios que se han conservado como canónicos y auténticos...

»Hasta san Justino, no encontramos en sus escritos más que citas de Evangelios apócrifos. Desde san Justino hasta san Clemente Alejandrino,[3] los Padres de la Iglesia se sirven de la autoridad, ya de los Evangelios supuestos, ya de los que ahora pasan por canónicos. Finalmente, desde Clemente Alejandrino, estos últimos triunfan y eclipsan totalmente a los demás. Es verdad que, en los primeros Padres, se ven algunos pasajes semejantes a las palabras de los actuales Evangelios. Pero, ¿dónde consta que estén tomados de ellos? San Mateo, san Marcos, san Lucas y san Juan no están nombrados, ni en san Clemente Romano, ni en san Ignacio, ni en otro alguno de los escritores de los primeros tiempos. Las sentencias de Jesús, que estos padres repiten, podían haberlas aprendido de viva voz por el canal de la tradición, sin haberlas tomado de libro alguno. O, si se quiere que hayan sido tomadas de algún Evangelio esas palabras, no hay razón que nos obligue a creer que se tomaron más bien de los cuatro que nos quedan, que de los muchos otros que se han suprimido.

»Los Evangelios que se han reconocido como apócrifos se publicaron al mismo tiempo que los que pasan por canónicos, y de la misma manera y con igual respeto se recibieron, y con idéntica confianza, y aún con preferencia, se citaron. Luego no hay un motivo para creer en la autenticidad de los unos que no milite, al menos con igual fuerza, en favor de la autenticidad de los otros. Y, puesto que éstos han sido, evidentemente y por confesión de todos, unos escritos "supuestos", nos hallamos autorizados para creer que aquéllos han podido serlo asimismo.»

Es indiscutible lo que asienta Fréret. Hacia el final del siglo II, según mis averiguaciones, la literatura evangélica parece agotada. Pero el canon documental del Cristianismo, si bien tiene en su pro la autoridad de los tres grandes doctores de la época —Clemente Alejandrino, san Ireneo y Tertuliano—, dista mucho de haberse establecido definitivamente. Al lado de los escritos canónicos o «autén-

3. Clemente de Alejandría (padre griego): muerto antes del año 215.

ticos» circulaba un número considerable de Evangelios: los ya citados de los Hebreos, de los Egipcios, de san Pedro, de san Bartolomé, de santo Tomás, de san Matías, de los Doce Apóstoles, etc. Y estos Evangelios no eran de uso exclusivo de las sectas llamadas heréticas... Más de una vez, como digo, se sirvieron de ellos los doctores ortodoxos y los más preclaros Padres de la Iglesia.

Pero, desde comienzos del siglo III hasta la celebración del Concilio de Nicea, el año 325, las autoridades eclesiásticas se inclinaron a la admisión exclusiva de los cuatro Evangelios simétricos sobre los que, incluso los Padres de la Iglesia de más sentido crítico, pensaban cosas como las siguientes y que, evidentemente, no tienen desperdicio:

1. Que el Evangelio de san Mateo era una colección de sentencias, discursos y parábolas de Jesús, hecha por su autor en lengua aramea, y anterior al relato de san Marcos, y que el Cristo mismo eligió a aquel apóstol para que fuese testigo de los hechos, y para que diese de ellos un testimonio público, poniéndolo por escrito.

2. Que san Marcos, discípulo e intérprete de san Pedro, a quien acompañó a Roma el año 44 de Jesucristo, redactó en forma de Evangelio un resumen de la predicación de su maestro, a instancias de los fieles que a éste habían oído, y que el apóstol lo aprobó y mandó que se leyese en las iglesias como escritura auténtica.

3. Que san Lucas, discípulo e intérprete de san Pablo, hizo lo mismo con la predicación del gran evangelizador de los gentiles, y que su obra lleva todos los caracteres de la certidumbre.

4. Que san Juan escribió sobre Jesús pasado ya de los noventa años, con objeto de confundir a los herejes gnósticos, y que su Evangelio, como el de san Mateo, es el de un testigo de mayor excepción.

Esto viene a demostrar, ni más ni menos y en honor a la más pura objetividad informativa, que ni san Marcos ni san Lucas conocieron a Jesús. Escribieron, en fin, de oídas y siempre según lo que les relataron san Pedro y san Pablo, respectivamente.

Los otros dos evangelistas «titulados» —Mateo y Juan— se supone que refirieron los hechos como testigos directos...

Y ambas «suposiciones» atravesaron el tiempo y el espacio, tanto en el Catolicismo como en el Protestantismo, llegando hasta últimos del siglo XVIII, en que algunos sabios de la última religión empezaron a dudar de que tales suposiciones fueran verosímiles.

La primera duda recayó sobre que fuera escrito por orden de Cristo el Evangelio de san Mateo. Según san Epifanio y san Juan Crisóstomo —que vinieron al mundo, dicho sea de paso, algunos siglos después—, san Mateo escribió su Evangelio, no por orden del Cristo, sino «a ruegos de los judíos convertidos y como seis años después de la muerte del Señor». No se vio entonces inconveniente en que hubiese escrito su libro en arameo, pero se descubrió que de él circularon varias traducciones griegas, algunas muy antiguas, con numerosas faltas, algunas esenciales. Y no se logró averiguar quién hizo la primera traducción griega, ni quien sacó del griego la versión latina.

En cuanto a san Marcos, la crítica del siglo XVIII no vaciló en dirigir nuevos ataques contra su origen apostólico. Dudó, en primer lugar, que san Marcos fuese compañero de san Pedro, alegando que nadie sabe positivamente quién fue la persona del evangelista, que ni debe confundirse con el Marcos, primo de san Bernabé, ni parece probable que se identifique con aquel a quien san Pedro llama hijo suyo, ni es posible considerarle —como aseguraban algunos teólogos— como judío y de la familia sacerdotal de Aarón. Si así fuese, ¿cómo hubiera podido escribir en griego y en Roma su Evangelio?

Como muy bien apunta el injustamente criticado Edmundo González-Blanco en su obra *Los Evangelios apócrifos*, «que un judío no helenista escribiese en griego, por muy en boga que esta lengua estuviese en toda la extensión del Imperio, no es verosímil».

Las Iglesias cristianas, católica, griega y protestante, en suma, impusieron, desde el Concilio de Laodicea hasta el siglo XVIII, cuatro Evangelios simétricos, con prohibición absoluta de dar crédito a otros. Y vivieron confiadas en su autenticidad y en su veracidad durante todo ese tiempo. Algo así como lo acontecido en las islas Baleares, que permanecieron felices durante 500 años, con sólo siete leyes, una de las cuales prohibía introducir otra nueva.

Sin embargo, la crítica, desde sus primeros pasos en el terreno de la investigación documental, halló que el número de Evangelios tenidos al comienzo por «divinos», y de cuya existencia no cabe dudar por conocerse sus títulos o, mejor dicho, los nombres de sus supuestos autores, así como el contenido de muchos de ellos, era, no de cuatro, sino de 62 o, por lo menos, de 50, según Fabricio. Entre los Evangelios desechados se cuentan, entre otros, los de san Pedro, santo Tomás, Nicodemo, san Andrés, san Bartolomé, san Pablo, Santiago, san Matías, san Tadeo, el Evangelio de la Perfección, el de la Infancia, el de los Doce Apóstoles, el de los Egipcios, los de san Bernabé, san Felipe, Marción, Apeles, etc.

La profunda confusión

Si me he extendido más de lo necesario en estos áridos aspectos de la historicidad de los Evangelios canónicos y apócrifos ha sido con toda la intención del mundo. Deseaba asomarme y asomar al lector, aunque sólo durante breves minutos, al oscuro —yo diría que tenebroso— panorama del origen y de la autenticidad de unos y otros textos.

Algo aparece, no obstante, con un mínimo de pureza: hubo numerosos «evangelios» que fueron escritos, copiados y conservados a lo largo de los dos primeros siglos del Cristianismo. Escritos que sirvieron en buena medida para construir o completar los que, a partir del siglo III, fueron ya «bendecidos» y considerados como canónicos o definitivos.

En otras palabras: es casi seguro que buena parte de los hechos y dichos atribuidos al Maestro y que hoy conocemos mediante los cuatro Evangelios tradicionales y «legales» estén basados en los primeros documentos —paradójicamente calificados por la Iglesia como «poco fiables»— y que son conocidos por «apócrifos».

Así se hace la Historia...

Si a este batallón de problemas añadimos la inevitable deformación que ha podido sufrir la realidad como consecuencia del paso de los siglos, esa natural y encomiable confianza en el rigor de los cuatro Evangelios canónicos —y sólo pretendo ser leal conmigo mismo— puede verse muy mermada...

Sí, ya sé que se levantarán voces airadas desde las cerradas filas del fanatismo religioso. Sé que los hipercríticos echarán mano de la revelación y que me dirán «que esos libros —como el resto de la Biblia— han sido inspirados directamente por Dios y que por eso no cabe duda alguna».

Lo he dicho anteriormente. Creo en Dios —no precisamente en el Dios de largas y blancas barbas— y sé que la Revelación es, o puede ser, una de tantas maravillas que emanan de la divinidad. Pero aquí entramos ya de lleno en un «problema de fe», no en el canal de la razón...

Y si, como hemos visto, existe en el mundo un considerable volumen de escritos o Evangelios que fueron manejados y respetados como verdaderos cofres o depósitos de las enseñanzas de Jesús de Nazaret y de los hechos que protagonizó mientras vivió en el planeta Tierra, ¿por qué negar siquiera una pizca de «inspiración divina» a muchos de esos «apócrifos»? Con mayor razón cuando, como es bien sabido de los «mineros» de la exploración bíblica, hay constancia de que los Santos Padres de los tres primeros siglos de la Era Cristiana se sirvieron indistintamente de esos «apócrifos»...

En todo esto ha podido ocurrir lo mismo que sucede y que sucederá con los acontecimientos pasados y de los que apenas han sobrevivido pruebas o testimonios tan fríos y enteros como puedan ser hoy, por ejemplo, las películas o fotografías. Cada uno escoge aquellas noticias que mejor arman sus objetivos, perfectamente preconcebidos. Y es muy humano que esas mismas personas le den la espalda a los conceptos contrarios. Después, ante los demás, se ufanan de haber hallado la verdad en el tópico o tópicos de su preferencia.

Los Santos Padres de los primeros tiempos del Cristianismo carecían, salvo excepciones, de espíritu crítico. Era lógico. Y encontraban creíble todo lo que les podía parecer edificante. El criterio que presidía y dirigía la selección realizada por ellos era esencialmente emotivo o piadoso y, cuando no, teológico o doctrinario, sin los alcances críticos e históricos, indispensables a todo lo concerniente a lo que empezaba a entenderse por canon o «catálogo» sagrado.

Además, el simbolismo exegético formaba entonces, frente al puro y objetivo estudio de la literatura bíblica, una tendencia de fondo místico, que se desenvolvía paralelamente a la tendencia realista, sin abrir surcos en el camino del análisis histórico.

Así atribuían crédito y autoridad a unos libros y rechazaban otros, sin atenerse a más norma que a los dictados de la comodidad intelectual o de las preocupaciones religiosas.

Y descendiendo al terreno de lo concreto, veamos algunos ejemplos sobre los criterios y pautas que seguían estos Santos Padres de la Iglesia para «descalificar» a unos Evangelios y «aupar» a otros.

San Ireneo —muerto hacia el año 202— se expresaba así:

«El Evangelio es la columna de la Iglesia, la Iglesia está extendida por todo el mundo, el mundo tiene cuatro regiones, y conviene, por tanto, que haya cuatro Evangelios...»

El citado Padre basaba también su preferencia por los cuatro Evangelios canónicos en afirmaciones como éstas:

«El Evangelio es el soplo o viento divino de la vida para los hombres, y, puesto que hay cuatro vientos cardinales, de ahí la necesidad de cuatro Evangelios...

»El Verbo creador del universo reina y brilla sobre los querubines, los querubines tienen cuatro formas, y he aquí por qué el Verbo nos ha obsequiado con cuatro Evangelios...»

Aun dejándose llevar de la más espesa caridad, uno no puede por menos que sonreír al leer al Santo Padre...

Los que pretenden probar la supremacía de los cuatro Evangelios tradicionales sobre los apócrifos por el hecho de que la Iglesia los haya recibido universalmente desde los primeros siglos ignoran u olvidan que esto no fue exactamente así. Por los escritos de muchos Padres de la Iglesia vemos que algunos de aquellos Evangelios estuvieron largo tiempo sin ser recibidos y sin ser tenidos como obra de los autores con cuyos nombres circulaban en el seno de ciertas sectas cristianas. Únicamente después de muchos años vinieron a ser reconocidos como canónicos.

Holbach, en el prólogo de su *Historia crítica de Jesucristo* recuerda ya a los «olvidadizos» que fue el Concilio de Nicea, en el año 325 y refrendado en el 363 por el de Laodicea, el que hizo la separación de Evangelios canónicos y Evangelios apócrifos. Entre los cincuenta textos existentes escogió solamente cuatro, desechando el resto.

Un milagro, según cuenta el autor anónimo de la obra *Libelus Synodicus*, decidió la elección...

Y aunque esta referencia tampoco es muy seria, entrando de lleno en el plano de lo anecdótico, veamos lo que narra el autor anónimo:

«... Según una versión, en fuerza de las oraciones de los obispos, los Evangelios inspirados fueron por sí mismos a colocarse sobre un altar. Conforme a otra versión (más grosera y tan imprudente que llevó a los racionalistas a asegurar que el altar se hallaba dispuesto artificiosamente y con deliberado propósito), se pusieron todos los Evangelios, canónicos y apócrifos, sobre el altar, y los apócrifos cayeron bajo él.

»Una tercera versión da la variante de que sólo se pusieron sobre el altar los cuatro Evangelios verdaderos, y que los obispos, en sentida y ferviente plegaria, pidieron a Dios que, si en alguno de ellos hubiese una sola palabra que no fuese cierta, cayera aquel Evangelio al suelo, lo que no se verificó.

»Pero más inocente es una cuarta versión, la cual, cambiando el aparato de las anteriores, afirma que el mismo Espíritu Santo entró en el Concilio en figura de paloma, que ésta pasó a través del cristal de una ventana sin romperlo, que voló por el recinto con las alas abiertas e inmóviles, que se posó sobre el hombro derecho de cada obispo en particular, y que empezó a decir, al oído de todos, cuáles eran los Evangelios inspirados...»

No creo, naturalmente, que la separación de los Evangelios «legales» se llevara a cabo de una forma tan infantil y ridícula. Aunque tampoco tengo la absoluta certeza de que el criterio más generalizado entre los obispos de Nicea a la hora de elegir los Evangelios canónicos distara mucho del ya apuntado índice valorativo de san Ireneo...

Si hemos de ser sinceros, quizá lo ocurrido en aquel Concilio llenase de dudas y angustias a los actuales estudiosos de la Biblia y no digamos a los honorables obispos y cardenales...

Los defensores de la Revelación divina podrán alegar a todo esto que ha habido concilios muy posteriores en los que el «problema» ha resultado definitivamente despejado...

Y siguiendo en este temporal papel de «abogado del diablo», les diré que sí, pero...

Uno de mis primeros movimientos al topar con el delicado asunto de la revelación divina fue ponerme en inmediato contacto con los más prestigiosos teólogos y beber, naturalmente, en las fuentes «oficiales» de la Iglesia.

¿Y qué dice el Magisterio de la Iglesia sobre la divina revelación? ¿Qué piensa la gran «estructura» sobre esos libros «inspirados» directamente por Dios?

El espinoso tema —tratado ya en el Concilio Tridentino y en el Vaticano I— fue depurado finalmente en el reciente Vaticano II.[4]

En su capítulo II —«La transmisión de la Revelación divina»—, dice textualmente la Constitución Dogmática sobre dicha revelación:

«7. Cristo mandó a los Apóstoles predicar el Evangelio. Los Apóstoles transmitieron cuanto habían recibido con las palabras, los ejemplos y las enseñanzas. De esta forma, algunos (Apóstoles y discípulos de éstos), inspirados por el Espíritu Santo, pusieron por escrito el anuncio de la salvación. Los Apóstoles confiaron después a los Obispos, sus sucesores, el propio puesto de maestros. Esta Tradición y la Sagrada Escritura son como un espejo en el que la Iglesia contempla a Dios.»

Y algo más adelante se dice:

«... Los Padres atestiguan la presencia de esta Tradición, a la cual debemos el conocimiento del canon de los Libros Sagrados y su más profunda inteligencia. De esta forma, Dios, que habló en el pasado, continua hablando por medio de la Iglesia y del Espíritu Santo.

»9. Tradición y Escritura están unidas y se comunican entre sí. Por nacer de la misma fuente, forman como una sola cosa y tienden al mismo fin. Una y otra deben ser aceptadas con igual piedad y reverencia, en cuanto que la Iglesia no alcanza de la sola Sagrada Escritura su certeza sobre todas las cosas reveladas.

»10. Tradición y Escritura constituyen un único depósito sagrado de la Palabra de Dios, confiado a la Iglesia...»

La frase conciliar «algunos (Apóstoles y discípulos de éstos), inspirados por el Espíritu Santo, pusieron por es-

4. El Concilio Vaticano II fue iniciado en su primera etapa del 11 de octubre al 8 de diciembre de 1962 y cerrado, en una cuarta etapa, del 14 de septiembre al 8 de diciembre de 1965. La Constitución Dogmática sobre la revelación divina fue promulgado el 18 del XI de 1965.

crito el anuncio de la salvación» me parece digna de una cierta meditación. Si es evidente que antes de la aparición de los cuatro Evangelios «legales» o canónicos —aceptados oficialmente a partir del Concilio de Nicea en el siglo IV— circulaban por la Cristiandad decenas de escritos y narraciones —amén de la propia Tradición oral— sobre la vida y enseñanzas de Jesús, y si los cuatro textos oficiales bebieron sobradamente de esa Tradición y de los «apócrifos», ¿dónde empieza y dónde termina la «inspiración» divina?

Pongamos otro ejemplo. Si el autor o autores de cualquiera de los cuatro Evangelios canónicos investigó a fondo antes de poner en limpio su trabajo —caso de Lucas—[5] eso presupone, simplemente, que escuchó a testigos, a discípulos, a hombres y mujeres que pudieron tener relación con el Maestro. Además, es lógico imaginar que el «reportero» en cuestión acudiera a aquellos escritos y «evangelios apócrifos» que, como refiere la Tradición, ya existían entre los primeros cristianos. ¿A quién debemos considerar en este caso como «depositario» de la inspiración divina: a los que recordaban y guardaban por vía oral lo ocurrido en tiempos de Jesús de Nazaret, a los escritos donde empezó a reflejarse esa Tradición o a los mencionados evangelistas, que hicieron acopio de muchos de los hechos, palabras y descripciones existentes ya en los dos anteriormente citados «frentes» informativos?

El propio Lucas nos lo está diciendo: «Puesto que muchos han intentado narrar ordenadamente...»

Y que conste —y esto debe aparecer absolutamente transparente para el lector— que no estoy negando la «inspiración divina». Ya he dicho que me parece algo perfectamente posible dentro de la incomprensible maravilla de la divinidad. Lo que ya no me convence es que esa revelación sea una exclusiva de los cuatro Evangelios canónicos, cuando se sabe que buena parte de los materiales que los sostienen proceden de los documentos apócrifos y de la transmisión oral. En todo caso, sería mucho más razonable y hasta justo «repartir» esa «inspiración» entre todos... Y, por supuesto, no caer en la aberración y en el absurdo de condenar dichos apócrifos —como hizo la

5. En el Evangelio según san Lucas (prólogo, 1-4) podemos leer: «Puesto que muchos han intentado narrar ordenadamente las cosas que se han verificado entre nosotros, tal como nos las han transmitido los que desde el principio fueron testigos oculares y servidores de la Palabra, he decidido yo también, después de haber investigado diligentemente todo desde los orígenes, escribírtelo por su orden, ilustre Teófilo, para que conozcas la solidez de las enseñanzas que has recibido.»

Iglesia en determinadas épocas— sin antes espurgarlos..., honradamente.

El hecho de que en algunos de esos escritos —casi nunca en los primitivos— se deslizaran herejías no es razón para hacer pagar a justos por pecadores.

Y estamos llegando al final de este obligado preámbulo.

En su capítulo V, la citada Constitución Dogmática sobre la Divina Revelación expone lo siguiente:

«... Los evangelistas escribieron, escogiendo algunas de las cosas transmitidas de viva voz o por escrito, con la intención de hacernos conocer la verdad...»

¡Qué grave me parece esta declaración del Concilio Vaticano II!

Esto viene a decir que los autores sagrados —siguiendo esa vía oral y de los apócrifos— tomaron unas cosas y dejaron otras... Cuando uno lee los Evangelios canónicos y se enfrenta a continuación con los apócrifos, se da cuenta que los hechos que se dejaron los evangelistas en el tintero fueron muchos y, a veces, importantes.

¿Qué nos dicen los cuatro Evangelios «legales», por ejemplo, de los «abuelos» de Jesús? ¿Qué sabemos de la infancia de María? ¿Por qué los «reporteros titulados» —excepción hecha de Mateo y Lucas— no hablan de los maravillosos prodigios que rodearon el nacimiento de Jesús?

Si Mateo es el único que hace mención de la «estrella» de Belén y de los Magos es porque, sencillamente, lo leyó o se lo contaron o ambas cosas. Pues bien, cuando uno estudia detenidamente los más importantes apócrifos se da cuenta que el relato sobre dicha «estrella» es mucho más extenso y apasionante de lo que nos han dicho...

Y curiosamente, mientras en los cuatro textos canónicos apenas si se abordan las interrogantes anteriormente referidas, en los apócrifos, los también autores sagrados le dedican amplios pasajes. Y ante mi sorpresa, tanto el Protoevangelio de Santiago como el de Mateo, el Libro sobre la Natividad de María, el Libro de la Infancia del Salvador y la Historia de José el Carpintero, así como los Evangelios Árabe y Armenio sobre la Infancia de Jesús (todos ellos apócrifos), coinciden de forma esencial en estas áreas de la preparación de la llegada del Salvador y de su nacimiento.

En mi opinión, que los evangelistas dejaran fuera estos pasajes resulta tan inexplicable como lamentable. Sé que uno tropieza también en estos apócrifos con narraciones altamente dudosas y sujetas a una innegable fantasía popular. Pero esos párrafos —esencialmente los relacionados con los primeros años de la vida de Jesús— nada tienen que ver con esos reveladores y hasta ahora ignorados capítulos donde uno termina por comprender por qué, por ejemplo, José y María tuvieron que refugiarse en una cueva; por qué, por ejemplo, a Jesús de Nazaret le atribuían varios hermanos; por qué, por ejemplo, fueron juzgados José y la joven María; cómo, por ejemplo, la «estrella» de Belén llegó a «posarse» junto al lugar donde nació el «Enviado»...

Pero entremos ya en materia.

3

LOS «ABUELOS» DE JESÚS: UNA FAMILIA ADINERADA

He aquí la parte esencial del llamado Libro sobre la Natividad de María, un apócrifo que durante la Edad Media fue atribuido a san Jerónimo pero que, según los más recientes estudios, pudo ser escrito —por un autor anónimo— en los tiempos de Carlomagno (siglo IX).

Con el fin de «contemporizar», parece ser que dicho autor eliminó del relato aquellos pasajes que habrían podido «escandalizar» a sus contemporáneos, poniendo, incluso, en grave peligro su integridad física...

Por ejemplo, han sido suprimidos capítulos como el del primer matrimonio de san José, las famosas pruebas de las aguas amargas y la escabrosa constatación ginecológica de la partera Salomé respecto a María.

Pero de todo ello me ocuparé en capítulos sucesivos, al exponer los restantes apócrifos.

Veamos primero qué dice este famoso «Evangelio apócrifo» en sus primeros pasajes:

Otra vez el «ángel» del Señor

I

1. La bienaventurada y gloriosa siempre Virgen María descendía de la estirpe regia y pertenecía a la familia de David. Había nacido en Nazaret y fue educada en el templo del Señor en la ciudad de Jerusalén. Su padre se llamaba Joaquín y su madre Ana. Era nazaretana por parte de su padre y betlemita por la de su madre.

2. La vida de estos esposos era sencilla y recta en la presencia del Señor e irreprensible y piadosa ante los hombres. Tenían dividida su hacienda en tres partes: una la destinaban para el templo de Dios y sus ministros; otra se la daban a los pobres y peregrinos; la tercera quedaba reservada para las necesidades de su servidumbre y para sí mismos.

3. Mas estos hombres, tan queridos de Dios y piadosos para con sus prójimos, llevaban veinte años de vida conyugal en casto matrimonio, sin obtener descendencia. Tenían hecho voto, sin embargo, de que si Dios les concedía un vástago, lo consagrarían al servicio divino. Por este motivo acostumbraban a ir durante el año al templo de Dios con ocasión de las fiestas.

II

1. Estaba ya próxima la fiesta de la Dedicación del templo y Joaquín se dirigió a Jerusalén en compañía de algunos paisanos suyos. Era sumo sacerdote a la sazón Isacar.[1] Éste, al ver a Joaquín entre sus conciudadanos dispuesto con ellos a ofrecer sus dones, le menospreció y desdeñó sus presentes, preguntándole cómo tenía cara para presentarse entre los prolíficos él que era estéril. Le dijo, además, que sus ofrendas no debían ser aceptas a Dios por cuanto le consideraba indigno de posteridad, y adujo el testimonio de la Escritura, que declara maldito al que no hubiere engendrado varón en Israel. Quería, pues, decirle que debía primero verse libre de esa maldición teniendo hijos y que sólo entonces podría presentarse con ofrendas ante la vista del Señor.

2. Joaquín quedó muerto de vergüenza ante tamaña injuria y se retiró a los pastizales donde estaban los pastores con sus rebaños, sin querer tornar para no exponerse a semejantes desprecios por parte de los paisanos que habían presenciado la escena y oído lo que el sumo sacerdote le había echado en cara.

III

1. Llevaba ya algún tiempo en aquel lugar, cuando un día que estaba solo, se le presentó un ángel de Dios, rodeado de un inmenso resplandor. Él quedó turbado ante su vista, pero el ángel de la aparición le libró del temor diciendo: «Joaquín, no tengas miedo ni te asustes por mi visión. Has de saber que soy un ángel del Señor.

1. El tal Isacar —Sumo Sacerdote— era suegro de Joaquín.

Él me ha enviado a ti para anunciarte que tus plegarias han sido escuchadas y que tus limosnas han subido hasta su presencia. Ha tenido a bien poner sus ojos en tu confusión, después de que llegó a sus oídos el oprobio de esterilidad que injustamente se te dirigía. Dios es verdaderamente vengador del delito, mas no de la naturaleza. Y por eso cuando tiene a bien cerrar la matriz, lo hace para poder abrirla de nuevo de una manera más admirable y para que quede bien en claro que la prole no es fruto de la pasión, sino de la liberalidad divina.

»2. Efectivamente: Sara, la madre primera de vuestra prosapia, ¿no fue estéril hasta los ochenta años? Y, no obstante, dio a luz en extrema ancianidad a Isaac, a quien aguardaba la bendición de todas las generaciones. También Raquel, a pesar de ser tan grata a Dios y tan querida del santo Jacob, fue estéril durante largo tiempo. Sin que esto fuera obstáculo para que engendrara después a José, que fue no sólo señor de Egipto, sino también el libertador de muchos pueblos que iban a perecer a causa del hambre. Y ¿quién hubo entre los jueces más fuerte que Sansón o más santo que Samuel? Sin embargo, ambos tuvieron madres estériles. Si, pues, la razón contenida en mis palabras no logra convencerte, ten por cierto cuando menos que las concepciones largamente esperadas y los partos provenientes de la esterilidad suelen ser los más maravillosos.

»3. Sábete, pues, que Ana, tu mujer, va a darte a luz una hija, a quien tú impondrás el nombre de María. Ésta vivirá consagrada a Dios desde su niñez en consonancia con el voto que habéis hecho, y ya desde el vientre de su madre se verá llena del Espíritu Santo. No comerá ni beberá cosa alguna impura ni pasará su vida entre el bullicio de la plebe, sino en el recogimiento del templo del Señor, para que nadie pueda llegar a sospechar ni a decir cosa alguna desfavorable de ella. Y cuando vaya creciendo su edad, de la misma manera que ella nacerá de madre estéril, así, siendo virgen, engendrará a su vez de manera incomparable al Hijo del Altísimo. El nombre de Éste será Jesús, porque de acuerdo con su significado ha de ser el salvador de todos los pueblos.

»4. Ésta será para ti la señal de que es verdad cuanto acabo de decirte: Cuando llegues a la puerta Dorada de Jerusalén te encontrarás a Ana, tu mujer, que vendrá a tu encuentro. Ella, que ahora está preocupada por tu tardanza en regresar, se alegrará hondamente al poderte ver de nuevo.»

Y dicho que hubo esto, el ángel se apartó de él.

Este texto coincide de forma esencial con los apócrifos llamados de san Mateo y con el Protoevangelio de Santiago.

Tanto en uno como en otro, los autores reconocen que Joaquín, el «abuelo» de Jesús, era hombre adinerado. Poseía reses y tierras y su estirpe era respetada entre las tribus de Israel.

Dice, por ejemplo, san Mateo a este respecto:

«1. El Señor en recompensa multiplicaba de tal manera sus ganados, que no había nadie en todo el pueblo de Israel que pudiera comparársele. Venía observando esta costumbre desde los quince años. Cuando llegó a las veinte, tomó por mujer a Ana, hija de Isacar, que pertenecía a su misma tribu —la de Judá—; esto es, de estirpe davídica. Y después de vivir veinte años de matrimonio, no tuvo de ella hijos ni hijas.»

De estas afirmaciones cabe deducir que la familia de Jesús no era de origen humilde, como se ha pregonado. Sus «abuelos» terrenos —si se me permite la expresión— disponían de considerables bienes. Y José, su padre, como carpintero, gozaba igualmente de una sólida posición. Como veremos más adelante en otros pasajes de los apócrifos, el ebanista y carpintero era igualmente constructor. Y en aquella época (no digamos ahora), un carpintero con taller propio tenía más que asegurado su sustento...

Dentro de lo puramente circunstancial, estos dos apócrifos —san Mateo y Santiago— no coinciden, por ejemplo, con el Libro sobre la Natividad de María en lo que se refiere a la localización exacta del sumo sacerdote que injurió a Joaquín. Para los apóstoles no fue Isacar, suegro de Joaquín, sino Rubén, un escriba.

El hecho, como vemos, tampoco reviste mayor trascendencia.

Sí se produce, en cambio, una mayor matización por parte de san Mateo en cuanto a la aparición del «ángel» a Joaquín. Yo diría que aporta una serie de precisiones y detalles muy jugosos.

> 1. Por aquel mismo tiempo —dice el apócrifo de san Mateo—, apareció un joven entre las montañas donde Joaquín apacentaba sus rebaños y dijo a éste:
>
> «¿Cómo es que no vuelves al lado de tu esposa?»
>
> Joaquín replicó:

«Y sucedió que, al ofrecer Joaquín su sacrificio, juntamente con el perfume de éste y, por decirlo así, con el humo, el ángel se elevó hacia el cielo.»

«Veinte años hace ya que tengo a ésta por mujer, y, puesto que el Señor ha tenido a bien no darme hijos de ella, me he visto obligado a abandonar el templo de Dios ultrajado y confuso. ¿Para qué, pues, voy a volver a su lado, lleno como estoy de oprobios y vejaciones? Aquí estaré con mis ganados mientras quiera el Señor que me ilumine la luz de este mundo. Mas no por ello dejaré de dar de muy buena gana, por conducto de mis criados, la parte que le corresponde a los pobres, a las viudas, a los huérfanos y a los servidores de Dios.»

San Mateo habla de «un joven». Al menos, la impresión que debió causarle a Joaquín —retirado voluntariamente a las montañas— fue la de una persona de aspecto juvenil. Y el diálogo, según los textos, fluyó sin problemas. No se produjo espanto alguno en Joaquín, tal y como ocurre en otras narraciones sobre ángeles. No así en la desaparición del «joven», tal y como nos cuenta el Evangelio apócrifo en cuestión:

2. No bien hubo dicho esto, el joven respondió: «Soy un ángel de Dios, que me he dejado ver hoy de tu mujer cuando hacía su oración sumida en llanto; sábete que ella ha concebido ya de ti una hija. Ésta vivirá en el templo del Señor, y el Espíritu Santo reposará sobre ella. Su dicha será mayor que la de todas las mujeres santas. Tan es así, que nadie podrá decir en los tiempos pasados hubo alguna semejante a ella, y ni siquiera habrá una en el futuro que pueda compararsele. Por todo lo cual baja ya de estas montañas y corre al lado de tu mujer. La encontrarás embarazada, pues Dios se ha dignado suscitar en ella un germen de vida (lo cual te obliga a ti a mostrarte reconocido para con Él); y ese germen será bendito y ella misma será también bendita y quedará constituida madre de eterna bendición.»

3. Joaquín se postró en actitud de humilde adoración y le dijo: «Si es que he encontrado gracia ante tus ojos, ten a bien reposar un poco en mi tienda y bendecir a tu siervo.» A lo que repuso el ángel: «No te llames siervo mío, sino más bien consiervo; pues ambos estamos en la condición de servir al mismo Señor. Mi comida es invisible y mi bebida no puede ser captada por ojos humanos; por lo cual no haces bien en invitarme a que entre en tu tienda. Será mejor que ofrezcas a Dios en holocausto lo que habías de presentarme a mí.»

Entonces Joaquín tomó un cordero sin defecto y dijo al ángel:

«Nunca me hubiera yo atrevido a ofrecer a Dios un

«Yo soy el ángel que te ha sido dado por custodio», manifestó el joven a Joaquín, «abuelo» de Jesús.

holocausto si tu mandato no me hubiera dado potestad de hacerlo.»

El ángel replicó:

«Tampoco te hubiera invitado yo a ofrecerlo de no conocer el beneplácito divino.»

Y sucedió que, al ofrecer Joaquín su sacrificio, juntamente con el perfume de éste y, por decirlo así, con el humo, el ángel se elevó hacia el cielo.

Entonces Joaquín se postró con la faz en tierra y estuvo echado desde la hora de sexta hasta la tarde. Cuando llegaron sus criados y jornaleros, al no saber a qué obedecía aquello, se llenaron de espanto, pensando que quizá quería suicidarse. Se acercaron, pues, a él y a viva fuerza lograron levantarlo del suelo. Entonces él les contó su visión, y ellos, movidos por la admiración y el estupor que les produjo el relato, le aconsejaron que pusiera en práctica sin demora el mandato del ángel y que a toda prisa volviera con su mujer.

Mas sucedió que, mientras Joaquín cavilaba sobre si era conveniente o no el volver, quedó dormido y se le apareció en sueños el mismo ángel que había visto anteriormente cuando estaba despierto. Éste le habló así:

«Yo soy el ángel que te ha sido dado por custodio; baja, pues, tranquilamente y vete al lado de Ana, porque las obras de misericordia que tanto ella como tú habéis hecho han sido presentadas ante el acatamiento del Altísimo, quien ha tenido a bien legaros una posteridad tal cual nunca han podido tener desde el principio los santos y profetas de Dios, ni aún podrán tenerla en el futuro.»

Joaquín llamó a los pastores, cuando hubo despertado, para referirles el sueño. Éstos le dijeron, postrados en adoración ante Dios:

«Ten cuidado y no desprecies más a un ángel del Señor. Levántate y vámonos. Avanzando lentamente, podremos ir apacentando nuestros rebaños.»

4

TRES HORAS DE TERROR

La última parte del apócrifo de san Mateo —cuando el ángel abandona a Joaquín— guarda un significado muy especial. Ésa, al menos, es mi opinión.

Si analizamos la aparición del «joven» —«entre las montañas donde Joaquín apacentaba sus rebaños»—, el hecho en sí no parece revestir mayor importancia. Mateo, al menos, no le presta atención. En el Libro sobre la Natividad de María, en cambio, el autor matiza y afirma que «el ángel de Dios se presentó a Joaquín rodeado de un inmenso resplandor...».

Lo más probable es que nunca sepamos la verdad. Sin embargo, y aunque los apócrifos no terminan por ponerse de acuerdo en la forma en que se le apareció el ángel a Joaquín, lo que sí es evidente es que dicho «mensajero» existió. Y que era «algo» físico.

«Algo» que no se desmaterializó o desapareció súbitamente de la vista de Joaquín, sino que «se elevó hacia el cielo», según reza el testimonio de san Mateo.

Y yo sigo preguntándome:

¿Qué puede ser ese «algo» que se eleva desde la tierra hacia el cielo y que, además, es capaz de provocar semejante estado de *shock* en un hombre adulto como Joaquín?

El apócrifo se extiende largamente en lo ocurrido en las horas inmediatas al ascenso o «despegue» del «ángel». Y precisa que los pastores encontraron a Joaquín con la faz en tierra y que les costó trabajo levantarlo del suelo...

Hay algo que verdaderamente no encaja. Veamos.

Si uno analiza los diferentes textos apócrifos ya mencionados puede deducir que el ángel necesitó, al menos de tres a cinco minutos para exponer su mensaje a Joaquín. Pues bien, durante todo el tiempo que duró la conversación, los apócrifos no hacen referencia al miedo o incertidumbre de Joaquín. Sólo al final, cuando el «ángel se eleva hacia el cielo», el abuelo de Jesús cae a tierra, presa del terror. Y así permanece «desde la hora sexta hasta la tarde». Es decir, posiblemente más de tres horas...

¿Por qué un hombre que contaba ya 40 años y que debía estar hecho a la soledad del campo y de las montañas siente ese pavor y queda prácticamente inmóvil durante tanto tiempo?

Si el ángel había conversado con él y el miedo no se había manifestado en la persona de Joaquín, ¿por qué esa turbación surge precisamente en el instante en que el «ángel», con el humo, se elevó hacia el cielo»?

Sólo mencionaré algo:

Conozco en estos momentos a decenas de testigos del paso, aterrizaje o despegue de ovnis que han sufrido, poco más o menos, el mismo terror que el padre de la Virgen.

Si hoy, en pleno siglo XX, conscientes de la existencia de la ley de la gravedad, de los aviones supersónicos y de los módulos lunares resultamos gravemente afectados cuando uno de estos objetos aparece ante nuestros ojos, ¿qué se podría esperar de unos elementales pastores que poblaban las montañas de Israel hace 2 000 años?

¿Cómo podrían asimilar la idea de un artefacto que desciende iluminando el terreno y que se eleva violentamente, quizá entre llamaradas y estampidos?

E insisto en el hecho de que el «ángel» no se presentó ante el testigo —ante Joaquín— como un ente inmaterial. Todo lo contrario. Hasta tal punto debía ser un personaje físico que, según Mateo, el futuro abuelo de Jesús «se postró ante él y le invitó a reposar en su tienda...».

Esta invitación incluía ya un refrigerio, tal y como tienen por costumbre los nómadas y habitantes de los desiertos del Extremo y Medio Oriente.

Y el ángel le matiza incluso a su interlocutor:

«Mi comida es invisible y mi bebida no puede ser captada por ojos humanos...»

Es posiblemente una de las pocas veces en la que un «mensajero» aclara que su sistema de alimentación nada tiene que ver con lo que conocemos en nuestro mundo. Reconoce, en fin, que también se alimenta, aunque de otra forma.

Si estos seres —los llamados ángeles— pertenecían a civilizaciones superiores, incluso a otras dimensiones o estados de la realidad, ¿cómo podría comprender Joaquín la dieta alimenticia de los mismos?

Dudo, incluso, que nosotros fuéramos capaces de asimilarlo.

La nave y el tripulante

Y antes de proseguir con los textos de los apócrifos, quisiera llamar la atención sobre un hecho que se repite con gran frecuencia en la casi totalidad de los libros que integran la Biblia, así como en los Evangelios apócrifos, y que he adelantado ya en el prólogo.

Un detalle que también aparece en el pasaje que nos ocupa y que, pienso, puede constituir grave motivo de confusión.

Para Joaquín —y es natural que así sea—, es o tiene la categoría de «ángel», tanto el «joven» que le habla y a quien invita a reposar en su tienda como el que se eleva hacia el cielo, provocando su espanto...

Este hecho —concretísimo— se sucede en decenas de textos de la Biblia y, salvo excepciones, los testigos, como digo, engloban en una misma definición —«el ángel del Señor»— a los posibles tripulantes y a sus naves.

Tampoco puede ser de otra forma, repito, cuando los que observan el fenómeno carecen de los más elementales conceptos y palabras sobre lo que están presenciando.

Para aquellos hombres del desierto o de las campiñas judías el descenso entre luces de un objeto brillante al sol sólo podía tratarse de la «gloria de Yavé». ¿Qué otra cosa podían imaginar? ¿Es que estaban en condiciones de sospechar o de entender todo un gigantesco «plan» —a nivel cósmico— para hacer posible la llegada a este planeta del Hijo de Dios?

Pero dejemos para más adelante la posible interpretación de la presencia de dichas naves sobre aquella zona del mundo.

De acuerdo con la teoría que sostengo en el arranque del presente trabajo, los «astronautas» que tomaban parte en el cumplimiento del gran «plan» de la Redención —y una vez consumida la dilatada fase de la selección, rescate y conducción del pueblo elegido hasta la Tierra Prometida— iniciaron con estas «apariciones» a los «abuelos» del Enviado una última y decisiva etapa: la puesta a punto de los humanos que, al final del proceso, iban a participar directamente en el nacimiento de Jesús.

Tal y como señalaba en esa misma previa exposición de las ideas generales, los «ángeles» o «astronautas» que fueron «elegidos» para materializar buena parte del «plan» divino sobre la Tierra tenían formas humanas. Eran de carne y hueso... Y así parece ratificarlo Joaquín. E insisto en la circunstancia de que el «joven» no se desvaneció súbitamente, como quizá podría haber hecho un ente de otra naturaleza. Aquel «ángel» necesitó de un vehículo para elevarse a los cielos. Y el «despegue», como digo, debió ser tan traumatizante para el testigo que lo dejó paralizado por el terror o, quien sabe, quizá inconsciente a causa de la suma proximidad de Joaquín a la nave en la que viajaba el «astronauta». Estudiando los miles de casos ovni que se registran en el mundo he podido comprobar cómo muchos testigos, efectivamente, quedan inmovilizados o pierden el sentido cuando estas máquinas se aproximan o viceversa...

5

EL NO MENOS MISTERIOSO EMBARAZO DE LA «ABUELA» DE JESÚS

Precisamente en el apócrifo de Mateo, el «ángel» revela a Joaquín un hecho de enorme trascendencia para el ser humano. También es la primera vez, si no recuerdo mal, que un «enviado» o «mensajero» de los cielos aclara su misión o «trabajo» en relación con la especie humana.

«Yo soy el ángel que te ha sido dado por custodio...», dice nuestro personaje a Joaquín.

Si esto fuera cierto —y no veo razón alguna que pueda impedirlo dentro de un orden superior—, cada hombre gozaría, desde el instante de su nacimiento, de uno de estos «guardianes» o «guías», encargados de velar por su seguridad y evolución durante el tiempo previsto para su existencia en este mundo.

Y casi sin querer me vienen a la memoria las afirmaciones de algunos «contactados» de hoy día, que aseguran que esos «guías» o «maestros» cósmicos existen físicamente y que pertenecen a dimensiones superiores.

«La encontrarás embarazada»

Analizando este mismo Evangelio apócrifo de san Mateo, uno tropieza con otros hechos de muy alta significación.

Por ejemplo, el «ángel», en su larga conversación con Joaquín, le anuncia con rotunda claridad:

«... Por todo lo cual baja ya de estas montañas y corre al lado de tu mujer. La encontrarás embarazada, pues Dios se ha dignado suscitar en ella un germen de vida...»

Estas frases del enviado me dejaron perplejo.

Si el marido de Ana llevaba ya —según el Evangelio apócrifo de Mateo— cinco meses en aquellas soledades, ¿cómo podía ser que la hubiera dejado embarazada?

E insisto en el hecho de que las palabras del ángel son definitivas:

«... La encontrarás embarazada...»

Esto pone de manifiesto un hecho insólito y prácticamente desconocido hasta hoy:

María, la hija de Ana y Joaquín, fue concebida de forma tan misteriosa como lo fue Jesús.

El mismo ángel se encarga de subrayar este extremo cuando le dice a Joaquín:

«... Pues Dios se ha dignado suscitar en ella un germen de vida.»

La obra del Espíritu Santo aparece igualmente clara en la concepción de María, tal y como ocurriría años más tarde en la de Jesús de Nazaret.

En el fondo, y si analizamos el problema con objetividad, no podía ser de otra forma.

Si el delicado «plan» cósmico de la Redención había obligado a toda una depuración de una de las mejores razas sobre la Tierra —como era la judía—, a fin de obtener lo que los antropólogos de hoy hubieran considerado como un tipo étnico sin mezclas, es lógico pensar que los últimos pasos de esa «cadena» fueron controlados y muy estrechamente por el «alto mando».

Desde el punto de vista de los códigos genéticos, incluso, la combinación resultaba así perfecta.

En un «plan» de semejante alcance, todo —hasta lo más mínimo— tenía que estar previsto y calculado. De ahí que las palabras del mensajero a Joaquín, haciéndole ver que «Dios había escuchado sus plegarias y que por ello haría fértil a Ana, su mujer», se me antojan como una «salida airosa»...

Tampoco era cuestión de explicar al voluntarioso pero sin duda primitivo Joaquín, los pormenores de la Redención del género humano...

Y otra de las pruebas de que «todo» debía estar perfectamente previsto «en las alturas» fueron las revelaciones del ángel respecto al nombre que debían imponer a la niña —María—, así como la no menos importante y nada gratuita advertencia de que «no debería comer ni beber cosa alguna impura».

La terminante prohibición de comer o beber «alimentos impuros» entrañaba evidentemente un objetivo de orden sanitario. Muchos años antes, otro «enviado» de alto rango y al que el pueblo judío llamaba Yavé —confundiéndolo sin duda con el Gran Dios— tuvo especial cuidado en dictar las mínimas leyes sanitarias para aquel pueblo, recogidas en el Levítico.

Pero dejemos para más adelante el curioso y significativo capítulo de la alimentación de María, madre de Jesús, y de cómo le era suministrada a diario, tal y como relatan los apócrifos.

6

TRES AÑOS DE LACTANCIA

El Evangelio apócrifo de Mateo prosigue su relato. Joaquín, tras la segunda aparición del ángel, decide levantar su campamento y se pone en camino.

Y dice textualmente el autor sagrado:

> Anduvieron treinta días consecutivos y cuando estaban ya cerca, un ángel de Dios se apareció a Ana mientras estaba en oración y le dijo:
>
> «Vete a la puerta que llaman Dorada y sal al encuentro de tu marido, porque hoy mismo llegará.»
>
> Ella se dio prisa y se marchó allá con sus doncellas. Y, en llegando, se puso a orar. Mas estaba ya cansada y aún aburrida de tanto esperar cuando de pronto elevó sus ojos y vio a Joaquín que venía con sus rebaños. Y en seguida salió corriendo a su encuentro, se abalanzó sobre su cuello y dio gracias a Dios diciendo:
>
> «Poco ha era viuda, y ya no lo soy; no hace mucho era estéril y he aquí que he concebido en mis entrañas.» Esto hizo que todos los vecinos y conocidos se llenaran de gozo, hasta el punto de que toda la tierra de Israel se alegró con tan grata nueva.

Como vemos, se confirma nuevamente la hipótesis de que María, la madre de Jesús, fue engendrada también por obra del Espíritu Santo. O, lo que viene a ser lo mismo, por un procedimiento misterioso o sobrenatural.

Un hecho que —dicho sea de paso— jamás ha sido valorado o divulgado por la Iglesia Católica...

Por su parte, el Libro sobre la Natividad de María concluye este capítulo de la historia de Ana y Joaquín, los abuelos de Jesús, con un relato básicamente similar al anterior.

Dice así este apócrifo:

Después se dejó ver de Ana (se refiere al mismo ángel que se había mostrado a Joaquín en las montañas) y le dijo:

«No tengas miedo, Ana, ni creas que es un fantasma lo que tienes a tu vista. Soy el ángel que presentó vuestras oraciones y limosnas ante el acatamiento de Dios. Ahora acabo de ser enviado a vosotros para anunciaros el nacimiento de una hija cuyo nombre será María, y que ha de ser bendita entre todas las mujeres. Desde el momento mismo de nacer rebosará en ella la gracia del Señor y permanecerá en la casa paterna los tres primeros años hasta que termine su lactancia. Después vivirá consagrada al servicio de Dios y no abandonará el templo hasta que llegue el tiempo de la discreción.[1] Allí permanecerá sirviendo a Dios con ayunos y oraciones de noche y de día y absteniéndose de toda cosa impura. Jamás conocerá varón, sino que, ella sola, sin previo ejemplo y libre de toda mancha, corrupción o unión con hombre alguno, dará a luz, siendo virgen, al hijo, y siendo esclava, al Señor que con su gracia, su nombre y su obra es Salvador de todo el mundo.

»2. Levántate, pues, sube hasta Jerusalén. Y cuando llegues a aquella puerta que llaman Aurea por estar dorada, encontrarás allí, en confirmación de lo que te digo, a tu marido, por cuya salud estás acongojada.

»Ten, pues, seguro, cuando tuvieren cumplimiento estas cosas, que el contenido de mi mensaje se realizará sin duda alguna.»

V

1. Ambos obedecieron al mandato del ángel y se pusieron camino de Jerusalén desde los puntos donde respectivamente se hallaban. Y cuando llegaron al lugar señalado por el vaticinio angélico, vinieron a encontrarse mutuamente. Entonces, alegres por verse de nuevo y firmes en la certeza que les daba la promesa de un futuro vástago, dieron las gracias que cumplía a Dios que exalta a los humildes.

1. Discreción: el tiempo de la menstruación.

Es de suponer que el «equipo» de seres del Espacio que «trabajaba» ya en esta «fase» del «plan» de la Redención humana se plantease —y con extrema preocupación— qué clase de reacciones podía provocar en Joaquín y Ana el anuncio, por parte de uno de sus «hombres», del futuro nacimiento de una niña.

La razón era simple. En aquella época —e incluso en la actualidad— la situación de la mujer en Oriente no era muy justa, que digamos...

Tener niños era de suma importancia para la mujer judía. Es más, la carencia de hijos era considerada como una gran desgracia. Incluso como un castigo divino. Si la esposa daba a su marido un varón, aquélla empezaba a ser respetada y considerada entre las familias fieles al cumplimiento de la Ley. Si, por el contrario, tenía una hembra, el acontecimiento se veía acompañado con frecuencia de indiferencia y tristeza.

La inferioridad de la mujer en tiempos de Jesús llegaba a tales extremos que uno de los escritos rabínicos (el llamado *Berakot*) recomendaba rezar todos los días la siguiente oración: «Alabado sea Dios por no haberme hecho mujer.»

Resulta, por tanto, poco comprensible que Ana —y no digamos su marido— expresase una tan grande alegría ante el nacimiento de una hija.

Ni siquiera las palabras del «astronauta» —«... y que ha de ser bendita entre todas las mujeres»— podía tranquilizar con seguridad el inquieto corazón de la futura «abuela» de Jesús. Era lógico.

Ella, como mujer, conocía el grado de sumisión a que estaban sometidas todas las féminas. Cuando una mujer judía de Jerusalén salía de casa, por ejemplo, llevaba la cara cubierta con un tocado que comprendía dos velos sobre la cabeza, una diadema sobre la frente con cintas colgantes hasta la barbilla y una malla de cordones y nudos; de este modo no se podían reconocer los rasgos de su cara. La mujer que salía sin llevar la cabeza cubierta —cuenta Joachim Jeremías—, es decir, sin el tocado que velaba el rostro, ofendía hasta tal punto las buenas costumbres que su marido tenía el derecho —incluso el deber— de despedirla, sin estar obligado a pagarle la suma estipulada, en caso de divorcio, en el contrato matrimonial. (Así se especifica en el también escrito rabínico *Ketubot.*)

Esto me inclina a pensar que la Virgen María, siendo ya adulta y madre de Jesús, también se vería obligada a respetar la referida norma. He aquí, en fin, otro hecho que tampoco ha sido recogido con fidelidad por la tradición pictórica mundial... La Virgen, como sabemos, aparece siempre con el rostro descubierto cuando, en realidad, debía ser todo lo contrario.

Esta precaria situación social de la mujer en Oriente llegaba a situaciones tan calamitosas como las siguientes y que son perfectamente registradas por los escritos rabínicos *Qiddushin*, *Ketubot* y *Berakot*:

La buena educación prohibía encontrarse a solas con una mujer en la calle; mirar a una mujer casada e incluso saludarla. Una mujer que se entretenía con todo el mundo en la calle, o que hilaba en público, podía ser repudiada sin recibir el pago estipulado en el contrato matrimonial.

Filón dice a este respecto: «Mercados, consejos, tribunales, procesiones festivas, reuniones de grandes multitudes de hombres, en una palabra: toda la vida pública, con sus discusiones y sus negocios, tanto en la paz como en la guerra, está hecha para los hombres. A las mujeres les conviene quedarse en casa y vivir retiradas. Las jóvenes deben estarse en los aposentos retirados, poniéndose como límite la puerta de comunicación (con los aposentos de los hombres), y las mujeres casadas, la puerta del patio como límite.»

Los derechos religiosos de las mujeres, lo mismo que los deberes, estaban limitados. Según Josefo, las mujeres sólo podían entrar en el templo al atrio de los gentiles y al de las mujeres. Durante los días de la purificación mensual y durante un período de 40 días después del nacimiento de un varón y 80 después del de una hija, no podían entrar siquiera en el atrio de los gentiles.

La enseñanza estaba rigurosamente prohibida a las mujeres. En casa, la mujer no era contada en el número de las personas invitadas a pronunciar la bendición después de la comida. Tampoco estaba obligada a prestar testimonio puesto que, como se desprende del Génesis (18,15), «era mentirosa»...

Ante un panorama tan oscuro y poco grato, ¿qué clase de futuro podía adivinarse para cualquier mujer nacida en aquella época? De ahí que la alegría de Ana y Joaquín por los anuncios del «ángel» —según los apócrifos— estuviera provocada quizá, más que por la llegada de una niña, por el hecho en sí de quedar encinta y, supongo, porque esta circunstancia les «reivindicaba» de cara a la sociedad en la que vivían. Amén, naturalmente, del hecho de haber podido contemplar a un ser «sobrenatural». Si tenemos en cuenta que las mujeres de aquella época —y muy especialmente las de la clase alta, como era el caso de Ana— casi siempre permanecían acompañadas de doncellas, esclavas, etc., era muy probable que el «astronauta» o su nave —o ambos— hubieran sido vistos también por aquéllas. Y la noticia habría corrido como la pólvora por la ciudad y comarca.

Si uno reflexiona sobre este tardío embarazo de Ana —que posiblemente había entrado ya en los cuarenta años— no necesita mucho tiempo para caer en la cuenta de lo maravillosamente bien planeada que debió estar la llegada del Mesías. Me refiero, una vez más, al «estado mayor»...

Lo fácil —aunque al mismo tiempo menos efectivo— hubiera sido suscitar en Ana y Joaquín uno o varios hijos, y en la edad habitual. Esto, sin embargo, no habría contribuido tanto a subrayar la acción divina. Era, por supuesto, mucho más «espectacular» cerrar temporalmente la maternidad de las «abuelos» de Jesús, someterlos a una situación tensa y difícil como debió ser el reproche del sumo sacerdote y, por último, hacer brillar ante la pareja y ante todo el pueblo judío el inmenso poder de los Cielos.

Y no me referiré ahora a ese asombroso o misterioso o sobrenatural fenómeno —anunciado por el «astronauta»— por el que el óvulo de Ana quedó evidentemente fecundado y que nada tuvo que ver con acción de varón alguno. Prefiero esperar a ese otro instante —prácticamente «gemelo» del que hemos leído— y en el que otro «tripulante» anuncia a la joven María que concebirá un hijo sin mediación humana. Desde el punto de vista genético, por ejemplo, la incógnita es apasionante...

El dilema de la lactancia

Otra parte de ese «plan» —y que me fascina por su carácter preventivo— es el que hace referencia a los primeros años de la infancia de María. Recordemos las palabras del «astronauta»: «... y permanecerá en la casa paterna los tres primeros años hasta que termine su lactancia».

Al principio, sin embargo, me asaltó una duda... Los pediatras con quienes he consultado han coincidido en algo: tres años de alimentación a base de leche materna constituye, o puede constituir, un error.

He aquí algunas razones:

En un bebé normal —y no hay razones para que, fisiológicamente hablando, María fuera diferente—, los dientes empiezan a brotar entre los seis y nueve meses de vida. Es precisamente a esa edad cuando los médicos recomiendan que cese la lactancia natural. En el caso de que la madre siga dando el pecho al pequeño, éste puede morder los pezones, dando lugar a la aparición de grietas, etc. Paralelamente, en esos momentos surge en la madre una especie de rechazo a la lactancia.

Está demostrado también que, precisamente a partir de esos nueve meses, la secreción láctea pierde su valor proteico. Como se sabe, la leche materna reúne entre sus principales elementos los hidratos de carbono, grasas, sales minerales, proteínas y vitaminas.

Una alimentación exclusivamente anclada durante tres años en la leche materna podría provocar en el niño un déficit general que podríamos traducir, por ejemplo, en anemia, desnutrición, avitaminosis, distrofias, falta de defensas, eczemas, deficiencias respiratorias...

Pero, frente a estas realidades —científicamente probadas— nos encontramos también con otro dato muy significativo. En pleno siglo XX, los médicos han observado cómo en países como el Zaire, la mortalidad infantil es muy elevada, pero a partir de los dos años de edad. ¿Por qué?

La explicación parece sencilla: los niños africanos son amamantados justamente hasta esa edad de dos años...

¿Es que la leche de la madre encierra también defensas especiales? Según los expertos, rotundamente sí. Y como muy bien plantean especialistas en pediatría tan célebres como Waldo E. Nelson y Schaffer, es muy probable que, a pesar de todos nuestros conocimientos, todavía no hayamos descubierto la totalidad de los elementos que integran la leche materna.

En ese caso, la acción del «equipo» de «astronautas» que ordenó la lactancia de María por un período de tres años pudo ser correcta. Desconozco si existen cifras fiables sobre los índices de mortalidad infantil en la época de Jesús, pero supongo que debían ser preocupantes. Si aquellos seres supertecnificados eran conscientes de semejante amenaza, cosa más que segura, la medida en cuestión resultaba del todo razonable, por encima, incluso, de los problemas anteriormente referidos.

La medicina de hace 2 000 años no estaba en condiciones de saber que, por ejemplo, el calostro (la leche materna de la primera semana) es rico en anticuerpos contra el virus poliomielítico, contra el *Coli* y contra los estafilococos.

Según los médicos de hoy, el niño alimentado con leche materna está prácticamente inmunizado contra infinidad de infecciones y su flora intestinal presenta igualmente considerables ventajas.

Los psiquiatras y pediatras se muestran también de acuerdo en otro hecho de gran trascendencia para el equilibrio emocional del niño: un bebé que recibe la correspondiente alimentación láctea experimenta normalmente una mayor afectividad. Crece sin miedos y traumas y el mero hecho de ponerle al pecho anula en él el llamado «reflejo de Moro». Éste consiste en un susto natural que invade al pequeño cuando se ve boca arriba.

Si los «astronautas» —se supone que infinitamente más adelantados que nuestros actuales pediatras y psicólogos— pretendían que María creciera plena de afectividad, sin miedos y traumas y con un mínimo de defensas, de cara a las muchas enfermedades que debían asolar a la población infantil, una lactancia prolongada podía ser el «tratamiento» ideal.

Por otra parte, y puesto que los padres de la niña habían hecho voto solemne de entregar el hijo al servicio del Templo, cabe pensar que el «equipo» estableció ese margen mínimo de tres años, con el fin de evitar una prematura entrega de la pequeña a los sacerdotes. Está claro que el lugar natural donde debe permanecer todo infante es siempre el seno familiar.

Me resisto a creer, además, que María fuera alimentada en sus tres primeros años única y exclusivamente a base de leche materna. Lo más probable es que esta dieta fuera acompañada de otros productos, propios para dicha edad y que podían servir como complemento.

En suma: la afirmación de los Evangelios apócrifos sobre los tres años de lactancia de la pequeña María podría estar plemante justificada, desde el punto de vista médico. Esto fortalece mi criterio de que muchos de los pasajes de estos textos olvidados ocurrieron en verdad.

7

EL «EQUIPO», ATENTO A LA NIÑEZ DE MARÍA

Quizá sea ésta, la parte de los Evangelios apócrifos que relata los primeros años de María, la que resulta fantasiosa o pueril en extremo, al menos en algunos de sus capítulos.

Otros pasajes, en cambio, comunes incluso en los apócrifos, me parecieron reveladores.

Veamos, en primer lugar, el texto del Evangelio apócrifo de Mateo:

IV

> Cumplidos nueve meses después de esto, Ana dio a luz una hija y le puso por nombre María. Al tercer año, sus padres la destetaron. Luego se marcharon al templo, y, después de ofrecer sus sacrificios a Dios, le hicieron donación de su hijita María, para que viviera entre aquel grupo de vírgenes que se pasaba día y noche alabando a Dios. Y al llegar frente a la fachada subió tan rápidamente las quince gradas que no tuvo tiempo de volver su vista atrás y ni siquiera sintió añoranza de sus padres, cosa tan natural en la niñez. Esto dejó a todos estupefactos, de manera que hasta los mismos pontífices quedaron llenos de admiración.

Y prosigue más adelante el autor sagrado:

VI

> Y María era la admiración de todo el pueblo; pues, teniendo tan sólo tres años, andaba con un paso tan firme, hablaba con una perfección tal y se entregaba con tanto fervor a las alabanzas divinas, que nadie la ten-

dría por una niña, sino más bien por una persona mayor. Era, además, tan asidua en la oración como si tuviera ya treinta años. Su faz era resplandeciente cual nieve, de manera que con dificultad se podía poner en ella la mirada. Se entregaba con asiduidad a las labores de la lana, y es de notar que lo que mujeres mayores no fueron nunca capaces de ejecutar, ésta lo realizaba en su edad más tierna.

2. Ésta era la norma de vida que se había impuesto: desde la madrugada hasta la hora de tercia, hacía oración; desde tercia hasta nona, se ocupaba en sus labores; desde nona en adelante, consumía todo el tiempo en oración hasta que se dejaba ver el ángel del Señor, de cuyas manos recibía el alimento. Y así iba adelantando más y más en las vías de la oración.

Finalmente, era tan dócil a las instrucciones que recibía en compañía de las vírgenes más antiguas, que no había ninguna más pronta que ella para las vigilias, ninguna más erudita en la ciencia divina, ninguna más humilde en su sencillez, ninguna interpretaba con más donosura la salmodia, ninguna era más gentil en su caridad, ni más pura en su castidad, ni, finalmente, más perfecta en su virtud. Pues ella era siempre constante, firme, inalterable. Y cada día iba adelantando más.

Cada día usaba exclusivamente para su refección (sustento) el alimento que le venía por manos del ángel, repartiendo entre los pobres el que le daban los pontífices.

Frecuentemente se veía hablar con ella a los ángeles, quienes la obsequiaban con cariño de íntimos amigos. Y si algún enfermo lograba tocarla, volvía inmediatamente curado a su casa.

Salta a la vista que el autor —en este caso Mateo y cuantos pudieran colaborar en la redacción del referido Evangelio apócrifo— se «pasó de rosca» a la hora de valorar las excelencias de María.

Que un niño o niña camine «con paso firme» a los tres años debe considerarse como algo absolutamente normal. Lo extraño, en todo caso, sería lo contrario...

Y aunque no dudo de la calidad de la leche materna de Ana, el hecho constatado por los apócrifos de que «fue destetada a los tres años» me parece una circunstancia que, como ya he comentado, lejos de proporcionar la adecuada fortaleza al organismo de María, le hubiera puesto en grave riesgo de desnutrición. Es de suponer, por tanto, que la solícita Ana acompañara el pecho con otro tipo de dieta...

Dudo también que la pequeña Mariam —porque éste

era su verdadero nombre— se entregara ya a sus escasos tres años a las alabanzas divinas y a tan intenso ritmo de oración. Y me permito dudar, no porque no crea en el poder del Profundo, sino porque siempre lo consideré un Dios extremadamente sensato.

El hecho de que aquella criatura hubiera sido seleccionada para servir de claustro durante nueve meses al Hijo del Altísimo, no significa que la Naturaleza tuviera que romper su equilibrio natural.

Supongo, por tanto, que por muchas doncellas vírgenes de que fuera rodeada la niña, ésta se comportaría como tal. Es decir, con las mismas travesuras, rabietas, juegos y actitudes de un bebé primero y de una niña después.

Tampoco creo que «nadie, jamás, la viera airada...».

¿Es que ha existido alguna vez en la Historia de esta Humanidad un solo niño que no haya llorado, pataleado o protestado a todo pulmón por las pequeñas cosas que ocupan y preocupan a los niños?

Sinceramente, este enfoque por parte de los Evangelios apócrifos, como apuntaba anteriormente, me parece fuera de tono.

Como encuentro igualmente exageradas las afirmaciones de Santiago en su Protoevangelio y en las que, entre otras cosas, puede leerse:

VI

> Y día a día la niña se iba robusteciendo. Al llegar a los seis meses, su madre la dejó sola en tierra para ver si se tenía, y ella, después de andar siete pasos, volvió al regazo de su madre. Ésta la levantó, diciendo:
>
> «Vive el Señor, que no andarás más por este suelo hasta que te lleve al templo del Señor.»
>
> Y le hizo un oratorio en su habitación, y no consintió que cosa común o impura pasara por sus manos. Llamó, además, a unas doncellas hebreas, vírgenes todas, y éstas la entretenían.

Y dice más adelante el apócrifo:

> ... Al llegar a los tres años, dijo Joaquín:
>
> «Llamad a las doncellas hebreas que están sin mancilla y que tomen sendas candelas encendidas, no sea que la niña se vuelva atrás y su corazón sea cautivado por alguna cosa fuera del templo de Dios.» Y así lo hicieron mientras iban subiendo al templo de Dios. Y la

recibió el sacerdote, quien, después de haberla besado, la bendijo y exclamó:

«El Señor ha engrandecido tu nombre por todas las generaciones, pues al fin de los tiempos manifestará en ti su redención a los hijos de Israel.»

Entonces la hizo sentar sobre la tercera grada del altar. El Señor derramó gracia sobre la niña, quien danzó con sus piececitos, haciéndose querer de toda la casa de Israel.

VI

Bajaron sus padres, llenos de admiración, alabando al Señor Dios porque la niña no se había vuelto atrás. Y María permaneció en el templo como una palomica, recibiendo alimento de manos de un ángel.

Otro absurdo

En verdad que resulta poco menos que ridículo levantar un oratorio en la habitación de un niño de tan corta edad.

Lo que quizá ya no deba extrañarnos tanto es que María pudiera caminar un trecho a sus seis meses. Aunque lo normal, al menos hoy, es que un niño empiece a dar sus primeros pasos a los doce meses, hay abundantes ejemplos de otros que se lanzan ya a los siete u ocho.

Y no podemos olvidar en ningún momento que en el organismo de María —y especialmente en su código genético— existía ya «algo» misterioso que, indudablemente, la diferenciaba de los demás pequeños judíos.

De todas formas, y por muy diferente que pudiera ser su información genética, no creo que las reacciones de la niña fueran tan absurdas e impropias como señalan los apócrifos. He aquí un punto, como digo, en el que estos textos caen en plena fabulación.

¿O es que una niña de tres años que ha vivido siempre rodeada de sus padres puede olvidar su hogar y dirigirse a la carrera —y sin volver la vista atrás— hacia un lugar extraño?

Si la pequeña Mariam fue encomendada al Templo a tan corta edad es de suponer que el trance tuvo que ser tan duro para ella como para sus padres...

Y esto, en mi opinión, no le resta un solo gramo de esplendor al gran papel que debía jugar María.

Pero, al igual que encuentro exageradas las expresiones de los autores sagrados en lo concerniente a estos pasajes de la infancia de la Virgen, también reconozco que los apócrifos aportan nuevos y sensacionales datos sobre la vida de la misma. Uno de estos «informes», en particular, me ha hecho pensar extensamente...

8

UNA ALIMENTACIÓN ESPECIAL

¿Sería tan descabellado pensar que María —la que iba a ser madre del Hijo del Altísimo— fue «vigilada» estrechamente por «aquellos» que, precisamente, tenían encomendada parte de la realización del «plan» cósmico de la Redención humana?

Trataré de explicarme.

Si, tal y como aseguran los Evangelios apócrifos, María fue engendrada de forma misteriosa y no por la acción directa de Joaquín, su padre, es lógico que «aquellos» que estaban «supervisando» el citado «plan» se encargaran también de su cuidado. Y muy especialmente en los siempre difíciles y delicados años de la infancia.

Resulta revelador que en los tres apócrifos de mayor peso —el Protoevangelio de Santiago, el de san Mateo y el Libro sobre la Infancia de María—, los narradores coincidan también en un hecho que viene a ratificar lo que acabo de exponer.

Dice el capítulo VII del último apócrifo citado:

> 1. Mas la Virgen del Señor iba adelantando en las virtudes al par que aumentaba en edad; y, según las palabras del salmista, su padre y su madre la abandonaron, pero Dios la tomó consigo.
>
> Diariamente tenía trato con los ángeles. Asimismo gozaba todos los días de la visión divina, la cual la inmunizaba contra toda clase de males y la inundaba de bienes sin cuento. Así llegó hasta los catorce años, haciendo con su conducta que los malos no pudieran imaginar en ella nada reprensible y los buenos tuvieran su vida y comportamiento por dignos de admiración.

Y la niña —María— «... diariamente tenía trato con los ángeles. Asimismo gozaba todos los días de la visión divina, la cual la inmunizaba contra toda clase de males...» (Libro [apócrifo] sobre la infancia de María.)

Hay una preocupación especial en estos autores por recalcar la idea de que la pequeña María recibía su comida de manos de los ángeles.

En el Evangelio apócrifo de Mateo, por ejemplo, esta afirmación se repite por dos veces.

Y lo mismo sucede con Santiago, en su apócrifo de la Natividad.

A primera vista, uno podría creer que tal expresión es producto quizá de la imaginación oriental, tan generosa sin duda y tan manipulada —que todo hay que decirlo— por muchos de los teólogos, exégetas e hipercríticos.

Y es posible —¿por qué no?— que lleven razón.

Pero, ¿y si no fuera así? ¿Y si esos ángeles hubieran existido en verdad, tal y como queda reflejado en decenas de pasajes de la Biblia?

Vamos a suponer que los apócrifos dicen verdad. Y vamos a imaginar que esos ángeles bajaban cada día hasta el recinto del templo para proporcionar el alimento a la niña.

¿Es que tenían alguna razón especial para hacerlo? ¿Existía la necesidad real de vigilar la comida de María?

¿O es que se trataba —además— de otro tipo de control o «chequeo»...?

Intentemos racionalizar el asunto.

Si aquella criatura humana —María— había sido seleccionada para acoger en sus entrañas a un ser tan diferente y elevado como Jesús, parece necesario, más que lógico, que aquellos «ángeles» la sometieran a un estricto control.

En una época tan elemental, desde el punto de vista sanitario y de la alimentación, no estaba de más —ni mucho menos— que un «equipo» especializado fuera comprobando sus constantes metabólicas y de crecimiento.

Sólo así podía estar garantizado un perfecto estado de salud. Sólo así era posible evitar el indudable y crónico déficit de vitaminas que padecía aquel pueblo y la mayoría de los que se asentaban en el Medio Oriente.[1]

Cualquiera de las enfermedades propias de la infancia, y que hoy se evitan merced al complejo abanico de vacu-

1. En su obra *Jerusalén en tiempos de Jesús*, J. Jeremías habla de carnes, pescados, hortalizas, brotes de alhova, guisantes, nueces, almendras tostadas, pan ácimo y vino como principales integrantes de las comidas festivas y pascuales. Esto, sin embargo, eran festines que nada tenían que ver con la alimentación diaria del pueblo.

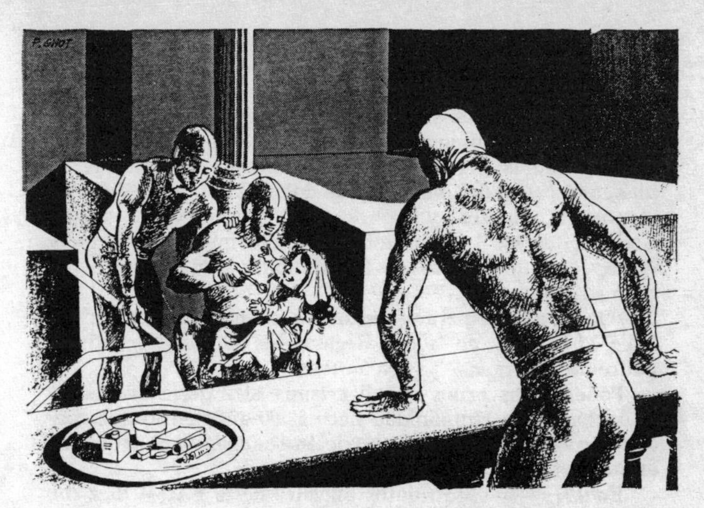

Los «astronautas» descendían diariamente hasta el templo y proporcionaban el alimento a la pequeña María.

nas, y que indudablemente podían asaltar también a la pequeña María, quedaba de esta forma conjurada.

Si uno —por simple curiosidad— echa la vista atrás y examina los índices de mortalidad infantil en épocas pasadas, quedará conmocionado. Hoy en día, incluso, como todos sabemos, siguen muriendo millones de niños en el planeta a causa del hambre y de dolencias como la difteria, meningitis, fiebres y, sobre todo, desnutrición. Según UNICEF, de los 1 500 millones de niños que tenemos todavía en el mundo, más de 500 millones están gravemente desnutridos.

¿Qué podía esperarse entonces en una civilización de hace 2 000 años, en la que llegar a los 40 años —edad del padre de la Virgen— ya era un triunfo?

Podemos hacernos una ligerísima idea de la dramática situación de la Humanidad hace 2 000 años en lo que concierne, por ejemplo, a desnutrición sondeando el problema en nuestros días. Veamos.

En 1979 —y según datos oficiales de la FAO— diez millones de niños de todo el mundo estaban tan desnutridos que sus vidas corrían grave peligro. Otros 400 millones de personas viven al borde de la inanición. Cada día mueren de hambre 12 000 seres humanos y sólo en la India fallecen cada año un millón de niños, víctimas de la desnutrición...

Si esto está ocurriendo ahora, en plena Era del Espacio, ¿qué no sucedería en tiempos de Ana y Joaquín?

La desnutrición puede producirse, según nuestros científicos, de cuatro formas. En primer lugar, puede ser sencillamente que una persona no ingiera suficientes alimentos: es lo que se llama subnutrición. Puede ser que su dieta no incluya uno o varios alimentos básicos, lo que provoca enfermedades deficitarias tales como la pelagra, el escorbuto, el raquitismo y la anemia del embarazo, debidas a una insuficiencia en ácido-fólico. Puede ser también que tenga una malformación física o una enfermedad —de origen genético o ambiental— que le impida digerir correctamente los alimentos o asimilar algunos de sus componentes: esta circunstancia produce lo que se llama desnutrición secundaria. Finalmente, y este caso es más de malnutrición que de desnutrición, puede ser que esté consumiendo demasiadas calorías o tomando en exceso uno o varios de los componentes de una dieta correcta: es lo que entendemos por sobrealimentación.

Pero me referiré fundamentalmente a los tres primeros tipos de desnutrición —y que, sin duda, podían ser los «fantasmas» que hicieran temblar al «equipo» de «astronautas», de cara a la joven María y a sus ancestros.

Una insuficiencia crónica de calorías, por ejemplo, hubiera provocado en la Virgen niña apatía, desgaste muscular y fallos en el crecimiento. Las personas subalimentadas, sea cual fuere su edad, son más vulnerables ante las infecciones y otras enfermedades, y se recuperan más lentamente y con mayor dificultad. Si María hubiese padecido una deficiencia proteínica crónica, su crecimiento hubiera sido más lento y su talla habría sido sensiblemente inferior a la normal. Además, hubiera presentado ciertos síntomas característicos: erupciones cutáneas y palidez, edemas del hambre, cambio en el color del pelo...

Es curioso pero, de haber padecido este problema, María —en lugar de presentar un tinte moreno, propio de la raza judía— habría sido pelirroja...

Si bien la desnutrición proteínico-calórica es la forma predominante de desnutrición, las enfermedades producidas por deficiencias de determinadas vitaminas o minerales también están muy extendidas. Si esto sucede en nuestros días, ¿qué podemos pensar de hace 2 000 años?

En aquella época serían frecuentes las enfermedades deficitarias clásicas: el «beriberi», la «pelagra», el «raquitismo». Esta última, que puede encontrarse todavía en su forma adulta en las mujeres musulmanas («osteomalacia»), por sus hábitos de vida que les impide recibir la luz solar, me ha hecho pensar en un «detalle» no menos asombroso y que fue «planeado», sin duda, con toda intención por el «equipo».

Me refiero al insólito hecho de que los «astronautas» accedieran al voto o promesa de Ana y Joaquín —en cierto modo inhumano— de entregar a su único vástago, y desde tan tierna infancia, al servicio del Templo. Aquí había algo que no encajaba...

Si uno se pone a pensar, la postura del «equipo» no resulta tan desnaturalizada. Era precisamente en el gran Templo de Jerusalén —construido de acuerdo con los patrones y normas que dictó en su día el propio «equipo» de «astronautas»— donde mejor podían «controlar» el crecimiento y desarrollo físico y psíquico de la niña. Allí, además, abundaban los patios abiertos, en los que el sol caía a raudales. Un «chequeo» casi constante de María mientras hubiera vivido en la casa de sus padres habría supuesto, quizá, una evidente complicación de las maniobras y trabajos de los «astronautas».

No creo, en fin, que la estancia de la niña en el Templo —suponiendo que fuera cierto tal relato— obedeciera a razones de orden espiritual. Ésta, en todo caso, pudo ser la excusa de la que echaron mano los responsables de la integridad física y mental de la Virgen.

Era poco menos que imposible —insisto en ello— que los «astronautas» explicaran a los padres de María las auténticas razones de aquel meticuloso control...

Un control que debió recaer igualmente sobre Ana, antes y durante el embarazo.

Hoy sabemos que los seres más indefensos ante los estragos de la desnutrición son precisamente los niños —hasta los cinco o seis años— y las mujeres lactantes. Las proteínas son particularmente necesarias durante el desarrollo del feto, para la formación de huesos, músculos y órganos. El hijo de una madre desnutrida tiene más probabilidades de nacer prematuro o enclenque, y su riesgo de morir o de ser víctima de malformaciones neurológicas o mentales irreversibles es mucho mayor. El cerebro inicia su desarrollo *in utero* y lo completa a temprana edad (antes de los dos años). La desnutrición durante este período, en el que se están formando las neuronas y las conexiones neuronales, puede ser causa de retrasos mentales no susceptibles de posterior recuperación. Las consecuencias a largo plazo, no sólo en el orden individual, sino también en el social, no necesitan ser expuestas...

No quiero ni pensar en lo que podría haber sucedido si, por una falta de control, esta penúltima fase de la Redención —embarazo de Ana, crecimiento de María, etcétera— se hubiese malogrado. Aunque estoy hablando en teoría, ¿qué hubiera hecho el «equipo» celeste si, de pronto, y por razones de una deficiente nutrición o por cualquier enfermedad, la madre de María hubiese abortado o la pequeña llega a este mundo prematuramente o con una complicación cerebral, metabólica, etc.?

La vigilancia de la salud de Ana y Joaquín, así como de sus abuelos y demás ancestros, tuvo que ser otra de las «misiones» del viejo «equipo» que se había responsabilizado del «plan» divino desde los remotos tiempos de los patriarcas. Ésta que vemos ahora, precisamente, pudo ser —en mi opinión— una de las razones básicas para la elección, depuración sanitaria y mantenimiento —a cualquier precio— de la pureza de la raza del «pueblo elegido». Era absolutamente necesario que los últimos «eslabones» en la cadena que debía terminar en y con Jesús fueran sanos y «especialmente» preparados... ¡Y lo lograron!

Este vendaval de amenazas que, sin duda, se cernía sobre la población en general del pueblo judío de aquellos tiempos —desnutrición, enfermedades infecciosas, altas cotas de mortalidad infantil, etc.— me conduce, casi sin querer, a otra reflexión, no menos sutil: una de las escasas fórmulas que pudo utilizar el «equipo», para ir sorteando esta carrera de obstáculos que debió ser la consecución de una «rama» genética y fisiológicamente en condiciones en el pueblo elegido, fue quizá el sostenimiento de familias con posibilidades económicas y a cuyos miembros no les faltasen, al menos, los alimentos básicos. ¿Por qué si no la necesidad de que el Mesías descendiera de estirpe real? ¿Por qué si no la familia de Joaquín y Ana gozaban de numerosos rebaños y grandes propiedades? Ésta, repito, pudo ser la solución en mitad de tanta miseria y enfermedades. Pero volvamos a las estadísticas de 1979, estremecedoras por sí mismas y mucho más si las traspolamos a los años previos al nacimiento del Enviado.

Estimaciones basadas en los resultados de 77 estudios sobre el estado nutritivo de más de 200 000 niños en edad preescolar y realizados en 45 países de Asia, África y Latinoamérica, sitúan el número total de niños que presentan algún grado de desnutrición proteínico-calórica en 98,4 millones. Los porcentajes oscilan de 5 a 37 en Latinoamérica, de 7 a 73 en África y de ¡15 a 80 en Asia!, exceptuando China.

¡Qué no ocurriría en las tierras de Palestina hace 2 000 años! Y tampoco podemos olvidar que aquellos pueblos se vieron sumidos en diferentes épocas en sequías, huracanes, epidemias y hambres sin cuento que ensombrecieron aún más el ya crónico déficit alimenticio de la población.

En el año 64 antes de Cristo, un huracán destruyó toda la cosecha, «hasta el punto de que el *modius* de trigo fue vendido entonces a 11 dracmas, tal y como relata J. Jeremías. Es decir, que por 11 dracmas se compraron 8,752 litros, al precio de 0,7 litros por dracma. En épocas normales, en cambio, se adquirían 13 litros de trigo por dracma. Esto quiere decir que también en aquellos tiempos subían los precios. Y las subidas de los elementos básicos —como era el caso del pan— desencadenaba y desencadena siempre más hambre, más enfermedades y, en definitiva, más muertes.

Frente a situaciones como éstas, sólo las familias más pudientes podían escapar —y no siempre— a los ya citados fantasmas de la desnutrición, avitaminosis, etc.

Y aunque estoy convencido que en el Espacio no debe prosperar ningún tipo de régimen político o económico, ¿qué otra cosa podían hacer los «astronautas», que además debían intentar conjugar su tarea con el máximo respeto a la libertad individual y colectiva de los humanos?

Si a este complejo abanico de razones higiénico-sanitarias añadimos otras que, por supuesto, escapan a nuestro entendimiento, la constante presencia de los «ángeles» —día tras día— junto a la pequeña María o Mariam está más que justificada.

Es posible que el suministro de esos alimentos por parte del «equipo» eliminara los posibles riesgos de avitaminosis, desnutrición, raquitismo, etc., que soportaba la población infantil en aquellas fechas.

Y aunque la familia de María era rica, no podemos siquiera comparar el valor nutritivo de los alimentos que pudieran ofrecer los «ángeles» o «astronautas» con la rudimentaria dieta judía.

Salvando las distancias, vendría a ser como tratar de equiparar la esmerada y variada alimentación de un niño sueco de hoy con la de otro de cualquiera de los desiertos arábigos... de hace 2 000 años.

Y aunque creo que mi postura respecto a los «ángeles» que aparecen en la Biblia ha quedado suficientemente clara en el prólogo de este trabajo, no quiero seguir adelante sin reafirmar ahora uno de aquellos extremos. Los «astronautas» tenían que tener un aspecto absolutamente físico. Esa figura humana —esa materialidad, en definitiva—, a pesar de sus uniformes o vestiduras brillantes o metalizadas, terminaba por dar confianza.

¿Cómo entender si no que los testigos hablaran con ellos y que hasta la pequeña María fuera vista con un grupo de «ángeles», como si se tratara de viejos amigos?

Esa naturaleza física queda bien patente cuando el propio Joaquín trata de invitar al «mensajero» que se le ha aparecido en las montañas a entrar en su tienda y a reponer fuerzas con un buen festín. Y aunque el ángel rechaza la comida, al final desaparece de la vista del asombrado testigo en «algo» que asciende hacia los cielos y que Joaquín, como ya he comentado, confunde con el propio «ser sobrenatural». Estoy convencido que aquel «ángel» necesitó de un aparato o nave para elevarse, porque, simplemente, era de naturaleza tan física como el propio y aterrorizado futuro abuelo de Jesús, a quien acababa de dar un mensaje...

Utilizando, incluso, el más puro sentido común, era del todo necesario que aquella niña fuera acostumbrándose poco a poco a la presencia de los «ángeles» o «astronautas» del equipo, que enfrentarle de golpe y porrazo —años más tarde— a estos o a otros seres similares, encargados de velar por el éxito de misiones tan sumamente delicadas como la llamada «Anunciación», «Concepción virginal» y posterior y no menos milagroso «Parto»...

En mis muchas correrías tras los ovnis, he podido hablar con infinidad de testigos que han visto muy de cerca los mal llamados «objetos volantes no identificados» y sus ocupantes. Pues bien, la mayor parte ha sufrido alteraciones de tipo psíquico, llegando, incluso, a desmayarse.

Cuando el autor sagrado especifica en el Libro sobre la Natividad de María, que ésta «gozaba todos los días de la visión divina, la cual la inmunizaba contra toda clase de males» es posible que se esté refiriendo a algo que entonces sólo podía ser asimilado por la mente humana como un hecho divino o sobrenatural, pero que hoy —en plena carrera espacial— podemos empezar a concretar, por ejemplo, en el descenso de una de estas naves espaciales o en la salida a tierra de sus ocupantes: los famosos «ángeles».

Estoy convencido de que si cualquiera de nuestros hijos —a sus tres o cuatro años— pudiera establecer un contacto físico con los tripulantes de ovnis que se ven hoy día en cualquiera de los continentes, y si ese contacto se prolongara durante años, su familiaridad y la aceptación de estos seres sería completa. Sin reservas físicas ni mentales.

9

LA COMPLICADA ELECCIÓN DE UN ESPOSO PARA MARÍA

Y pasaron los años.

Y María alcanzó la pubertad. Fue entonces —según relatan los Evangelios apócrifos— cuando surgió el primer problema...

Según la costumbre judía, cuando las vírgenes que habían sido educadas y que habían vivido al amparo del templo registraban su primera menstruación, abandonaban el recinto sagrado y, generalmente, regresaban a sus casas para contraer matrimonio.

Pero la joven María se negó a aceptar las diversas proposiciones de matrimonio. Algunas, sin duda, muy ventajosas...

En este punto, por primera vez, aparece la figura del —para mí— siempre enigmático san José.

Muy poco se dice en los Evangelios canónicos sobre este importante personaje. Sólo en los apócrifos se aportan algunos datos más sobre su pasado y sobre la curiosa historia de su «elección» como marido de María.

Veamos qué dice en este sentido el Libro sobre la Natividad de María:

VII

Así llegó María hasta los catorce años...

2. Solía entónces anunciar públicamente el Sumo Pontífice que todas las doncellas que vivían oficialmente en el templo y hubiesen cumplido la edad convenida, retornaran a sus casas y contrajeran matrimonio, de acuerdo con las costumbres del pueblo y el tiempo de cada una. Todas se sometieron dócilmente a esta orden menos María, la Virgen del Señor, quien dijo que no podía

hacer aquello. Dio como razón el que estaba consagrada al servicio de Dios espontáneamente y por voluntad de sus padres, y que, además, había hecho al Señor voto de virginidad, por lo que no estaba dispuesta a quebrantarlo por la unión matrimonial.

Viose entonces en gran aprieto el sumo sacerdote, pensando por una parte que no debía violarse aquel voto para no contravenir a la Escritura, que dice:

«Haced votos al Señor y cumplidlos.»

Y no atreviéndose por otra a introducir una costumbre desconocida para el pueblo. Así, pues, mandó que, con ocasión de la fiesta ya cercana, se presentaran todos los hombres de Jerusalén y sus contornos para que su consejo pudiera darle luz sobre la determinación que había de tomarse en asunto tan difícil.

3. Realizado el plan, fue sentir común de todos que debía consultarse al Señor sobre esta cuestión. Se pusieron, pues, en oración y el sumo sacerdote se acercó para consultar a Dios. Y al momento se dejó sentir en los oídos de todos una voz proveniente del oráculo y del lugar del propiciatorio. Decía esta voz que, en conformidad con el vaticinio de Isaías, debía buscarse alguien a quien se encomendase y con quien se desposase aquella virgen. Pues es bien sabido que Isaías dice:

«Brotará un tallo de la raíz de José y se elevará una flor de su tronco. Sobre ella reposará el Espíritu del Señor; Espíritu de sabiduría y de entendimiento, Espíritu de consejo y de fortaleza, Espíritu de conciencia y de piedad. Y será inundada del Espíritu de temor del Señor.»

4. De acuerdo, pues, con esta profecía, mandó que todos los varones pertenecientes a la casa y familia de David, aptos para el matrimonio y no casados, llevaran sendas varas al altar. Y dijo que el dueño de la vara que una vez depositada hiciera germinar una flor y en cuyo ápice se posara el Espíritu del Señor en forma de paloma, sería el designado para ser el custodio y esposo de la Virgen.

VIII

1. Allí estaba, como uno de tantos, José, hombre de edad avanzada que pertenecía a la casa y familia de David. Y mientras todos por orden fueron depositando sus varas, éste retiró la suya. Al no seguirse el fenómeno extraordinario anunciado por el oráculo, el sumo sacerdote pensó que se debía consultar de nuevo al Señor. Éste respondió que precisamente había dejado de llevar su vara aquel con quien debería desposarse la Virgen. Con

esto quedó José descubierto, pues nada más depositar su vara, se posó sobre su extremidad la paloma procedente del cielo. Esto patentizó bien a las claras que era él con quien debía desposarse la Virgen.

2. Se celebraron, pues, los esponsales como de costumbre, y José se retiró a la ciudad de Belén para arreglar su casa y disponer todo lo necesario para la boda.

María, por su parte, la virgen del Señor, retornó a la casa de sus padres en Galilea, acompañada de las siete doncellas coetáneas suyas y compañeras desde la niñez, que le habían sido dadas por el sumo sacerdote.

La versión de Mateo

Pero antes de pasar a comentar algunos de los curiosos aspectos de este relato, veamos qué dice el Evangelio apócrifo de Mateo sobre este mismo asunto:

VII

El sacerdote Abiatar ofreció entonces cuantiosos dones a los pontífices para que éstos entregaran a la virgen María y él pudiera a su vez dársela en matrimonio a su propio hijo.

Pero María por su parte se oponía resueltamente, diciendo:

«No es posible que yo conozca varón o que varón alguno me conozca a mí.»

Pero los pontífices y sus parientes le decían: «Dios es honrado en los hijos y adornado en la posteridad, como siempre se ha observado en Israel.» A lo que María repuso:

«A Dios se le honra, sobre todo, con la castidad, como es fácil probar.»

VIII

1. Y sucedió que, al llegar a los catorce años, los fariseos tomaron en ello pretexto para decir que era ya antigua la costumbre que prohibía habitar a cualquier mujer en el templo de Dios. Por esto se tomó la resolución de enviar un mensajero por todas las tribus de Israel, que convocara a todo el pueblo para dentro de tres

días en el templo. Cuando estuvo reunido todo el pueblo, Abiatar se levantó, subió a las gradas más altas con el fin de ser visto y oído por todos, y después de hacerse silencio, habló de esta manera:

«Escuchadme, hijos de Israel; que vuestros oídos perciban mis palabras: desde la edificación de este templo por Salomón han vivido en él vírgenes hijas de reyes, de profetas, de sumos sacerdotes y de pontífices, llegando a ser grandes y dignas de admiración. No obstante, en llegando a la edad conveniente, fueron dadas en matrimonio, siguiendo con ello el ejemplo de las que anteriormente habían precedido y agradado a Dios de esta manera. Pero María ha sido la única en dar con un nuevo modo de seguir el beneplácito divino, al hacer promesa de permanecer virgen. Así, pues, creo que nos será posible averiguar quién es el hombre a cuya custodia debe ser encomendada, preguntándoselo a Dios y esperando su respuesta.

2. Agradó tal proposición a toda la asamblea. Echaron suerte los sacerdotes sobre las doce tribus de Israel, y ésta vino a recaer sobre la de Judá. Entonces dijo el sacerdote:

«Vengan mañana todos los que no tienen mujer y traiga cada cual una vara en su mano.»

Resultó, pues, que entre los jóvenes vino también José trayendo su vara. Y el sumo sacerdote, después de recibirlas todas, ofreció un sacrificio e interrogó al Señor, obteniendo esta respuesta:

«Mete todas las varas en el interior del santo de los santos y déjalas allí durante un rato. Mándales que vuelvan mañana a recogerlas. Al efectuar esto, habrá una de cuya extremidad saldrá una paloma que emprenderá el vuelo hacia el cielo. Aquel a cuyas manos venga esta vara portentosa, será el designado para encargarse de la custodia de María.»

3. Al día siguiente todos vinieron con presteza. Y, una vez hecha la oblación del incienso, entró el pontífice en el santo de los santos para recoger las varas. Fueron éstas distribuidas sin que de ninguna saliera la paloma esperada. Entonces el pontífice Abiatar se endosó las doce campanillas juntamente con los ornamentos sacerdotales y entró en el santo de los santos donde prendió fuego al sacrificio. Y mientras hacía su oración se le apareció un ángel que le dijo:

«Hay entre todas las varas una pequeñísima, a la que tú has tenido en poco y la has metido entre las otras. Pues bien, cuando saques ésta y se la des al interesado, verás cómo aparece sobre ella la señal de que te he hablado.»

La vara en cuestión pertenecía a José. Éste estaba

postergado por ser ya viejo y no había querido reclamar su vara por temor de verse obligado a hacerse cargo de la doncella. Y mientras estaba así en esta actitud humilde, como el último de todos, le llamó Abiatar con una gran voz, diciéndole:

«Ven a recoger tu vara, porque todos estamos pendientes de ti.»

José se acercó lleno de temor, al verse tan bruscamente llamado del sacerdote. Mas cuando fue a extender su mano para recoger la vara, salió del extremo de ésta una hermosísima paloma, más blanca que la nieve, la cual, después de volar un poco por lo alto del templo, se lanzó al espacio.

4. Entonces, el pueblo entero le felicitó diciendo:

«Dichoso tú en tu ancianidad, ya que el Señor te ha declarado idóneo para recibir a María bajo tu cuidado.»

Los sacerdotes le dijeron:

«Tómala, porque tú has sido el elegido entre todos los de la tribu de Judá.»

Mas José empezó a suplicarles con toda reverencia y a decirles lleno de confusión:

«Soy ya viejo y tengo hijos. ¿Por qué os empeñáis en que me haga cargo de esta jovencita?»

Entonces, Abiatar, sumo sacerdote, dijo:

«Acuérdate, José, cómo perecieron Datán, Abirón y Coré, por despreciar la voluntad divina. Lo mismo te pasará a ti si no haces caso a este mandato del Señor.»

José repuso:

«No seré yo quien menosprecie la voluntad de Dios, sino que seré custodio de la joven hasta que aparezca claro el beneplácito divino sobre quién de mis hijos ha de tomarla por mujer. Séanle dadas algunas de sus compañeras vírgenes, con las que pueda mientras tanto alternar.»

El pontífice respondió:

«Sí, le serán dadas algunas doncellas para su solaz hasta que llegue el día prefijado en que tú debas recibirla; pues has de saber que no puede contraer matrimonio con ningún otro.»

La versión de Santiago

Por último, Santiago trata así la elección del esposo de María en su Protoevangelio:

2. Pero, al llegar a los doce años, los sacerdotes se reunieron para deliberar, diciendo:

«He aquí que María ha cumplido sus doce años en el templo del Señor, ¿qué habremos de hacer con ella para que no llegue a mancillar el santuario?»

Y dijeron al sumo sacerdote:

«Tú que tienes el altar a tu cargo, entra y ora por ella, y lo que te dé a entender el Señor, eso será lo que hagamos.»

3. Y el sumo sacerdote, endosándose el manto de las doce campanillas, entró en el *sancta sanctorum* y oró por ella. Mas he aquí que un ángel del Señor se apareció diciéndole:

«Zacarías, Zacarías, sal y reúne a todos los viudos del pueblo. Que venga cada cual con una vara, y de aquel sobre quien el Señor haga una señal portentosa, de ése será mujer.»

Salieron los heraldos por toda la región de Judea y, al sonar la trompeta del Señor, todos acudieron.

IX

1. José, dejando su hacha, se unió a ellos y, una vez que se juntaron todos, tomaron cada uno su vara y se pusieron en camino en busca del sumo sacerdote. Éste tomó todas las varas, penetró en el templo y se puso a orar. Terminado que hubo su plegaria, tomó de nuevo las varas, salió y se las entregó, pero no apareció señal ninguna en ellas. Mas al coger José la última, he aquí que salió una paloma de ella y se puso a volar sobre su cabeza. Entonces el sacerdote le dijo:

«A ti te ha cabido en suerte recibir bajo tu custodia a la Virgen del Señor.»

2. José replicó:

«Tengo hijos y soy viejo, mientras que ella es una niña; no quisiera ser objeto de risa por parte de los hijos de Israel.»

Entonces el sacerdote repuso:

«Teme al Señor tu Dios y ten presente lo que hizo con Datán, Abirón y Coré: cómo se abrió la tierra y fueron sepultados en ella por su rebelión. Y teme ahora tú también, José, no sea que sobrevenga esto mismo a tu casa.»

3. Y él, lleno de temor, la recibió bajo su protección. Después le dijo:

«Te he tomado del templo; ahora te dejo en mi casa y me voy a continuar mis construcciones. Pronto volveré. El Señor te guardará.»

X

1. Por entonces los sacerdotes se reunieron y acordaron hacer un velo para el templo del Señor. Y el sacerdote dijo:

«Llamadme algunas doncellas sin mancha de la tribu de David.»

Se marcharon los ministros y, después de haber buscado, encontraron siete vírgenes. Entonces al sacerdote le vino a la memoria el recuerdo de María y los emisarios se fueron y la trajeron.

2. Después que introdujeron a todas en el templo, dijo el sacerdote:

«Echadme suertes a ver quién es la que ha de bordar el oro, el amianto, el lino, la seda, el jacinto, la escarlata y la verdadera púrpura. Y la escarlata y la púrpura auténtica le tocaron a María, quien, en cogiéndolas, se marchó a su casa. En aquel tiempo se quedó mudo Zacarías, siendo sustituido por Samuel hasta tanto que pudo hablar. María tomó en sus manos la escarlata y se puso a hilarla.»

10

LOS «MICRÓFONOS» DE YAVÉ

Según estos textos apócrifos, coincidentes en buena medida como puede comprobarse, José debía ser un hombre mayor.

El hecho —lo confieso— me llenó de estupor. Siempre había leído, y así me lo enseñaron desde mi más lejana infancia, que san José era un modesto carpintero, más o menos de la misma edad que María. Pues no. He aquí que estudiando dichos apócrifos, uno deduce que se trataba de un hombre de cierta edad, viudo de su primera mujer y con hijos.

Ciertamente extrañado, amén de consultar en cuantas fuentes me fue posible, me dirigí al eminente arqueólogo y reconocida autoridad mundial en el estudio de los Evangelios apócrifos, el franciscano Bellarmino Bagatti, actualmente residente en Jerusalén.

El padre Bagatti me hizo saber —y poco después me lo confirmaría otra gran figura en el estudio bíblico, el padre Ignacio Mancini— «que, tal y como ha sido publicado en la reciente obra *Edizione critica del testo arabo della Historia Josephi fagri lignarii e ricerche sulla origine*,[1] los primeros cristianos, de ascendencia judía, tenían en gran estima y veneración al carpintero de Nazaret y que el hecho de que José —según el citado apócrifo— hubiera tenido seis hijos de la primera mujer, que le dejó viudo a los 89 años, no rebaja en nada su santidad».

La confirmación de los franciscanos Bellarmino Bagatti, Antonio Battista —que es el responsable de la traducción y transcripción de la *Historia* de José— y del también padre Mancini congelaron mi mente durante algún tiempo frente a otra interrogante:

1. Publicada por Franciscan Printing Press (Jerusalén, 1978).

¿Por qué el «estado mayor» eligió precisamente a un hombre tan anciano como esposo de María?

Tenía que haber alguna razón. Dios —eso lo voy aprendiendo poco a poco— siempre tiene «razones» para todo. Y algunas, hay que reconocerlo, muy buenas...

Y he aquí que un buen día, meditando sobre este particular, se me ocurrió algo.

El «equipo» de «astronautas» —lo he repetido hasta la saciedad— lo tenía casi todo previsto. Si ellos sabían que el embarazo de la Virgen podía levantar polémicas, infundios y hasta difamaciones, ¿cuál podía ser el medio más eficaz para que las sospechas de la maternidad de la niña no cayera primero y directamente sobre José, su esposo? Sencillamente, uniendo a María a un hombre que —casi con seguridad— debía ser ya poco menos que impotente para la procreación.

Esa vejez —según Bagatti, José tenía 90 años cuando se unió en matrimonio con María— tenía posiblemente la finalidad de hacer más creíble a los ojos del pueblo la concepción milagrosa de Jesús y la virginidad de María.

Si pensamos un poco sobre ello notaremos que la «estrategia» era buena, muy buena...

Esta ancianidad de José está refrendada en los ya mencionados apócrifos de Mateo y Santiago. Nuestro hombre cree que la custodia de la niña es una obligación temporal. Sus pensamientos van más allá y llega a considerar que la tutela concluirá cuando María pueda casarse con uno de sus hijos. Al parecer, y según todos los indicios, el ebanista-constructor —y éste es otro error que se ha cometido con José— tenía un total de seis hijos, algunos, incluso, de más edad que la propia Virgen. Y decía que se ha cometido un error con el venerable esposo de María porque José no era un «pobre carpintero», como se ha dicho siempre. José, además de ebanista, era constructor. Pero de este curioso asunto me ocuparé más adelante...

Y antes de pasar a comentar el sabroso episodio de las varas y la paloma, no quisiera olvidarme de otro hecho, que se repite en los pasajes que nos ocupan.

Curiosamente, e ignorando la voluntad de la niña, el «equipo» hace saber a los sumos sacerdotes y a todo el pueblo que María debe ser entregada a aquel que sea previamente designado por la «voluntad divina».

Esto pone de manifiesto dos cosas:

Primera: que Ana, la madre de la Virgen, no le había hecho mención de aquellas palabras que pronunciara el «ángel» ante ella unos 14 o 15 años atrás. Como se recordará, el «astronauta» dejó bien claro ante la «abuela» de Jesús que la niña que iba a concebir sería bendita entre todas las mujeres, puesto que de ella nacería el Salvador.

¿Por qué Ana no se lo comentó a su hija? Una circunstancia tan trascendental hubiera hecho cambiar de idea a la pequeña y, con ello, todos se habrían ahorrado disgustos y quebraderos de cabeza. A no ser, claro, que el «equipo» se hubiera manifestado ante Ana en este sentido. Todo es posible.

Segunda: que en los planes de los «astronautas» no entraba —ni mucho menos— que María siguiera consagrada a Dios y recluida en el Templo. Una vez cubierta la peligrosa etapa del crecimiento, la siguiente fase —la más delicada de todas— obligaba a la Virgen a contraer matrimonio, a fundar un hogar y a cuidar, como cualquier madre de familia judía, a su hijo. Y todo ello, en el marco de la más estricta legalidad.

Y así sucedió. En el fondo, los deseos de la pequeña no fueron tenidos en cuenta. Y los sumos sacerdotes, tal y como estaba previsto, siguieron la voluntad de Dios y de sus «intermediarios». En este caso, de los «astronautas».

Un «equipo», como vemos, que estaba pendiente de todo. Incluso, de la comunicación directa —directísima— con el pueblo de Israel. Veamos cómo.

La Tienda del Encuentro

Mateo, en su apócrifo, nos está diciendo —nos está recordando en realidad— el sistema que usaba Yavé y sus «ángeles» para expresar su voluntad, sus decisiones y hasta sus disgustos...

Y digo que nos lo está recordando porque el libro sagrado que llamamos Éxodo detalla con minuciosidad las características y el modo de construir la «Tienda del Encuentro o de la Reunión» y que, en el fondo, no debía ser otra cosa —siempre hablando en hipótesis— que un «Centro de Comunicaciones».

Hasta ese lugar —primero en el desierto y años después en el gran templo que hizo levantar Salomón en plena ciudad de Jerusalén— acudían los pontífices y sumos sacerdotes, que «consultaban» a Yavé y obtenían de él la «respuesta» adecuada...

Previamente, claro, una sospechosa «nube» descendía sobre la Tienda del Encuentro y sobre el Santo de los Santos, en el Templo, y «la gloria de Yavé —dice la Biblia— llenaba la Tienda del Encuentro...».

En el caso del apócrifo de Mateo, como digo, se repite parte de la historia.

> ... Y el sumo sacerdote —relata el autor— después de recibirlas todas (las varas), ofreció un sacrificio e interrogó al Señor, obteniendo esta respuesta:
>
> «Mete todas las varas en el interior del Santo de los Santos y déjalas allí durante un rato. Mándales que vuelvan mañana a recogerlas. Al efectuar esto, habrá una de cuya extremidad saldrá una paloma que emprenderá el vuelo hacia el cielo. Aquel a cuyas manos venga esta vara portentosa, será el designado para encargarse de la custodia de María.»
>
> 3. Al día siguiente todos vinieron con presteza. Y una vez hecha la oblación del incienso, entró el pontífice en el Santo de los Santos para recoger las varas...

Acostumbrados como estamos en los tiempos que corren a que Dios no se manifieste ya de una forma física —incluida su voz— podríamos caer en la tentación de imaginar que el autor sagrado ha empleado en este caso una nueva metáfora. Algo así como si Dios hubiera inspirado, simplemente, al sumo sacerdote.

Yo pienso, en cambio, que el Evangelio apócrifo de Mateo está recogiendo —al igual que ocurre en los restantes libros sagrados que constituyen la Biblia— todo un hecho real. En otras palabras: que Yavé habló en verdad al pontífice. Y éste escuchó la «respuesta divina» como cualquiera de nosotros puede captar hoy la voz que amplifica un micrófono.

La «voz» que salió del propiciatorio y que fue escuchada por miles de testigos tenía que ser, obviamente, una voz «física» y en el idioma común de los habitantes de Jerusalén. No creo que los «astronautas» tuvieran demasiados problemas para dirigirse al pueblo judío. Llevaban casi dos mil años tratando con aquellas gentes y, dada su tecnología, así como su capacidad mental, aprender los idiomas y dialectos de la zona debía ser un juego de niños.

Y aunque me referiré a ello al llegar al capítulo de «Yavé», y de su posible interpretación, es posible que el

Mientras la «columna de fuego» permanecía sobre la Tienda de la Reunión, el pueblo aguardaba en su campamento. Cuando se elevaba, los judíos se ponían en camino por el desierto.

lector haya empezado ya a intuir por qué el «equipo de astronautas» al servicio de la Gran Fuerza o del Gran Dios ordenó —desde un principio— el levantamiento de una «Tienda de la Reunión», en pleno desierto primero, y de un gran Templo en Jerusalén, algunos siglos más tarde... ¿Y qué otra cosa podían hacer para establecer una estrecha vigilancia y un «diálogo» con el pueblo elegido?

En cuanto al sucedido de las varas y la paloma, si tal hecho fue cierto, la «operación» debió ser tan pueril como divertida para los «astronautas». Pero, precisamente por su sencillez, el procedimiento resultó de lo más directo y positivo. Todos, sencillamente, quedaron con la boca abierta.

Y sin ánimo de menospreciar el hecho, supongo que hoy podría repetirlo —y hasta mejorarlo— cualquiera de los grandes prestidigitadores que andan por el mundo sacando conejos de las chisteras o palomas de las mangas de sus americanas.

Lo que verdaderamente debía importarle al «equipo» era que la totalidad del pueblo y de los sacerdotes fueran testigos de otro hecho «milagroso» que, además, vinculaba a José a la pequeña María. Un hecho que, por añadidura, daba cumplida cuenta de la mencionada profecía de Isaías.

Sea como fuere, este encuentro de José con María —tal y como lo detallan los apócrifos— resulta quizá «aparatoso», aunque, bien mirado, la narración es mucho más «informativa» que la suministrada por los evangelistas «titulados», que nos presentan los «esponsales» de ambos como un hecho consumado, sin que nadie logre saber cómo, cuándo y dónde aparece José.

Pero, llegados a este punto, quizá fuese conveniente hacer un alto en los Evangelios apócrifos y contemplar la dura tarea que llevaban ya realizada los «astronautas» y que fue recogida a las mil maravillas en ese libro fascinante que llamamos Éxodo.

Las «sorpresas» en dicho texto son inagotables.

11

UNA «NUBE» QUE HA SIDO VISTA POR NUESTROS PILOTOS

Cuantas más vueltas le doy al capítulo 24 del Éxodo —y concretamente a los versículo 12 al 18— más fuerte crece en mi corazón la teoría de que Moisés tuvo un intenso y decisivo «entrenamiento » o «instrucción» dentro de lo que hoy conocemos y comprendemos como una nave espacial.

Y espero que el lector no termine de rasgarse las vestiduras...

He aquí lo que reproduce textualmente dicho pasaje:

> Dijo Yavé a Moisés:
>
> «Sube hasta mí, al monte; quédate allí, y te daré las tablas de piedra —la ley y los mandamientos— que tengo escritos para su instrucción.»
>
> Se levantó Moisés, con Josué, su ayudante; y subieron al monte de Dios. Dijo a los ancianos:
>
> «Esperadnos aquí que volvamos a vosotros. Ahí quedan con vosotros Aarón y Jur. El que tenga alguna cuestión que recurra a ellos.»
>
> Y subió Moisés al monte.
>
> La nube cubrió el monte. La gloria de Yavé descansó sobre el monte Sinaí y la nube lo cubrió por seis días. Al séptimo día, llamó Yavé a Moisés de en medio de la nube. La gloria de Yavé aparecía a la vista de los hijos de Israel como fuego devorador sobre la cumbre del monte. Moisés entró dentro de la nube y subió al monte.
>
> Y permaneció Moisés en el monte cuarenta días y cuarenta noches.

En mi opinión personal —y como investigador del fenómeno ovni— la descripción del Éxodo guarda una semejanza sencillamente extraordinaria con muchos de los casos que hoy se estudian en la joven Ciencia llamada Ufología.

En los últimos años —y no digamos en épocas pasadas— se han registrado abundantes casos de extraños y a veces gigantescos objetos que permanecen inmóviles o se desplazan por los cielos, envueltos en un humo o gas que recuerdan las nubes.

Esas «nubes», incluso, han llegado a desplazarse en contra del viento o han sido detectadas en las pantallas de radar como un eco sólido y metálico.

En otras oportunidades, el «camuflaje» o nube que rodea al ovni desaparece y los testigos han contemplado la silueta de un disco o de un gran cilindro.

No hace muchos meses, un comandante de la compañía aérea española Aviaco comunicaba al Centro de Control de Vuelo de Madrid la presencia a 21 000 pies de altura y sobre la provincia de Navarra, de una enigmática «nube» con forma de hongo y de un diámetro formidable. Permanecía estática y solitaria en un cielo absolutamente azul y despejado. Aquello impresionó tanto al comandante Sedó que pidió autorización para rodear la «nube». Y Madrid le autorizó a ello.

Cuando me entrevisté con este gran profesional del aire, su opinión fue rotunda:

«Aquello parecía una nube, pero no era tal. Tenía unos contornos perfectamente definidos. Sin la menor irregularidad. Y tú sabes que eso es imposible en una simple formación nubosa.

»Después de hacer un giro de 360 grados en torno a la enorme masa flotante, seguí rumbo a Barcelona.

»Estoy seguro —subrayó el veterano comandante— que allí dentro se ocultaba algo...»[1]

Poco tiempo antes, otros dos pilotos españoles —Carlos García-Bermúdez y Antonio Pérez—, también de la compañía Aviaco— sufrieron un no menos enigmático «encuentro» con otra «nube».

Volando a plena luz del día entre Valencia y Bilbao, el mal tiempo en este último aeropuerto les obligó a desviarse hacia el «alternativo». En aquel caso, el de Santander. Pues bien —según me relataron el comandante y el segundo—, a muy pocas millas de Bilbao, y con rumbo ya a Santander, el avión entró en una brillante y solitaria nube de tipo lenticular. Desde ese mismo instante —y por espacio de unos siete minutos—, la casi totalidad del ins-

1. Los relatos completos de estos casos aparecen en el libro *Encuentro en Montaña Roja,* también de J. J. Benítez, de próxima aparición.

La «nube» cubrió el Sinaí y la «gloria» de Yavé se posó sobre la montaña... Y a los seis días, Moisés fue llamado por Yavé. (Éxodo.)

trumental electrónico, brújulas, horizontes, etc., «se volvió loco». La radio dejó de recibir y los pilotos, por su parte, tampoco fueron escuchados por las torres de control de vuelo más próximas. En el colmo de los colmos, el vuelo, que debería haber durado entre 12 y 15 minutos en condiciones normales, se prolongó durante casi 35. Y un último fenómeno, tan incomprensible como los anteriores: al entrar en la misteriosa nube, el «cuentamillas» del Caravelle se detuvo y comenzó a «retroceder» como si el reactor volase «hacia atrás». El citado «cuentamillas» llegó a «cero» y siguió «retrocediendo» hasta «menos nueve millas». Algo así como si se hubiese situado sobre Pamplona. Al salir de la «nube», el citado medidor de distancias volvió al mismo número que marcaba al perforar la nube por primera vez.[2]

¿Cómo podía ser esto?

Los pilotos, lógicamente, comprobaron la totalidad de los sistemas, generadores, instrumental, etc. Justamente al dejar la nube atrás, el avión había vuelto a la más estricta normalidad. Y tanto Bermúdez como Pérez, a quienes conozco personalmente y cuya pericia y honradez están fuera de toda duda, me aseguraron que el avión no perdió jamás el rumbo hacia Santander.

¿Qué había sucedido en el interior de aquella «nube»? ¿Por qué consumieron más del doble del tiempo necesario para saltar de Bilbao al aeropuerto de la capital de la Montaña?

¿Se trataba de una nube normal? Evidentemente, no. Pero, entonces, ¿qué era o qué encerraba aquel misterio con forma de nube?

El 17 de junio de 1977, otro piloto, en este caso portugués, observaba a las 12 horas y a unos 2 000 pies de altitud un extraño objeto, «camuflado» entre nubes.

El piloto de la Fuerza Aérea Portuguesa, José Francisco Rodrigues, perteneciente a la 31 Escuadra de B.A.-3, en la localidad de Tancos, conducía en aquella ocasión un avión DO-27 y al pasar sobre la vertical de Barragem de Castelo de Bode se fijó en un objeto oscuro que se hallaba medio oculto entre los estratocúmulos.

Estaba prácticamente inmóvil y no correspondía a ningún modelo conocido de avión. Tenía la clásica forma de media naranja, con una hilera de ventanillas rectangulares.

Cuando el piloto solicitó información sobre un posible tráfico o avión en aquel sector, el radar BATINA respon-

2. Ver nota de página anterior.

dió negativamente. Al cabo de unos minutos, el objeto desapareció a gran velocidad.

Según declaraciones de Rodrigues, aquel aparato —de unos 13 a 15 metros de longitud— estaba casi «camuflado» entre las nubes...

Poco tiempo antes, también en Portugal, varios aviones de combate de la Fuerza Aérea del país hermano despegaron en busca del más ridículo de los «objetivos»: una nube. El radar militar había detectado un eco metálico no identificado y, como sucede casi siempre en estos casos, el Alto Mando portugués había ordenado la salida de dos «cazas», con el fin de identificar el supuesto «avión». Al llegar a la altitud y coordenadas señaladas por la pantalla, los pilotos comunicaron a su base que «allí sólo había una nube...»

De pronto, la «nube», ante la sorpresa de los pilotos y de los militares que seguían la presencia del eco no identificado en la pantalla de radar, se elevó en vertical, desapareciendo a gran velocidad.

Ninguna nube, por supuesto, puede realizar semejante maniobra. Y mucho menos cuando, como en aquella ocasión, no había viento...

¿Qué ocultaba la nube en su interior? Casi con seguridad, un objeto metálico. Así lo denunciaba el radar.

Recientemente tuve la oportunidad de investigar otro caso, que entra de lleno en este fenómeno.

Sobre la bellísima costa santanderina, y concretamente sobre la Peña de Santoña, a plena luz del día, cientos de vecinos de la zona pudieron observar un día azul y totalmente despejado cómo una nube de muy extrañas características se colocaba a baja altura sobre la citada Peña. En el interior de la masa nubosa, los testigos percibieron una mancha oscura.

Aquella nube permaneció sobre el lugar durante más de una hora. (Hay que hacer notar que en las inmediaciones de la Peña de Santoña se extiende precisamente el famoso penal del Dueso...)

Pues bien, al cabo de un tiempo, los asombrados testigos vieron cómo la nube se elevaba y desaparecía...

¿Y qué podríamos decir de aquella otra famosísima «nube» que se hallaba pegada al terreno y en la que entró el 5.º Regimiento inglés de Norfolk, en plena guerra con Turquía, y del que no ha vuelto a saberse? ¿Dónde están aquellos cientos de hombres? ¿Qué ocultaba realmente la densa nube?

En el pasado verano de 1979, sin ir más lejos, un prestigioso administrador de fincas con residencia en Málaga me contó otro «encuentro» que da mucho qué pensar en torno a los ovnis y la utilización de las nubes como «camuflaje».

Mi amigo, cuyo nombre no estoy autorizado a revelar, circulaba hacia las doce o doce y cuarto del mediodía por la carretera de Málaga a Fuengirola. Conducía su mujer. Había viento de poniente y antes de llegar a Carvajal, una formidable nube tormentosa que quizá se encontrase a 2 000 o 2 500 metros de altitud se abrió súbitamente. El administrador quedó atónito al ver en dicho hueco un objeto redondo, de color plomo y mucho más grande que una plaza de toros. La totalidad de la «panza» de dicho cuerpo aparecía repleta de ventanas por las que salía o podía verse luz. A los pocos segundos, la nube se cerró y el ovni quedó oculto.

A pesar de lo fugaz de dicha observación, el testigo —hombre de toda confianza— se dio perfecta cuenta de que «aquello» permanecía oculto tras la nube tormentosa.

Y así, con casos más o menos similares, podríamos llenar páginas y páginas...

En Ufología, la posible explicación a este fenómeno podría proporcionarla hasta un niño. ¿Qué mejor sistema para permanecer ocultos e inmóviles sobre una ciudad, una base militar o cualquier otro objetivo que «dentro» o por encima de una nube?

Y es perfectamente admisible que, como en el caso del comandante Martín Sedó, el ovni o los ovnis puedan ser los «fabricantes» de esas nubes. Una tecnología superior no encontraría mayores dificultades para que sus naves se desplazasen, incluso, manteniendo a su alrededor el gas o las nubes que ellos mismos creasen. ¡Ay de nosotros el día que rusos o yanquis descubran un sistema como éste! Los ataques por sorpresa a cualquier país o continente pueden llegar bajo la apariencia de un inofensivo frente de chubascos...

Utilizando el sentido común —e imagino que los tripulantes de los ovnis gozan en este aspecto de un tanto por ciento más elevado que el hombre de la Tierra—, ¿es que puede encontrarse un procedimiento «natural», y que no llame la atención de los «indígenas», como el de las nubes? Si vivimos en un planeta en el que las nubes son algo consustancial a su atmósfera, ello quiere decir que la presencia de estas masas —en cualquier rincón del globo— no herirá jamás el estado emocional de sus habitantes. Y esto es de gran importancia para aquellos seres que deseen conocernos y estudiarnos..., sin ser descubiertos.

Si el «equipo» de «astronautas» que pretendía establecer un «contacto en la tercera fase» con Moisés y Josué no deseaba ser molestado por los posibles curiosos —que de todo habría— del campamento judío, ¿qué mejor «barrera» que «fabricar» toda una espesa nube o niebla y cubrir el Sinaí?

Pero dejemos por un momento este posibilismo ufológico y veamos qué dice la voz de la Iglesia respecto a la «nube» y a la «gloria» de Yavé.

La opinión de la Iglesia

Aunque los comentarios de los teólogos y exégetas católicos sobre la espectacular aparición de Yavé en el monte Sinaí discurren por los más variados caminos interpretativos, he aquí, a mi entender, aquellos de mayor peso y que —de alguna forma— sintetizan la «conciencia» de la Iglesia.

Según la Biblia Comentada, declarada de interés nacional y publicada bajo los auspicios y alta dirección de la Pontificia Universidad de Salamanca, la nube que descendió sobre el Sinaí «era una imagen que tomaron con gusto los autores sagrados para representar la majestad e inaccesibilidad de Dios».

Y dicen también los profesores de Salamanca:

«... Para impresionar a aquellas gentes sencillas era preciso presentar a Yahvé en toda su majestad, como Señor de las fuerzas de la naturaleza...

»Los antiguos siempre se han impresionado por las tormentas acompañadas de relámpagos y truenos. Hoy sabemos por qué leyes físicas se produce este fenómeno natural, que se reduce a descargas eléctricas; pero para los antiguos era un misterio, y la explicación natural era relacionarlo con la ira del Dios omnipotente.»

Los comentarios de la Universidad Pontificia de Salamanca al Éxodo, en lo concerniente a esta presencia de Yavé en el monte sagrado, continúan más adelante:

«... La descripción de la teofanía[3] es grandiosa: truenos, relámpagos y nubes espesas acompañan a Yahvé en su manifestación majestuosa. La "nube" tenía por fin ocultar la "gloria" esplendente de Yahvé, para que los israelitas no fueran cegados por su furor y heridos de muerte a su presencia. Los comentaristas liberales —prosigue Salamanca— han querido ver en esta teofanía la descripción de un "dios de las tormentas" que sería adorado antes de Moisés por las tribus del Sinaí. Nada de ello se insinúa en el contexto, y, por otra parte, los datos arqueológicos que conocemos de aquella zona no avalan esta hipótesis gratuita. Más inconsistente aún es suponer que la teofanía del Sinaí es la simple descripción de una erupción volcánica. Ni la montaña es de tipo volcánico, ni los documentos extrabíblicos hablan de una zona volcánica en aquella parte del Sinaí, ni el relato bíblico sugiere algo parecido a una erupción volcánica. No se habla de cenizas ni de lava ardiendo; el pueblo está al pie de la montaña contemplando el espectáculo maravilloso sin moverse, lo que no es concebible en caso de un desbordamiento del volcán. Los fenómenos relatados por el autor sagrado se limitan a los truenos, relámpagos y humo. Todo ello no tiene otra finalidad que realzar la manifestación majestuosa de Dios, que iba a establecer las bases de la alianza con Israel.»

«Majestad inaccesible» para la «Biblia de Jerusalén»

La *Biblia de Jerusalén*, una de las obras más prestigiosas de la Iglesia Católica, publicada bajo la dirección de la Escuela Bíblica de Jerusalén y en la que han participado, entre otros, figuras tan relevantes como R. de Vaux, P. Benoit, Cerfaux, P. Dreyfus, M. Boismard y el equipo de las Concordancias de la Biblia se pronuncia así sobre el posible significado de la «gloria de Yavé»:

«La "gloria de Yahvé", en la tradición sacerdotal, es la manifestación de la presencia divina. Es un fuego que se distingue claramente de la nube que lo acompaña y lo envuelve. Estos rasgos están tomados de las grandes teofanías que se desarrollan en el marco de una tempestad,

3. Teofanía, entre otros significados, se refiere a la presencia de Dios.

Para la Iglesia Católica, la «nube» de Yavé sólo es una manifestación de Dios a través de las «fuerzas de la naturaleza»: tormentas, relámpagos, truenos...

pero se impregnan de un sentido superior: esta brillante luz, cuyos reflejos irradiará el rostro de Moisés, expresa la majestad inaccesible y temible de Dios, y puede aparecer con independencia de toda tempestad, como también tomará posesión del Templo de Salomón...»

Curiosamente, la *Biblia de Jerusalén* —al contrario de lo que hemos visto en los comentarios de los profesores de la Universidad de Salamanca— sí se refiere a la hipótesis «volcánica». Veamos:

«... Las tradiciones yahvista, sacerdotal y deuteronomista describen la teofanía (presencia de Dios) del Sinaí en el marco de una erupción volcánica. La tradición elohísta la describe como una tempestad. Se trata de dos presentaciones inspiradas en los más impresionantes espectáculos de la naturaleza: una erupción volcánica, tal como los israelitas habían oído contar a los visitantes de la Arabia del Norte, o tal como ellos mismos habían podido ver de lejos, desde la época de Salomón (expedición de Offir).

»Estas imágenes —concluye el comentario de la *Biblia de Jerusalén*— expresan la majestad y la gloria de Yahvé, su trascendencia y el temor religioso que inspira.»

«Dios mismo», según Dufour

Por su parte, el gran equipo que dirigió el padre Xavier León-Dufour describió la «gloria de Yavé» «como a Dios mismo, en cuanto se revela en su majestad, su poder, el resplandor de su santidad y el dinamismo de su ser».

«La nube: sólo un velo de Dios», dice Bauer

Y llegamos a J. B. Bauer quien, con 47 especialistas, ha estudiado las doctrinas teológicas de fe y las costumbres de cada libro o de cada lugar bíblico. En su Diccionario de Teología Bíblica, este formidable equipo se pronuncia así respecto al término bíblico «gloria de Yavé»:

«El Dios trascendente se revela en los fenómenos meteorológicos terrestres, por ejemplo, en la oscura nube tormentosa. Esta nube es sólo el velo de la verdadera aparición de Dios, del fuego y luz celeste abrasadores, que, sin velo, aniquilaría al hombre. Se puede, pues, definir la palabra *kabod* («gloria») como Dios mismo en cuanto se revela en solemne epifanía entre truenos y relámpagos, tempestad y terremotos.»

Con todos mis respetos...

Creo que, a veces, la prudencia de la gran «estructura» —de la Iglesia— puede llegar a ser tan irritante como ridícula. Y no quiero pensar que nefasta...

Comprendo que nadie —ni siquiera los teólogos (que estudian los «atributos» de Dios)— pueda entender, ni aproximarse siquiera, a la Divinidad. Y yo, mucho menos. Pero, de ahí a tratar como deficientes mentales a toda una confiada y dócil población de creyentes...

Ésta es mi opinión —con todos los respetos— en relación a algunos de los comentarios que acabamos de ver y que «reflejan» el sentimiento de la Iglesia sobre lo que dice la Biblia, el Libro Sagrado por excelencia, no lo olvidemos.

Es posible —yo ya no estoy tan seguro como los exégetas— de que «los antiguos» no conocieran las leyes físicas que rigen las descargas eléctricas, los truenos, las formaciones nubosas y las fuerzas en general de la naturaleza. Pero afirmar —insinuar siquiera— que esos fenómenos naturales «eran relacionados por dichos antiguos con la ira del Dios omnipotente» me parece más infantil y primitivo que esa supuesta «barbarie» que los maestros de la Teología gustan de colgar a los seminómadas, por ejemplo, de la península del Sinaí. No niego que hubo y hay sobre la faz de la Tierra pueblos y culturas que atribuyeron al sol, a la luna y al rayo un poder sobrenatural. Pero, de ahí a esmaltar a todos los «antiguos» con las mismas supersticiones y miedos —como afirman estos teólogos— hay un trecho...

¿Qué podríamos pensar hoy de unos supuestos sabios del siglo treinta que, por poner un leve ejemplo, enseñaran y escribieran para los hombres de su tiempo que los «antiguos» del siglo veinte sentían un miedo irracional y mágico hacia la lluvia y que, puesto que no habían aprendido a controlarla, trataban de «conjurar» la «ira de Dios» con paraguas...

Evidentemente, estos doctores se han olvidado de «antiguos» tan cultos y preparados como los egipcios (mucho más «antiguos» en el tiempo que los judíos), los sumerios, los acadios, los mayas, etc. Precisamente el pueblo que conducía Moisés por el desierto procedía de una de las naciones más cultas de la Tierra: Egipto. ¿Es que los israelitas no habían aprendido en los cientos de años que convivieron con los faraones lo que verdaderamente eran y representaban las lluvias torrenciales, las tormentas de verano en el Delta o los relámpagos en las templadas noches de Ramases?

Aquel pueblo llevaba escasos días en el desierto del Sinaí cuando llegó hasta la montaña sagrada. No podía haber olvidado en tan corto tiempo lo que en Egipto —según las estaciones— es pura rutina.

La mayor parte de los hombres y mujeres que formaban la expedición de Moisés habían trabajado durante toda su vida en las labores del campo.[4] Estaban familiarizados con las nubes, mucho más —estoy seguro— que los eminentes teólogos del siglo XX. ¿Por qué iban a sorprenderse o a caer rostro en tierra cuando se presentaba ante ellos la «nube» de Yavé? Y si ocurrió así —tal y como está escrito—, la razón hay que buscarla en otra dirección...

No debemos olvidar que la masa granítica del Sinaí —cuyo pico más alto se encuentra a 2 400 metros sobre el nivel del mar— se levanta, y se levantaba entonces (hace unos 3440 años) en mitad de una zona desértica, donde las nubes no eran muy frecuentes que digamos. Las pre-

4. Los textos de la Escritura —tal y como recogen los profesores de Salamanca— no coinciden al dar el número de años relativos a la duración de la permanencia de los hijos de Israel en tierra de los faraones. Así, hay una doble tradición: en Génesis (15) se dice en la promesa de Dios a Abraham: «Tu descendencia será esclava en tierra extranjera durante cuatrocientos años, y a la cuarta generación volverá aquí.» Es la cifra de san Esteban y Flavio Josefo.

En cambio, en Éxodo (12) se habla de 430 años, mientras que en las versiones de los Setenta, Samarit, Vet.-Lat., se computa este número de 430 años para el tiempo en que los patriarcas y los israelitas estuvieron en Palestina y Egipto. Según san Pablo, esta cifra se computa desde la vocación de Abraham hasta Moisés. Dividida en dos la cifra de 430, tenemos que se asignan 215 años para los patriarcas en Canaán y otros 215 para los israelitas en Egipto. Ésta es la cifra seguida por Eusebio. Luego tenemos tres cifras: 400, 430 y 215.

En suma, y aunque los exégetas no terminan por ponerse de acuerdo, parece más que probable que el pueblo judío permaneciera en tierras egipcias, al menos, dos siglos. Tiempo más que suficiente, como decía, como para familiarizarse con el campo y con todos los fenómenos naturales que en él se dan.

cipitaciones actuales —que pueden servirnos de referencia aproximada— arrojan alrededor de 100 mm por metro cuadrado al año.

De acuerdo con estos datos científicos, ¿qué podemos pensar de esas otras interpretaciones teológicas sobre tormentas, erupciones volcánicas o terremotos?

En la actual formación montañosa del Sinaí no existen vestigios de volcanes. Es más, según los vulcanólogos, jamás los hubo en la zona. Sólo en el área de Madián ha habido cierta actividad volcánica. Pero eso queda al otro lado del golfo de Aqaba, en el desierto arábigo, y a muchos cientos de kilómetros del monte Sinaí.

Mi pensamiento sí concuerda, en cambio, con las afirmaciones de Dufour que, con más sensatez que los anteriores, se limita a «clasificar» la «gloria de Yavé» como el reflejo de la Divinidad o como Dios mismo.

En el fondo viene a ser como no decir nada...

Es curioso cómo los doctores en Teología y los grandes exégetas encuentran siempre explicaciones para todo. No importa que no sean racionales. No importa que aparezcan mucho más fantásticas e increíbles que lo que realmente quiso decir el escritor sagrado. Y así han florecido los llamados «géneros literarios», aceptados por el Magisterio de la Iglesia y refrendados en el Concilio Vaticano II, y que, en muchas ocasiones, no son otra cosa que una negativa a reconocer que no se sabe lo que realmente ocurrió en tiempos del Antiguo o del Nuevo Testamento. Jamás he escuchado o leído a uno de estos personajes confesar humildemente que «no tiene ni idea de lo que quiso decir tal o cual autor sagrado...»

Afirmaciones como la del equipo de Bauer —«Dios se revela en los fenómenos meteorológicos terrestres...»— puede que llene de lógica satisfacción a mis amigos los meteorólogos, pero uno no puede evitar una cierta sonrisa de incredulidad...

De acuerdo con esa premisa, Dios se revela también en las arenas del desierto, en los cañonazos de las guerras y en la Coca-Cola. Y estamos convencidos que así es, pero eso no es responder a la preguntar concreta sobre la naturaleza de la «nube» del Sinaí o de la «gloria de Yavé».

Eso, en mi pueblo, se llama «salir por peteneras...».

Sí estoy plenamente de acuerdo con esa otra frase de Bauer en la que se dice «que la nube es sólo el velo de Dios, del fuego y de la luz celeste, abrasadores, que, sin velo, aniquilaría al hombre». Pero presumo que tal coincidencia se refiere tan sólo a las puras palabras y no a la intención de las mismas.

En mi planteamiento general —e insisto en que puedo estar equivocado— las coincidencias entre las investigaciones actuales sobre los «no identificados» y la descripción bíblica de la «nube» que cubrió el Sinaí y del «fuego devorador sobre la cumbre» son alarmantes.

«Aquello» sí tenía entidad como para dejar atónitos a los israelitas.

«Aquello» sí quedaba fuera de lo normal, de lo conocido y de las tormentas y fenómenos meteorológicos a los que estaban acostumbrados los hombres de Israel. Y es que estoy convencido que la «nube» que ocultó el Sinaí durante tantos días no era otra cosa que un simple «camuflaje», igual o parecido a los que ya he mencionado y en cuyo interior fueron vistos o captados en radar unos misteriosos «objetos volantes no identificados».

Y decía que Bauer acertó sin querer en su interpretación sobre el «velo» que protegía a los hombres de la luz y fuegos divinos porque, posiblemente, aquellos vehículos siderales emitían algún tipo de radiación, capaz de fulminar o afectar gravemente a quien cayera en su radio de acción.

Por esta razón, precisamente, Yavé advierte repetidas veces a Moisés de la necesidad de no traspasar determinados límites. «Guardaos de subir al monte —dice Yavé en el Éxodo (19)— y aún de tocar su falda. Todo aquel que toque el monte morirá. Pero nadie pondrá la mano sobre el culpable, sino que será lapidado o asaeteado; sea hombre o bestia no quedará con vida...»

Estas palabras —demasiado duras— sólo podían encerrar una clave: cualquier aproximación hasta la nave o las naves del «equipo» de «astronautas», que habían descendido sobre la cumbre del Sinaí, debía ser evitada a cualquier precio. Y no por miedo a las reacciones de los judíos, sino para salvaguardar la integridad física de los mismos. Los «astronautas» debían saber —tal y como nos consta hoy a nosotros— que una contaminación de tipo radiactivo echaría a perder los planes previstos para con aquel pueblo «elegido». Si lo que se estaba fraguando era la consecución de una raza especial y genéticamente preparada para la encarnación en dicho pueblo de un ser tan especial como Jesús, la amenaza de una posible mutación de tipo genético debía ser desterrada a toda costa.

A esto, por supuesto, habría que añadir una necesaria

e irremediable «teatralidad» por parte de los «astronautas», si de verdad querían ver florecer las ideas y proyectos del «estado mayor» celeste.

A pesar del «camuflaje», la nave principal —quizá la única que descendió sobre la montaña— debía verse desde muchos kilómetros y en especial durante la noche. Hoy tenemos cientos de miles de casos de ovnis que han sido vistos en todo el mundo y que brillan en la oscuridad con una luz «como candela», «como ascuas de fuego» o «como mil soles», empleando descripciones de los propios testigos.

Es precisamente esa luminosidad y los fascinantes cambios de colores lo que más llama la atención de las personas que han llegado a verlos. Muchos de estos testigos con los que he podido conversar aseguran que se trata de un espectáculo majestuoso e inolvidable. Algo que me recuerda las expresiones de los «testigos de la gloria de Yavé en el Sinaí». Recuerdo las palabras de un médico de la población de Guía, en la isla de Gran Canaria, que fue testigo, juntamente con otras personas, del casi aterrizaje de una nave esférica y tremendamente luminosa y transparente:

«Aquello irradiaba majestad —manifestó Julio César Padrón—. Si hay algo parecido a Dios, tiene que ser como "aquello"...»

Está claro que si a un médico del siglo XX —que ha visto llegar al hombre a la Luna— le faltan palabras y conceptos para explicar la maravilla que dice haber visto, ¿qué no les sucedería a los sencillos campesinos, artesanos o ganaderos de hace 3 500 años y que conformaban el pueblo judío?

Y Moisés fue llamado por Yavé y traspasó la nube. Y permaneció cuarenta días y cuarenta noches en el monte sagrado. Pero, ¿por qué?, ¿qué fue lo que sucedió realmente en ese período de tiempo? ¿Qué clase de «instrucción» recibió Moisés? Y lo más trascendental: ¿qué «clase» de Dios era Yavé?

12

MOISÉS: CUARENTA DÍAS DE «ENTRENAMIENTO»

Resulta tan fascinante como difícil de imaginar lo que realmente les ocurrió a Moisés y a su ayudante en el interior o en las proximidades de la nave de Yavé.

Algo, no obstante, ha quedado reflejado en el citado libro sagrado, el Éxodo.

Sabemos, por ejemplo, que tras esos cuarenta días en la cumbre del Sinaí, los dos dirigentes del pueblo judío recibieron las famosas tablas de piedra de la Ley, «escritas por el dedo de Dios».

Nos dice el Éxodo que Yavé les mostró unos planos o modelos de cómo debía ser la Morada y la Tienda del Encuentro, a construir junto al campamento.

Y que Yavé les habló también del descanso sabático, de las características y de la forma de construir la referida Tienda de la Reunión, así como de todo un conjunto de máximas, normas y leyes.

Es muy posible —aunque no está especificado directamente en el Éxodo— que Moisés recibiera toda una «iniciación» especial que le permitiera comprender mejor el objetivo final de aquella larga marcha por el desierto.

¿Quién puede afirmar o negar que Moisés no fuera entonces —durante ese mes largo en el interior de una nave espacial— entrenado o aleccionado sobre los diferentes sistemas para «contactar» con cualquiera de las muchas naves que, indudablemente, formarían parte de la gran misión?

Su cerebro, incluso, pudo ser «activado» de una forma especial, agilizando y desarrollando así las dormidas facultades paranormales de aquella civilización.

¿Por qué no?

La realidad es que, cuando descendió del Sinaí, además

¿Recibió Moisés un intenso «entrenamiento» mientras permaneció en los altos del Sinaí?

de las tablas sagradas de la Ley, Moisés puso manos a la obra y levantó a cierta distancia del campamento la famosa Tienda del Encuentro.

El Éxodo dedica nada más y nada menos que quince capítulos a las vicisitudes de la edificación de dicha Tienda, del Arca y de todo cuanto debía reunir la Tienda, ornamentación de la misma, de los sacerdotes, etc.

Aquella Tienda era realmente importante para Yavé y para el pueblo judío.

Pero, ¿por qué?

¿A qué venía tal lujo de detalles en las medidas, materiales, distribución, etc., de la misma?

La respuesta la proporciona el mismo Éxodo, en su capítulo 40, versículos 34 al 38.

Dice así:

YAVÉ TOMA POSESIÓN DEL SANTUARIO

> La nube cubrió entonces la Tienda del Encuentro y la gloria de Yavé llenó la Morada. Moisés no podía entrar en la Tienda del Encuentro, pues la nube moraba sobre ella y la gloria de Yavé llenaba la Morada.
>
> En todas las marchas, cuando la nube se elevaba de encima de la Morada, los israelitas levantaban el campamento.
>
> Pero si la Nube no se elevaba, ellos no levantaban el campamento, en espera del día en que se elevara. Porque durante el día la Nube de Yavé estaba sobre la Morada y durante la noche había fuego a la vista de toda la casa de Israel. Así sucedía en todas sus marchas.

Está claro que, una vez terminada la Tienda del Encuentro, alguna de las naves espaciales se situó sobre aquélla. Y Moisés —el único «iniciado»— podía penetrar en la misma, «hablando cara a cara con Yavé», tal y como relata el Éxodo.

Allí, quizá, recibía las órdenes o recomendaciones oportunas. Y desde allí —¿por qué no?— el pueblo podía escuchar la «voz de Dios».

En realidad tenía que ser muy sencillo para los «ángeles» o «astronautas» que la voz de Yavé llegase hasta el último rincón del campamento judío.

Una vez terminado el éxodo por el desierto, Salomón mandó edificar un soberbio templo en la ciudad de Jerusalén. Y dice también textualmente el Libro Primero de los Reyes (8,10-12):

«Al salir los sacerdotes del "Santo de los Santos", la Nube llenó la Casa de Yavé. Y los sacerdotes no pudieron continuar en el servicio a causa de la Nube, porque la gloria de Yavé llenaba la Casa de Yavé.»

Fue precisamente en ese *sancta sanctorum* —un lugar especialmente diseñado por el propio «equipo» de «ángeles», tanto en la Tienda del Encuentro como para el Templo— donde Yavé se dejó ver y oír en numerosas oportunidades. Un lugar al que sólo tenían acceso los «iniciados», es decir, los sacerdotes.

Y fue ahí, por tanto, donde el sumo sacerdote del Evangelio apócrifo de Mateo acudió para «consultar» a Dios. Y ahí precisamente escuchó la respuesta. Una aclaración larga y concretísima sobre lo que debía hacer con los «candidatos» para María y con las varas que debía portar cada uno.

Si dichas varas —como relata el apócrifo— fueron depositadas durante un tiempo en el «santo de los santos», en el lugar secreto y al que, sin duda, tenía acceso directo Yavé, tuvo que ser extremadamente sencilla la preparación de la citada elección y de todo el «aparato» de que, necesariamente, tuvo que ser rodeada...

Pero sigue en el aire la pregunta clave:

¿Qué clase de Dios era entonces Yavé?

13

UNA DELICADÍSIMA «MISIÓN»

Pocos capítulos me han producido tanto miedo como el que ahora empiezo.

Miedo a estar absolutamente equivocado. Miedo —sobre todo— a herir sensibilidades o empañar ideas.

Si lo hago es, únicamente, y como expuse en el prólogo, porque me lo dicta el corazón. Porque, personalmente, estoy convencido de lo que aquí —penosamente— voy a intentar exponer. Y porque, en definitiva, considero que el concepto que podamos tener de Dios se ve con ello —eso creo, al menos— seriamente ennoblecido.

Ojalá no cometa un nuevo error...

ALGO FALLÓ

Hasta para los exégetas y doctores más retrógrados de la Iglesia aparece con claridad que en este planeta «falló algo».

La especie humana «se torció». O, quién sabe, quizá «alguien» ajeno a nuestro mundo se encargó de alterar el ritmo evolutivo.

Y la Humanidad se desplegó en desorden. Alterada por la muerte y las enfermedades. Presa de la violencia, de la angustia y del egoísmo.

Los planes primitivos de la Suprema Sabiduría quedaron convertidos en simple papel mojado.

Fue preciso, quizá, reorganizarlo todo. Trazar, como quien dice, un nuevo «proyecto de hombre». Otro modelo.

Los «astronautas» al servicio de Yavé «peinaron» el mundo en busca de una zona adecuada donde pudiera nacer Jesús...

Pero ¿cómo llevarlo a cabo sin estridencias? ¿Cómo lograrlo sin hacer sombra a la libertad humana, premisa principal en toda creación divina?

Y el «alto mando» —y sigo utilizando aquellas palabras que fluyen espontáneamente en mi corazón— optó por enviar a Alguien. Un ser lo suficientemente importante y preparado como para causar el suficiente impacto, no sólo en el momento histórico y concreto de su existencia en el mundo, sino durante siglos y siglos.

Alguien que —sutil pero claramente— dejara trazado el único camino para enderezar el rumbo de los hombres de la Tierra.

Y quizá ese «alto mando» —tras no pocos estudios y consideraciones— fijó una fecha.

Y las «fuerzas intermedias» al servicio de Dios rastrearon el planeta de norte a sur y de este a oeste. Y elevaron su informe. Y todos coincidieron en un pueblo y en una zona del mundo.

La «operación» debería centrarse en los hombres que integraban una raza todavía incipiente y que habitaban entre el Nilo y el Tigris. La llamada «Fértil Creciente» y que, en aquellas fechas —hace ahora 4 000 años— constituía el mayor centro cultural del globo. Ningún otro rincón del planeta, casi con seguridad, ofrecía a los «exploradores del espacio» un mayor índice de progreso y florecimiento.

¿Qué continente podía reunir en tan reducidos kilómetros cuadrados un cruce tan soberbio de culturas como las de Egipto, Babilonia, Nínive o Ur?

¿África, quizá? Era evidente que no.

¿Europa, bajo el dominio de tribus bárbaras?

La Atlántida, suponiendo que hubiera existido, fue tragada por las aguas del océano Atlántico unos 8 000 años antes.

¿Qué quedaba entonces?

Sólo América. Pero todavía se necesitarían al menos otros dos mil años más para que florecieran en el Nuevo Continente culturas tan prometedoras como la maya, inca o tolteca.

Australia, por su parte, era una zona tan descolgada y primitiva que ni siquiera fue tomada en consideración.

En cuanto a Asia, excepción hecha de China, era igualmente un territorio medio vacío y asolado también por grupos tan belicosos como incultos.

En honor a la verdad, tan sólo el Próximo y Medio

Oriente habían adquirido un nivel mínimo para acoger a tan alto «Enviado».

Y con el beneplácito del «alto mando» fue iniciada la «Operación Redención».

PRIMER PASO: REUNIR UN PUEBLO

Siguiendo quizá un lento, metódico, pero riguroso «plan», los «mandos intermedios», en estrecha colaboración con los «astronautas», fueron seleccionando y controlando a determinados individuos y familias. Y dieron comienzo las apariciones y «encuentros» con los primeros y antediluvianos patriarcas.

El objetivo número uno para el «alto mando» tenía que ser, a todas luces, la consecución o establecimiento de un pueblo o de una comunidad lo suficientemente estable. Y lo más importante: un núcleo humano virgen. Desprovisto de anteriores ideas religiosas y ajeno a los mil dioses que tiranizaban y desconcertaban las conciencias de egipcios, amorreos, babilonios, etc.

Pero ¿dónde encontrar semejante «mirlo blanco»?

Efectivamente, tal pueblo no existía. Todos, en mayor o menor grado, estaban contaminados o deformados.

No hubo más remedio que «crear» esa nación.

Y dice el Génesis (12,1-3):

«Yavé dijo a Abraham: Vete de tu tierra, y de tu patria, y de la casa de tu padre, a la tierra que yo te mostraré. De ti haré una nación grande y te bendeciré. Engrandeceré tu nombre; y sé tú una bendición.»

Este tipo de promesas y apariciones de Yavé, como sabemos, se suceden en aquellos tiempos con cierta regularidad.

Es evidente que los responsables de la materialización del «plan» —los «astronautas»— querían ir explicando a «su» pueblo —al pueblo de Dios— por qué los habían elegido.

Tal y como avancé en las primeras líneas de este ensayo, en buena lógica —y dentro de la variadísima escala de seres inteligentes que, estoy seguro, ha creado el Profundo—, el «alto mando» que tenía a su cargo la «Operación Redención» debió elegir o designar para los «encuentros» con los hombres de Israel a «fuerzas» o «civilizaciones» relativamente próximas a nuestra forma física.

La elección de seres de formas físicas diferentes a la humana sólo hubiera contribuido a la confusión. Si el «alto mando» pretendía inculcar en aquel nuevo pueblo la idea de un único Dios, era preciso hacerlo con extremada sencillez.

Y aparecieron los «ángeles».

Curiosamente, en las casi doscientas intervenciones de estos seres en el Antiguo y Nuevo Testamento, siempre son descritos como jóvenes de gran belleza y de ropajes o vestiduras blancos y brillantes.

Sus formas, evidentemente, son humanas. Algunos, incluso, llegan a pasar inadvertidos entre la población.

Otros, como consta en el Antiguo Testamento, acompañan a los patriarcas y comen con ellos —caso de Abraham— o les fuerzan a abandonar una ciudad —caso de Lot en Sodoma—, después de dejar medio ciega a una muchedumbre que trataba de violarlos...

Para estos dos «astronautas» que acudieron hasta la casa de Lot no creo que resultase excesivamente complicado deslumbrar momentáneamente a la masa de vecinos que quería sodomizarlos. Una civilización tan adelantada debía disponer de armas —rayos paralizantes, gases anestésicos, etc.— para casos extremos.

San Luis. «Era como un ángel»

Y abundando en la posibilidad de que aquellos «ángeles» no fueran otra cosa que «hombres» del espacio —«hombres» de naturaleza física igual o parecida a la nuestra—, quiero relatar un hecho ocurrido no hace muchos meses y que me ha fortalecido en dicha idea.

El caso, sucedido a unos 38 kilómetros de la ciudad argentina de San Luis, ha sido investigado con la minuciosidad y seriedad que caracterizan a mi entrañable amigo y hermano Fabio Zerpa.

He aquí lo ocurrido:

En las primeras horas del sábado, 4 de febrero de 1978, un grupo compuesto por seis hombres llegó en automóvil al club de pesca de dicha ciudad, situado en el dique La Florida.

Descendieron del coche Manuel Alvarez, de 32 años; Ramón, Pedro y Jenaro Sosa, de 30, 32 y 34 años, respectivamente; Regino Perroni, de 26 y Eduardo Lucero, de 24 años, quienes, tras una frugal comida, prepararon sus elementos de pesca a fin de, una vez más, probar suerte en medio de las aguas del dique. Para ello dispusieron de una balsa.

De acuerdo con sus relatos, a partir de las 2.30 de la madrugada comenzaron a registrarse ráfagas de viento que produjeron una fuerte corriente. Tan sólo Manuel Álvarez, Pedro Sosa y Regino Perroni continuaron con sus cañas de pescar. El resto decidió dormir «para estar en forma por la mañana».

Pasó el tiempo y a las 5 una súbita e intensa luz —«como si el sol se encontrara en el cenit»—, los sorprendió a todos. Aquella luminosidad era tan fuerte que debieron cerrar los ojos y taparse la cara con las manos por algunos instantes. Al abrirlos se encontraron frente a ellos un objeto volador, con la forma de un plato sopero invertido, del cual había descendido un extraño ser. Tenía una sonrisa enigmática y presentaba ambas manos extendidas hacia el grupo de atónitos pescadores. Sus palmas estaban vueltas hacia arriba y les miraba fijamente.

Aquella situación se prolongó cerca de un minuto. «En realidad —contaron los testigos— no podríamos precisar con exactitud el tiempo transcurrido. Los segundos nos parecieron siglos...»

Por último, el tripulante de la nave volvió a introducirse en ella para luego, en segundos, emprender el vuelo y desaparecer.

«Tenía un físico perfecto»

Para Manuel Álvarez, auxiliar de tráfico de Aerolíneas Argentinas en el aeropuerto de San Luis, «fue como una visión que nos hubiese atrapado».

He aquí su relato:

«Alrededor de las 5 de la mañana todo se iluminó como si fuera un día de sol radiante. Cuando, tras la primera sorpresa, abrí los ojos vi una luz tremenda. Algo así como varios reflectores de los que se usan en los estudios de televisión, pero mucho más potente.

»En un instante y a una velocidad desconcertante apareció un plato volador que frenó de golpe y se quedó suspendido a unos tres metros del suelo y como a unos 25 de nuestra balsa. Entonces, de su parte inferior salió una escalerilla, igual a la que tienen los aviones Focker, pero sin pasamanos. Por ahí descendió un ser muy raro.

»Parecía un ser humano. Sin embargo, su piel tenía un color y una textura muy fuertes. Como la de una muñeca...

»Tenía unos dos metros de altura y su físico era perfecto. Parecía un "super-hombre".

»Bajó de la nave con movimientos completamente normales y se detuvo frente a nosotros, a unos 15 metros de la balsa. Sonrió y mostró las palmas de sus manos, que tenían unos guantes tipo mitón.[1]

»Lucía un traje plateado y escamado. Más o menos como la piel de los peces...

»Usaba una escafandra. Pero aquello no nos impidió ver su rostro, sereno, rosado y de fuerte textura.»

A la pregunta de los investigadores de si aquel ser había intentado comunicarse con ellos, Álvarez respondió:

«Creo que no. Al menos no escuchamos nada ni pudimos percibir mensaje alguno telepático, tal y como he sabido que ha llegado a ocurrir en otros casos.

»Nos miró sonriente. Subió a la nave y en un momento desapareció sin dejar rastro ni sonido algunos.

»Nosotros estábamos tan confundidos y atemorizados que no podíamos ni hablar...»

«Sólo le faltaban un par de alas...»

No fue muy distinta la narración de Pedro Sosa, empleado de la gobernación local quien, no obstante, agregó algunos elementos en los que, al parecer, no reparó su compañero:

«Tan sólo le faltaban un par de alas —dijo— para que pareciera uno de esos ángeles que se ven en los frescos de las iglesias o en los grabados antiguos. La perfección de su cuerpo, el brillo de lo que parecía ser su vestimenta y la escafandra que rodeaba su cabeza como una aureola, así me lo recordaron.

»En cuanto al ovni —añadió— tenía la forma común

1. Guantes tipo mitón: que dejan los dedos al descubierto.

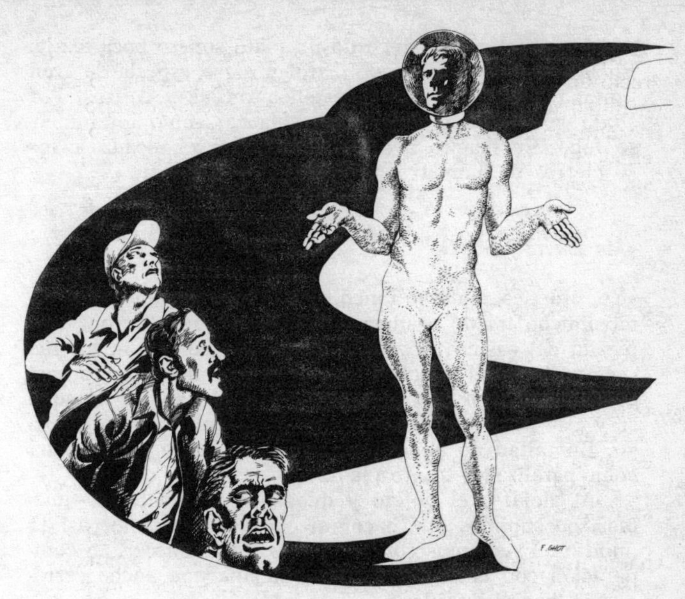

«Era como un ángel...», manifestaron los testigos de la ciudad argentina de San Luis respecto a un tripulante que descendió de una brillantísima nave. ¿No recuerda esto las numerosas descripciones de la Biblia en relación a los «ángeles» del Señor?

de esos objetos: nos recordó un plato sopero boca abajo. En la parte superior pude distinguir una especie de gran ventana de donde salían destellos verdes y rojizos. Por abajo lanzaba una intensa luz blanca, como un inmenso foco. En cuanto a su estructura, quizá alcanzase los 20 metros de diámetro. Su color era gris plomo.»

«*Me asusté y corrí*»

«Yo, prácticamente, lo único que recuerdo es que me invadió mucho miedo —afirmó a su vez Regino Perroni, empleado del casino provincial—, así que, cuando la luz me cegó, sólo atiné a salir corriendo para despertar a mis compañeros. Por eso no vi a ese misterioso ser, aunque sí, y a la perfección, el ovni. Especialmente cuando despegó. En mitad de aquella luz vimos a Pedro y a Manuel como paralizados frente a la nave.

»Al alejarse el objeto y quedar nuevamente en tinieblas, no supimos qué hacer ni qué decir durante casi 15 minutos. Estábamos como alelados. El amanecer, en comparación con la luz del ovni, semejaba una noche cerrada, sin luna ni estrellas.»

Un concepto llamado «Yavé»

Si estos «encuentros» —a cientos en todo el mundo— traen a la mente de los testigos las viejas ideas de los «ángeles», como hemos comprobado en el caso de San Luis, ¿qué sentimientos y deducciones brotarían en los cerebros de hombres de hace 2 000 y 3 000 años ante situaciones parecidas?

Todos los caminos parecen llevarnos a un mismo final: nuestra civilización está despegando hacia las estrellas y ahora —sólo ahora— es capaz de empezar a descubrir la auténtica naturaleza de aquellos «ángeles» bíblicos...

Unos seres que, seguramente, vestían de forma parecida a como nos cuentan hoy los testigos de tripulantes. Con uniformes o trajes adecuados a los cortos o largos desplazamientos en el interior de sus naves. Vestimentas que, a la luz de sus brillantes vehículos, debían resplandecer majestuosamente.

Siento verdadera impaciencia por conocer el día en que un sacerdote sea catapultado fuera de la Tierra en un vehículo espacial. Creo que sentiremos todos una profunda emoción al ver fundidas dos ideas tan aparentemente dispares: «Dios y tecnología...»

Y el «plan» de la Redención del género humano echó a andar. Pero aquella magna operación no podía fructificar si los patriarcas primero y el pueblo elegido después no recibían con claridad la idea de un Dios único, soberano y poderoso.

Estaban calientes en todo el mundo las múltiples erupciones de dioses y divinidades que se reproducían como langostas y que, en definitiva, iban sangrando la auténtica Verdad. Una Verdad —también es cierto— que dudo mucho hubiera podido ser revelada a todos y cada uno de los pueblos existentes en la superficie de la Tierra.

«La plenitud de los tiempos» —pienso— podía estar estrechamente relacionada con este momento histórico de la revelación por parte de las «jerarquías celestes» de ese único y gran Dios.

Sin esa noción básica de la existencia de un sólo Creador, el pueblo escogido para la encarnación del Enviado no habría sido útil.

Eso debía figurar entre los primeros «artículos» del proyecto de Redención humana. Y los «astronautas» fueron comunicando tan decisivo «concepto» a patriarcas y, por último, a los israelitas. Y debieron hacerlo sin prisas. Suave pero firmemente. Haciendo coincidir, lógicamente, las apariciones de sus naves —con todo su esplendor— con la transmisión de tal idea. Era de vital importancia que aquellas gentes, apenas intoxicadas por los cientos de dioses que llenaban los corazones de la «Fértil Creciente», quedaran total y definitivamente impresionadas y convencidas por la «gloria de Yavé». Los «astronautas» —era lógico— jugaron con ventaja. Ninguno de los diosecillos de bronce, oro o piedra de Ur, Nínive o Egipto podía volar, irradiar luz, destruir un ejército o una ciudad o hacer brotar agua de las rocas del desierto...

¿Qué poder tiene hoy el cántico zumbón y el toque del tam-tam de un hechicero africano, al lado de las sulfamidas o de una operación de cataratas?

Y nació, poco a poco, el concepto y el término «Yavé». Y aquí debieron empezar los primeros graves contratiempos para el «equipo». Ninguno de aquellos seres —eso está claro— era realmente Dios. Ellos mismos, en algunos «encuentros cercanos» con los testigos, se encargaron de dejarlo bien sentado: «Sólo somos servidores de Dios», repiten.

Y así debía de ser en verdad. Yo no sé cómo es Dios, pero sé que siempre se vale de sus criaturas o de «intermediarios» para actuar. No imagino al Gran Creador metido en una nave espacial, descendiendo sobre la cumbre del monte Sinaí...

Si una de las partes de la «misión», insisto, era la de entroncar en aquel pueblo elemental la idea de un Dios único, parece del todo consecuente y justo que aprovecharan su poder y majestuosidad para sembrar tal propósito.

Y aquellos seres —el gran «equipo» que formaba seguramente la «misión»— invocaron el nombre de Dios o de Yavé siempre que lo consideraron oportuno.

Era necesario que la joven comunidad asociara aquellos «fenómenos» luminosos, aquellos objetos brillantes y a sus tripulantes con algo sagrado y divino.

Debió bastar una leve orientación por parte de los «astronautas» para que el pueblo elegido identificara todo aquello con el único y verdadero Creador.

Y en algunos «encuentros», incluso, la voz que parte de la «nube» o de la «gloria de Yavé» establece con total claridad que dicha voz es la «voz de Dios».

Pero ¿qué otra cosa podían hacer?

¿Es que los «ángeles» o tripulantes de las naves espaciales podían sentarse a dialogar con los patriarcas —todos ellos pastores o agricultores— y exponerles el «plan» de una Redención?

No era el momento oportuno.

La Verdad no hubiera sido asimilada por aquellas gentes elementales. Ni siquiera hoy estamos en condición de hacerlo...

Los «astronautas» tenían ante sí una tarea tan compleja y laboriosa —dada la abrumadoramente corta evolución mental de sus «protegidos»— que se veían obligados incluso a «camuflar» bajo la apariencia de «mandato divino» o de «alianza» algo tan elemental como la sanidad e higiene pública.

«¿Cómo tratar de constituir una comunidad genéticamente aceptable si ni siquiera conocían las medidas básicas de salubridad?

¿O es que puede tener otro sentido que todo un Dios hable con aquel pueblo (Génesis, 17,1-15) y establezca como «alianza»..., el corte del prepucio?

Hoy sabemos que la circuncisión constituye una medida sanitaria de primer orden.

Si aquel pueblo incipiente tenía que mejorar desde el punto de vista biológico, era obligado empezar por ésta y por otras medidas, tal y como se recogen en el Levítico.

Revisemos, por curiosidad, el citado pasaje del Génesis:

LA ALIANZA Y LA CIRCUNCISIÓN

17. Cuando Abram tenía noventa y nueve años, se le apareció Yavé y le dijo:

«Yo soy El Sadday,[2] anda en mi presencia y sé perfecto. Yo establezco mi alianza entre nosotros dos, y te multiplicaré sobremanera.»

Cayó Abram, rostro en tierra, y Dios le habló así:

«Por mi parte, he aquí mi alianza contigo: serás padre de una muchedumbre de pueblos. No te llamarás más Abram, sino que tu nombre será Abraham, pues padre de muchedumbre de pueblos te he constituido. Te haré fecundo sobremanera, te convertiré en pueblos, y reyes saldrán de ti. Y estableceré mi alianza entre nosotros dos, y con tu descendencia después de ti, de generación en generación: una alianza eterna, de ser yo el Dios tuyo y el de tu posteridad. Yo te daré a ti y a tu posteridad la tierra en que andas como peregrino, todo el país de Canaán, en posesión perpetua, y yo seré el Dios de los tuyos.»

Dijo Dios a Abraham:

«Guarda, pues, mi alianza, tú y tu posteridad, de generación en generación. Ésta es mi alianza que habéis de guardar entre yo y vosotros —también tu posteridad—: Todos vuestros varones serán circuncidados. Os circuncidaréis la carne del prepucio, y eso será la señal de la alianza entre yo y vosotros. A los ocho días será circuncidado entre vosotros todo varón, de generación en generación, tanto el nacido en casa como el comprado con dinero a cualquier extraño que no sea de tu raza. Deben ser circuncidados el nacido en tu casa y el comprado con tu dinero, de modo que mi alianza esté en

2. «Sadday»: parece ser que se trataba del antiguo nombre divino, dado en la época patriarcal antediluviana. Aunque el significado no aparece claro, pudiera tratarse de «Dios de la Montaña», según el acádico *(sadu)*. También podría entenderse como «Dios de la Estepa», según el hebreo *(sadeh)*.

vuestra carne como alianza eterna. El incircunciso, el varón a quien no se le circuncide la carne de su prepucio, ese tal será borrado de entre los suyos por haber violado mi alianza.»

La preocupación de «Yavé» —del «equipo» espacial, en definitiva— por el estado sanitario de aquel pueblo elegido, es palpable.

Y la verdad es que debían sobrarle las razones...

Pero ¿cómo explicarle a gentes tan primitivas la necesidad del corte de la piel del prepucio para evitar así la transmisión de enfermedades que arruinarían el «plan»?

Era mucho más inteligente —y no digamos práctico— que el pueblo asimilara dicha medida sanitaria como un rito o alianza. De esta forma casi infantil, el «equipo» se ahorraba el trabajo de recordar casi a diario la necesidad de la circuncisión.

La circuncisión: ¿un nuevo error interpretativo de la Iglesia?

Es altamente significativo que ya desde los primeros «encuentros» entre los «astronautas» y los patriarcas —acabamos de verlo en el «avistamiento» de Abraham—, el «equipo» se preocupe y anteponga la circuncisión a otros planes concretos. Y aunque sólo sea a título de anécdota, conviene llamar la atención sobre esa autoidentificación de los «astronautas» —*Sadday*— que nada tiene que ver con el nombre revelado años más tarde a Moisés. El porqué de este cambio de «Sadday» (Dios de la Montaña o de la Estepa) a «Yavé» es algo que, como tantos otros asuntos, ha quedado en el enigma.

Cabe pensar que en un principio, las naves de los «astronautas» se vieron obligadas a permanecer largos períodos de tiempo en las montañas. Precisamente en aquellos tiempos iniciales, Abraham y su familia habitaron también en la región montañosa de Jarrán...

Allí debieron tener lugar los primeros contactos del «equipo» con la semilla del futuro pueblo elegido: con los patriarcas. Quizá por eso, éstos conservaron el nombre de «Sadday». Pero, con el paso de los siglos, y al establecer a los judíos en los desiertos del Sinaí, los «astronautas» variaron el epíteto de «Dios de la Montaña» por «Yavé».

Pero volvamos al tema de la circuncisión.

¿Qué interpretación da hoy la Teología Católica a tal «alianza» entre Yavé y los judíos?

En síntesis, los teólogos antiguos y también los actuales han salido del paso con declaraciones como las siguientes:

«La circuncisión es un rito, sin duda, tomado del ambiente, al que se le da un nuevo sentido, el de la vinculación a la comunidad bendecida de Abraham. Y la razón de la elección de ese extraño rito se ha de buscar, sin duda, en la promesa de bendición a la descendencia, y por eso se santifica y consagra el órgano de la transmisión de la vida...»

Otros exégetas y estudiosos de la Biblia afirman que tal «operación» «se convierte en señal que recordará a Dios (como en el caso del arco iris) su alianza y al hombre su pertenencia al pueblo elegido y las obligaciones consiguientes».

San Pablo, por quien siento una gran curiosidad y admiración, llegó a decir de la circuncisión:

«Es el sello de la justicia de la fe.»

Honradamente, ninguna de estas interpretaciones me convence.

No creo que Dios, ya lo he manifestado, se sirviera de una «alianza» tan poco poética, a no ser, claro está, que persiguiera otros fines...

¿Por qué si no Yavé o Sadday se extiende con tal lujo de «detalles» a la hora de comunicar a Abraham la «alianza» en cuestión?

«... A los ocho días... La carne del prepucio... De generación en generación...»

Es cierto que el «equipo» habló de alianza, pero, como decía anteriormente, ¿cómo podían hacer comprender a Abraham los múltiples obstáculos de tipo genético, infeccioso, etc., que podrían caer sobre aquella futura nación si no se respetaban unas normas mínimas sanitarias?

Analicemos, aunque sólo sea superficialmente, algunos de los inconvenientes y consecuencias que se derivan hoy —y no digamos en aquellas épocas— de la fimosis.[3]

De acuerdo con las consultas evacuadas por mí a pres-

3. Fimosis: estrechez del orificio del prepucio, que impide la salida del bálano.

tigiosos urólogos, la principal enfermedad que puede contraer un hombre afectado de fimosis es la «balanitis». Esta dolencia supone una inflamación de la superficie mucosa del glande que, al estar acompañada frecuentemente de una hinchazón participada de la mucosa del prepucio, motiva el cuadro de «balanopostitis». Este proceso inflamatorio con participación de ambas partes es mantenido por gérmenes comunes.

Lógicamente —afirman los médicos—, la fimosis favorecería severamente a este tipo de infección, al no permitir las atenciones higiénicas normales. Provocaría, además, el estancamiento de secreciones irritantes y de los propios gérmenes.

En la forma aguda de la enfermedad, el paciente sufre tumefacción del prepucio y glande —que agrava naturalmente la fimosis, si es que existía ya—, apareciendo enrojecimiento, erosiones más o menos extensas de la mucosa, dolor agudo al tacto y eventuales trastornos de la micción.

En las formas crónicas, estos síntomas aparecen atenuados y la evolución, generalmente, puede llevar a la esclerosis del prepucio.

El paciente que ha sufrido «balanitis» crónica —y esto es de gran importancia— determina, estadísticamente, una mayor incidencia de cáncer de pene. Puede considerarse a esta enfermedad, y más aún la «balanopostitis», como procesos que tienen una influencia positiva y directa en la aparición de cáncer en dicho órgano.

Por supuesto, la «balanopostitis», que implica la existencia de una inflamación balano-prepucial y, obviamente, la presencia de gérmenes, puede ser transmitida durante el acto sexual, con la consiguiente contaminación vaginal.

Por tal motivo, los urólogos aconsejan la abstención sexual durante la evolución clínica del referido cuadro inflamatorio, suponiendo que esta circunstancia no hiciera ya más que difícil el coito...

La circuncisión —y empezamos a ver ya las ventajas de la «alianza» de Yavé con los judíos—, por supuesto, evita en un alto porcentaje la aparición de «balanopostitis» agudas y, más aún, de las formas crónicas.

Otra circunstancia de importancia, y que afecta al varón no circuncidado, es la de la eyaculación precoz.

Al tener aquél el glande cubierto permanentemente, conserva una mayor sensibilidad que el hombre operado.

En éste, por el constante contacto de la ropa, se produce un cierto reforzamiento de las células epiteliales del prepucio, como respuesta al estímulo mecánico del roce. Y el circuncidado, de esta forma, pierde una discreta sensibilidad en el glande.

Esta leve pérdida de sensibilidad permite al varón operado unos coitos de mayor duración, proporcionando, incluso, a la mujer una más intensa satisfacción sexual y —lo que es más importante— evita en cierto modo la eyaculación precoz.

Tiene su gracia que los «astronautas», incluso, velasen por estos «detalles» eróticos del pueblo israelita...

Al interrogar a los especialistas en urología sobre la existencia de estadísticas, a nivel mundial, sobre estas enfermedades en hombres «no circuncidados», me respondieron:

«La "balanopostitis" es mucho más frecuente en el varón no circuncidado. En este sentido, las estadísticas son tan numerosas como concluyentes. Resulta demostrativa la verificada en el Mont Sinai Hospital de Nueva York sobre pacientes de raza judía y que ha permitido observar un solo caso de cáncer de pene, dándose la circunstancia de que el paciente no estaba circuncidado.»

En general, las enfermedades venéreas contraídas por ascensión de los gérmenes a través de la uretra durante el coito, encuentran sin duda una circunstancia favorecedora en varones con fimosis o no circuncidados, precisamente por la posibilidad de acantonamiento de gérmenes y la dificultad de poder llevar a cabo una higiene adecuada.

Mi sorpresa fue considerable al escuchar la respuesta de los médicos a la pregunta concreta de cómo podría afectar la circuncisión de sus hombres a un pueblo entero, como fue el caso de los judíos hace ahora 3 200 años.

Desde el prisma genético —me explicaron—, y de forma directa, el hecho de la circuncisión no ha demostrado una influencia sobre la descendencia. Sin embargo, la posibilidad de un aumento de las enfermedades venéreas —sobre todo las que se contraen y plantean el posible ascenso de los gérmenes por el canal genitourinario— puede llegar a provocar esterilidades en el hombre y en la mujer.

En estas consideraciones —apuntaron los especialistas— no pretendemos hacer entrar a la sífilis, cuya existencia no está probada en aquella época, sino más bien a la gonococia en primer lugar y quizá a la linfogranulomatosis venérea y al chancro blando de Ducrey.

Una raza circuncidada, en consecuencia, mejoraría su índice de natalidad, puesto que descendería el de las enfermedades potencialmente esterilizantes, como son los casos ya mencionados.

En resumen: las ventajas de la circuncisión son básicamente higiénicas, con probabilidades de incrementos en la natalidad y alargamiento del acto sexual.

Los «astronautas», como vemos, tenían razones sobradas para establecer la circuncisión como una práctica obligada entre los varones que debían formar el pueblo de Israel. Un pueblo que podía verse zarandeado, como el resto de las comunidades humanas, por los azotes de las enfermedades venéreas, por las infecciones y, en definitiva, por la falta de higiene.

Y puesto que tampoco era cuestión de saltarse el ritmo evolutivo de aquellas gentes —inyectando antibióticos o «penicilinas espaciales»— el «equipo» no tuvo más remedio que recurrir al símbolo del rito o de la ceremonia para alcanzar la verdadera meta: una raza sana.

No estoy de acuerdo, por tanto, con esa otra corriente de la Iglesia que trata de explicar la «alianza» de la circuncisión como una «iniciación», en base a que otros pueblos del mundo ya la practicaban antes, incluso, que el pueblo judío.

Dudo mucho que los «astronautas» tuvieran el menor interés en iniciar a aquel pueblo en ritos más o menos mágicos o misteriosos, cuando, precisamente, lo que intentaban era inculcar en los israelitas la idea básica de un Dios único, omnipotente e implacable para con sus enemigos...

El hecho cierto de que otros pueblos como el egipcio, etíope, fenicio, sirio, así como numerosos grupos étnicos de África, Polinesia, América, etc., practicaran de muy antiguo la circuncisión masculina y la extirpación del clítoris en la mujer, no está justificando —ni mucho menos— la decisión de Yavé. Eso sería absurdo, si partimos de la base que estamos hablando de la «divinidad» o, de acuerdo con mi hipótesis, de «intermediarios» del gran Dios.

Lo repito: las razones tenían que ser otras... Razones puramente higiénico-sanitarias.

Pero el programa de trabajo de los «astronautas» no iba a concluir, desde el punto de vista «médico», con la implantación de la circuncisión.

Si uno sigue leyendo la Biblia —especialmente el texto Levítico— se dará cuenta del fabuloso «manual» de medicina-preventiva que llegaron a dictar aquellos seres.

TUVIERON QUE HACERLO TODO

La verdad es que aquel grupo de «hombres del Espacio» —portavoces siempre de la voluntad de Dios y del «alto mando»— tuvo que hacerlo prácticamente todo en el orden de la constitución social, económica, religiosa y hasta política de la comunidad elegida.

Partiendo de cero e invocando siempre el nombre de Yavé, explicaron a Moisés y a otros «iniciados» cómo hacer los censos, cómo construir sus campamentos en pleno desierto, cómo debían distribuirse las doce tribus en dichas acampadas, cómo tratar a los leprosos e impuros, cómo seleccionar los alimentos «puros» de los «impuros», cómo condimentarlos, cómo saber distinguir los animales aptos para el consumo de los que podían resultar peligrosos o nocivos...

El Levítico, como digo, resulta revelador en este sentido. Jamás en toda la Historia de nuestra Humanidad, un «dios» se había preocupado de confeccionar tan perfecto «catálogo» de las piezas aptas y no aptas para la despensa...

La «molestia», sin duda, no era gratuita o folklórica. Aquellas normas del «equipo» celeste obedecían a razones precisas y vitales. Razones de salud, ni más ni menos.

Y sin ánimo de extenderme en el asunto de los «alimentos» puros e impuros, veamos un mero ejemplo:

En el Levítico (11,1-30), los «astronautas» proporcionan las listas de estos alimentos. Entre los animales considerados «impuros» se citan, entre los de tierra, al cerdo. Entre los «malditos» de mar, a todos aquellos «que tengan patas».

Si uno reflexiona sobre estos dos ejemplos se dará cuenta de la enorme carga sanitaria de los consejos del «equipo». Por un lado, el cerdo, al no estar sujeto a un riguroso control veterinario, puede transmitir al hombre las peligrosas enfermedades conocidas como tenia y triquinosis.

Por otro, los «animales de mar y con patas» —que no

son otros que las sabrosas centollas y demás mariscos— fueron considerados «impuros» por los «astronautas» por una sencillísima razón, fácil de comprender en nuestros tiempos: hace 3 000 años, y en pleno desierto, el posible almacenamiento y posterior consumo de este tipo de ejemplares marinos implicaba el grave riesgo de descomposición, a causa sobre todo de las altas temperaturas (hasta 70 grados en verano). Una intoxicación por marisco en aquellos tiempos —y aún ahora si no se remedia a tiempo— hubiera sido catastrófica.

¿Y qué podían hacer, una vez más, los «astronautas», si era del todo imposible que proporcionaran cámaras frigoríficas o los correspondientes «controles veterinarios» al recién fundado pueblo judío? Sólo el «truco» de un mandato divino podía garantizar un cierto alivio en la incidencia de epidemias, infecciones intestinales, índices de mortalidad, etc.

Fue poco tiempo después —una vez iniciado el éxodo— cuando los «astronautas» se vieron sometidos de verdad a los más arduos problemas.

14

LOS «ASTRONAUTAS» PREPARAN EL ÉXODO

A pesar de sus formidables naves, de la insospechada tecnología que manejaban y del extremo conocimiento de los lugares donde se estaban registrando los acontecimientos, los «astronautas» debieron tropezar con el primer gran problema a la hora de controlar y mantener en pleno desierto a aquella muchedumbre de más de seiscientos mil hombres, sin contar los rebaños.

Para colmo, la cerrada postura del faraón —lógica, por otra parte— que no consentía en ver marchar a los eficaces esclavos judíos, lo complicó todo.

Y muy a pesar del «equipo», el pueblo egipcio tuvo que ser disuadido. Primero con las plagas y demás calamidades. Por último —e imagino que esta decisión tuvo que resultar dolorosa para los «astronautas»— con la sangrienta matanza de los primogénitos.

Yo me he preguntado muchas veces: ¿es que no pudo arbitrarse otra solución para que los israelitas pudieran salir de Egipto?

La verdad es que la imagen de Yavé no queda muy bien parada después de aquel «holocausto»...

¿Por qué sacrificar a tanto inocente?

Es posible que los responsables de la misión tuvieran sus razones para hacerlo.

Para mí, sin embargo, éste es uno de los puntos más oscuros de la «operación». Siempre he considerado a Dios como dador de vida. Jamás como verdugo y menos de niños inocentes...

En el fondo, esta matanza refuerza mi convencimiento de que el «equipo» estaba formado por «astronautas». Seres que, en definitiva, también podían equivocarse.

Lo cierto es que aquella partida —el gran éxodo— debía preocupar profundamente a los «astronautas».

Y desde el primer instante, una o varias naves se situaron en cabeza de la gran masa humana. Así parece desprenderse del texto recogido en el capítulo 13 del Éxodo:

> ... Partieron de Sukkot y acamparon en Etam, al borde del desierto.
>
> Yavé iba al frente de ellos, de día en columna de nube para guiarlos por el camino, y de noche en columna de fuego para alumbrarlos, de modo que pudiesen marchar de día y de noche. No se apartó del pueblo ni la columna de nube por el día, ni la columna de fuego por la noche.

La descripción de la «columna» de nube o de fuego coincide con lo que, desde hace años, los estudiosos e investigadores de la Ufología conocemos como naves cilíndricas, «cigarros-puros» o grandes objetos fusiformes.

Generalmente se trata de naves «madres» o «nodrizas» —de considerables dimensiones— en cuyo interior se recogen otros vehículos más pequeños, casi siempre utilizados en misiones exploratorias.

Hoy, cuando los testigos del paso de estos gigantescos ovnis tratan de describirlos, casi siempre los asocian con formidables «columnas volantes», «cigarros voladores», «cilindros», etc.

Si dichos objetos son observados durante la noche, los testigos recuerdan maravillados la potencia de su luz y los diferentes colores que emiten.

¿Cómo es posible que la descripción del pueblo judío hace más de 3 000 años coincida —y de qué forma— con la de los testigos de ovnis «nodrizas» de nuestros días?

En mi opinión, la larga marcha por el desierto exigía la presencia constante de las más grandes naves. Las razones resultan obvias: amén del diario abastecimiento a hombres y ganado, el «equipo» de «astronautas» iba a tener que velar por la seguridad física de aquellos cientos de miles de israelitas, que se verían acosados por las epidemias, por la sed y por los ataques de los pueblos del gran desierto.

Al mismo tiempo, el «equipo» tendría que enseñar a aquel pueblo a convivir de acuerdo con una nueva Ley y

La «nube» y la «gloria» de Yavé y la «columna» de fuego, en opinión de muchos investigadores actuales de ovnis, sólo eran términos que servían al pueblo judío para designar una misma cosa: las naves espaciales del «equipo» de Yavé.

un nuevo y único Dios, tal y como exponía en capítulos anteriores.

Y, efectivamente, las mencionadas naves «nodriza» no tardaron en demostrar su eficacia...

15

DOS MATANZAS MUY POCO CLARAS...

He aquí otro asunto tan oscuro como el de la muerte de los primogénitos egipcios: el descalabro ocasionado por «Yavé» al ejército del faraón en el no menos famoso y misterioso paso de los israelitas por el mar Rojo.

Leyendo el Éxodo (14,1-5), uno empieza a sospechar que el «equipo» de «ángeles» de Yavé sabía de las posibles intenciones del ejército egipcio. Es más: ante las palabras de Yavé a Moisés, a uno no le queda más remedio que pensar que —por razones ocultas—, a los tripulantes de aquellas naves les interesaba dejar fuera de combate a las tropas del faraón, demostrando, una vez más, ante el pueblo elegido el poder del Dios que les acababa de sacar de la esclavitud.

De no ser así, ¿cómo entender estas frases de Yavé a Moisés?:

> Habló Yavé a Moisés, diciendo:
>
> «Di a los israelitas que se vuelvan y acampen frente a Pi Hajirot, entre Migdol y el mar, enfrente de Baal Sefón. Frente a ese lugar acamparéis, junto al mar. Faraón dirá de los israelitas: "Andan errantes en el país, y el desierto les cierra el paso." Yo endureceré el corazón de Faraón, y os perseguirá; pero yo manifestaré mi gloria a costa de Faraón y de todo su ejército, y sabrán los egipcios que yo soy Yavé.»

Así lo hicieron.

Después de dos mil años, y muy especialmente a raíz de la construcción del canal de Suez, el antiguo territorio que sirvió de escenario al gran éxodo del pueblo judío ha variado tan sustancialmente que los expertos no logran ponerse de acuerdo respecto al lugar exacto donde se produjo el milagroso paso, entre las aguas.

El Éxodo, sin embargo, establece con claridad que Yavé guio a los israelitas hasta el llamado «mar de Suf».

Dice así:

> Cuando Faraón dejó salir al pueblo, Dios no los llevó por el camino de la tierra de los filisteos, aunque era más corto, pues se dijo Dios:
>
> «No sea que, al verse atacado, se arrepienta el pueblo y se vuelva a Egipto.»
>
> Hizo Dios dar un rodeo al pueblo por el camino del desierto del mar de Suf...

Y prosigue la Biblia:

«Partieron de Sukkot y acamparon en Etam, al borde del desierto.»

Lo malo es que los especialistas tampoco coinciden a la hora de ubicar el citado mar de Suf. En hebreo, *yam suf* significa «mar de las Cañas». En otras ocasiones, esta palabra ha sido traducida también como «mar Rojo». Y el caso es que si uno repasa los Libros Sagrados observa cómo se habla, en repetidas ocasiones, del «mar de los Juncales» o «mar de los Cañaverales».

En Josué, por ejemplo, se dice en su capítulo 2,10:

«... Porque nos hemos enterado de cómo Yavé secó las aguas del mar de las Cañas delante de vosotros a vuestra salida de Egipto.»

Hoy sabemos, sin embargo, que no crecen cañaverales en las orillas del mar Rojo. Este «mar» al que hace alusión la Biblia debió existir en verdad, pero al norte de lo que hoy es el golfo de Suez. La construcción del gran canal, como digo, y el paso del tiempo, han borrado por completo la vieja fisonomía de aquel territorio. Nada se sabe, por ejemplo, del lago Ballah, situado al sur de la ruta de los filisteos. También ha desaparecido.

Según consta en los archivos egipcios, en tiempos de Ramsés II, el golfo de Suez estaba comunicado con los lagos «Amargos». Y estas ramificaciones —en su mayoría pantanosas— llegaban, incluso, hasta el lago Timsah, el lago de los Cocodrilos.

Cabe entonces la posibilidad de que la Biblia se refiera precisamente a esta zona pantanosa cuando habla del «mar de Suf o de los Cañaverales». En las marismas que debían formar los lagos «Amargos» sí podían prodigarse los juncos y cañas.

Los «astronautas», en fin, prefirieron sacar a la muchedumbre judía por esta zona que arriesgarse a caer en mayores conflictos si tomaban la ruta del Este, la de los feroces filisteos. El mismo «Yavé» lo comenta en el Éxodo (13,17-19).

Era lógico que el «equipo» no deseara agobiarse y agobiar a los israelitas con un problema tan grave como el de las continuas y sangrientas luchas con aquel pueblo, y que, sin duda, hubieran tenido que sostener en el caso de marchar hacia Canaán por la ruta más corta.

De nuevo las naves

Y, como apuntaba al principio del presente capítulo, los "ángeles" de Yavé no tardaron mucho tiempo en utilizar las grandes naves...

En esta ocasión fue contra el ejército del faraón.

Pero sigamos el hilo de la narración, tal y como aparece en el Éxodo:

> Cuando anunciaron al rey de Egipto que había huido el pueblo, se mudó el corazón de Faraón y de sus servidores respecto del pueblo, y dijeron:
>
> «¿Qué es lo que hemos hecho dejando que Israel salga de nuestro servicio?»
>
> Faraón hizo enganchar su carro y llevó consigo sus tropas. Tomó seiscientos carros escogidos y todos los carros de Egipto, montados por sus combatientes. Endureció Yavé el corazón de Faraón, rey de Egipto, el cual persiguió a los israelitas, pero los israelitas salieron con la mano alzada. Los egipcios los persiguieron: todos los caballos, los carros de Faraón, con la gente de los carros y su ejército; y les dieron alcance mientras acampaban junto al mar, cerca de Pi Hajirot, frente a Baal Sefón. Al acercarse Faraón, los israelitas alzaron sus ojos, y viendo que los egipcios marchaban tras ellos, temieron mucho los israelitas y clamaron a Yavé. Y dijeron a Moisés:
>
> «¿Acaso no había sepulturas en Egipto para que nos hayas traído a morir en el desierto? ¿Qué has hecho con nosotros sacándonos de Egipto? ¿No te dijimos claramente en Egipto: déjanos en paz, queremos servir a los egipcios? Porque mejor nos es servir a los egipcios que morir en el desierto.»

Contestó Moisés al pueblo:

«No temáis; estad firmes y veréis la salvación que Yavé os otorgará en este día, pues los egipcios que ahora veis, no los volveréis a ver nunca jamás. Yavé peleará por vosotros, que vosotros no tendréis que preocuparos.»

PASO DEL MAR

Dijo Yavé a Moisés:

«¿Por qué sigues clamando a mí? Di a los israelitas que se pongan en marcha. Y tú, alza tu cayado, extiende tu mano sobre el mar y divídelo, para que los israelitas entren en medio del mar a pie enjuto. Que yo voy a endurecer el corazón de los egipcios para que los persigan, y me cubriré de gloria a costa de Faraón y de todo su ejército, de sus carros y de los guerreros de los carros.

»Sabrán los egipcios que yo soy Yavé, cuando me haya cubierto de gloria a costa de Faraón, de sus carros y de sus jinetes.»

Se puso en marcha el Ángel de Yavé que iba al frente del Ejército de Israel, y pasó a la retaguardia. También la columna de nube de delante se desplazó de allí y se colocó detrás, poniéndose entre el campamento de los egipcios y el campamento de los israelitas. La nube era tenebrosa y transcurrió la noche sin que pudieran trabar contacto unos con otros en toda la noche. Moisés extendió su mano sobre el mar, y Yavé hizo soplar durante toda la noche un fuerte viento del Este que secó el mar, y se dividieron las aguas. Los israelitas entraron en medio del mar a pie enjuto, mientras que las aguas formaban muralla a derecha e izquierda. Los egipcios se lanzaron en su persecución, entrando tras ellos, en medio del mar, todos los caballos de Faraón y los carros con sus guerreros.

Llegada la vigilia matutina, miró Yavé desde la columna de fuego y humo hacia el ejército de los egipcios y sembró la confusión en el ejército egipcio.

Trastornó las ruedas de sus carros, que no podían avanzar sino con gran dificultad.

Y exclamaron los egipcios:

«Huyamos ante Israel, porque Yavé pelea por ellos contra los egipcios.»

Yavé dijo a Moisés:

«Extiende tu mano sobre el mar, y las aguas volverán sobre los egipcios, sobre sus carros y sobre los guerreros de los carros.»

Extendió Moisés su mano sobre el mar, y al rayar

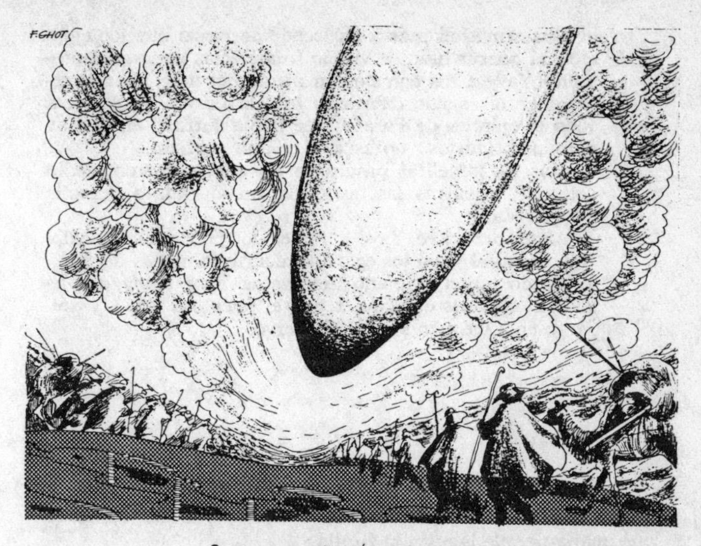

«Se puso en marcha el Ángel de Yavé que iba al frente del Ejército de Israel, y pasó a la retaguardia. También la columna de nube de delante se desplazó de allí y se colocó detrás, poniéndose entre el campamento de los egipcios y el campamento de los israelitas.» (Éxodo, 14.)

el alba volvió el mar a su lecho; de modo que los egipcios, al querer huir, se vieron frente a las aguas. Así precipitó Yavé a los egipcios en medio del mar, pues al retroceder las aguas cubrieron los carros y a su gente, a todo el ejército de Faraón, que había entrado en el mar para perseguirlos; no escapó ni uno siquiera.

Mas los israelitas pasaron a pie enjuto por en medio del mar, mientras las aguas hacían muralla a derecha e izquierda.

Aquel día salvó Yavé a Israel del poder de los egipcios; e Israel vio a los egipcios muertos a orillas del mar. Y viendo Israel la mano fuerte que Yavé había desplegado contra los egipcios, temió el pueblo a Yavé, y creyeron en Yavé y en Moisés, su siervo.

El «milagro»

Pocos relatos adquieren un brillo tan fascinante como el que acabamos de leer en la Biblia.

¿Qué fue lo que ocurrió realmente en el «mar de los Cañaverales?»

Si consideramos el Éxodo, los egipcios fueron engullidos por el mar.

Si, en cambio, consultamos el libro de Josué, la versión varía.

Dice este último texto sagrado:

«... Ya sé que Yavé os ha dado la tierra —dice el capítulo 2,9— que nos habéis aterrorizado y que todos los habitantes de esta región han temblado ante vosotros: porque nos hemos enterado de cómo Yavé secó las aguas del mar de Suf delante de vosotros a vuestra salida de Egipto...»

Y más adelante, en el mismo libro (24,6-8), Josué especifica:

«Saqué a vuestros padres de Egipto y llegasteis al mar; los egipcios persiguieron a vuestros padres con los carros y sus guerreros hasta el mar de Suf. Clamaron entonces a Yavé, el cual tendió unas densas nieblas entre vosotros y los egipcios, e hizo volver sobre ellos el mar, que los cubrió.»

Es evidente que el «equipo» de «ángeles» o «astronautas» se vio obligado a desplegar una vez más su poderosa tecnología —su «gloria»— en pro de un doble objetivo:

poner a salvo al pueblo judío y dejar fuera de combate al ejército egipcio. Con ello se iba a lograr un relativo período de calma en el inminente peregrinar por el desierto y —como así fue, en efecto— un también provisional «sometimiento», por temor, de los israelitas a la voluntad de Yavé.

Los seres que integraban aquella insólita «misión» no debían ser ajenos al rechazo que sentía la población israelita hacia aquel «proyecto loco» de Moisés y de Yavé, su Dios. ¿Por qué dejar Egipto, donde —a pesar de la esclavitud— tenían comida y techo asegurados? Allí habían nacido sus hijos y allí estaban enterrados sus mayores. ¿Por qué tener que salir precipitadamente de las tierras del Nilo para ir a morir al desierto?

Estos temores —como vemos en el Éxodo— fueron esgrimidos ante Moisés por el pueblo en cuanto las cosas empezaron a torcerse...

Era necesario, por tanto, que el «equipo» diera un «escarmiento» especialmente brutal y estremecedor, a fin de que el «pueblo se llenase de temor...»

Y los «astronautas» —seguimos suponiendo que muy a pesar suyo—, tuvieron que matar de nuevo.

Moisés, por su parte, «jugó» con ventaja ante los israelitas. Él sabía ya lo que iba a suceder. Poco antes se lo había adelantado el «equipo». El asunto era realmente tan grave y decisivo que los «astronautas» —siempre en nombre de Yavé— debieron celebrar con él, tal y como narra el Éxodo (14,1-5), una reunión previa en la que le informaron de los «detalles» de la operación.

Era lógico, por otra parte, puesto que el «equipo» tenía que fortalecer la autoridad y seguridad de su «representante» e «iniciado», Moisés.

Y llegó el «milagro».

He aquí que «se puso en marcha el Ángel de Yavé que iba al frente del Ejército de Israel, y pasó a la retaguardia. También la columna de nube de delante se desplazó de allí y se colocó detrás, poniéndose entre el campamento de los egipcios y el campamento de los israelitas».

La precisión del relato es total. Tal y como interpreto yo los conceptos «Ángel de Yavé» y «columna de nube» —e insisto por enésima vez en el carácter absolutamente personal de dicha interpretación—, el Éxodo nos está diciendo cómo los israelitas vieron el súbito cambio de posición de, al menos, dos naves. La «columna de nube» o nave «nodriza» dejó la vanguardia y se situó justamente detrás del campamento judío. Y otro tanto hizo el «Ángel de Yavé».

Para los israelitas —como he referido ya en otros pasajes— tenía que resultar muy difícil establecer una clara diferenciación entre los «ángeles» y sus naves. Todo venía a ser una única cosa, un único concepto, una única realidad: el «Ángel de Yavé» o la «gloria de Yavé».

Lo que parece probable es que existiera una diferencia en la forma y dimensiones de ambas naves. De lo contrario, el Éxodo hubiera hablado de dos «columnas de nube» o de un solo «Ángel de Yavé». La especificación, sin embargo, es contundente: primero «se puso en marcha el Ángel de Yavé». Después, la «columna de nube»...

Y hasta cierto punto, también el orden en los movimientos de las naves es lógico. Cualquier estratega militar envía primero sus «exploradores» o vehículos más pequeños y ligeros a «explorar» o «reconocer» el terreno y la situación. Después, llega el «grueso» del ejército: la poderosa y gigantesca «nodriza» o «columna de nube».

Estos primeros movimientos del «equipo» se desarrollaron naturalmente durante el día.

Al caer la noche, el Éxodo afirma que «la nube era tenebrosa y que transcurrió la noche sin que pudieran trabar contacto unos con otros en toda la noche».

La nueva definición de «nube tenebrosa» encaja igualmente con absoluta precisión en las actuales descripciones de aquellas naves «madres» que han sido vistas durante la noche.

En uno de los últimos casos que pude investigar sobre naves «nodrizas», precisamente en el País Vasco, los testigos —vecinos del pueblo vizcaíno de Castillo y Elejabeitia— me aseguraron que aquel objeto con forma de «cigarro» era tan descomunal que algunos de los testigos creyeron que «llegaba el fin del mundo...».

Las dimensiones del gigantesco ovni —según cálculos de triangulación, puesto que fue visto simultáneamente desde la capital de Santander— nos dejaron perplejos. Aquel aparato monstruoso pasaba de los 750 metros de longitud...

Y no es tampoco de los más grandes.

¿Qué impresión podía producir entonces a los israelitas una de estas naves —con forma o apariencia de «columna de nube»— a tan baja altura? Y no olvidemos que el aspecto de nube podía proceder de un perfecto «camuflaje», tal y como ya vimos en casos actuales de ovnis.

«... la columna de nube de delante se desplazó de allí y se colocó detrás, poniéndose entre el campamento de los egipcios y el campamento de los israelitas...»

Está igualmente claro que los «astronautas» dejaron pasar la noche. Para una «operación» como la que estaba a punto de abrirse, la luz del día resultaba poco menos que esencial.

Pero las naves no perdieron el tiempo. Y dice el Éxodo que «Yavé hizo soplar durante toda la noche un fuerte viento del Este que secó el mar, y se dividieron las aguas».

Es posible que las naves provocaran una corriente de aire tan fuerte y prolongada que parte de las aguas del «mar de Suf» o de «las Cañas» sufriera un anormal retroceso, quedando al descubierto —y en seco, por tanto— un canal o paso, previsto para la salida de emergencia del pueblo elegido.

Y el Éxodo sigue entrando en detalles:

«... Los israelitas entraron en medio del mar a pie enjuto, mientras que las aguas formaban muralla a derecha e izquierda.»

Entrar a «pie enjuto» puede significar «sin mojarse» o «con facilidad». En cuanto a la «muralla de agua», aquí la cosa se complica considerablemente.

Ni siquiera los exégetas se ponen de acuerdo en este punto.

Mientras unos aseguran que los israelitas pasaron el mar entre esas dos «murallas» de agua, otros se inclinan por un retroceso de las aguas, que descalabró al ejército del faraón como consecuencia del reflujo.

En el fondo, tanto en un caso como en otro, lo importante es que se produjo un hecho anormal y extraordinario que permitió a unos el ponerse a salvo y a otros les aniquiló...

Ahora bien, ¿cómo pudo el «equipo de astronautas» separar las aguas o, en la segunda hipótesis, hacerlas retroceder y mantener inmóvil tan considerable masa?

Ni siquiera hoy, con nuestra fastuosa tecnología, podemos desvelar el secreto.

Tan sólo nos cabe, por tanto, seguir especulando.

Si se trató de un «callejón» entre las aguas del mar de Suf —como afirma el Éxodo— podemos pensar que varias de estas naves «clavaron» en el fondo marino sendos y largos «campos de fuerza», que pudieron actuar como sólidas paredes o muros de contención. El resto era sencillo: otras naves —incluso la gigantesca «nodriza»— hubieran llevado a cabo un «barrido» de las aguas que quedó entre las dos «cortinas». Y apareció ante los asombrados ojos de los israelitas —y no digamos del propio Moisés— todo un fantástico «callejón».

Nuestra ciencia no ha desarrollado todavía a plena satisfacción los «campos de fuerza». Pero sabemos que existen. Que son una esperanza.

En la actualidad, algunas experiencias en este terreno han demostrado que dichos «campos magnéticos o electromagnéticos», a pesar de ser invisibles, gozan de una estructura física concreta. Y pueden ser tan impenetrables como una plancha de plomo.

En la casi totalidad de los casos ovni que se registran hoy en el planeta, aparecen efectos directa o indirectamente provocados por los respectivos campos magnéticos o electromagnéticos de estas naves. Cuando uno de estos objetos se aproxima a automóviles, barcos, aviones o instalaciones eléctricas, las luces se apagan, las baterías se descargan, las ondas de radio o televisión sufren interferencias y los sistemas electrónicos, brújulas, etc., quedan bloqueados o «enloquecidos».

Es un hecho comprobado, en fin, que los ovnis se rodean o «desprenden» determinados «campos de fuerza».

¿Por qué no imaginar, por tanto, que aquellas naves pudieran utilizar dichos «campos magnéticos» puesto que, sin duda, los conocían y los tenían al alcance de su mano?

Unas densas nieblas

Si nos inclinamos por la segunda teoría —el retroceso de las aguas y el posterior reflujo de las mismas— el asunto se hace más difícil.

En este caso, quizá los «astronautas» eligieron un determinado sector del «mar de los Cañaverales» y mediante un procedimiento que ni siquiera sospechamos, empujaron las aguas en una determinada dirección acumulándolas como si se tratase de una presa.

Una vez desalojado el campamento, hubiera bastado con suprimir los «campos de fuerza» que podían actuar como muros para que las aguas regresasen a su cauce natural con toda la violencia propia de la más impetuosa de las riadas.

La descarga de las aguas sobre el ejército egipcio, sin

embargo, no parece que tuviera lugar durante la noche. El Éxodo aclara que fue a la llegada de la vigilia matutina —es decir, a partir de las seis de la mañana— cuando «miró Yavé desde la columna de fuego y humo hacia el ejército de los egipcios y sembró la confusión en el ejército egipcio».

Y surge nuevamente, como vemos, la descripción de la «columna de fuego». Señal inequívoca de la presencia de una de las grandes naves durante la noche. El texto griego del Éxodo hace alusión concreta al «transcurso de la noche». Y por su parte, el hebreo especifica mucho más. Dice «que hubo la nube y la oscuridad; y aquélla iluminó la noche».

Y Símaco añade:

«La nube era oscura por un lado y luminosa por el otro.»

Esta última descripción podría interpretarse —puesto que la gran nave «nodriza» o «columna de nube» se había colocado entre ambos campamentos— como una iluminación parcial de dicha nave. La mitad de la misma, quizá la cara que daba al campamento israelita, permanecía iluminada y la otra mitad, la que veían los egipcios, en tinieblas. Esto, unido a sus indudables dimensiones, podía ofrecer —tanto para unos como para otros— el ya conocido aspecto tenebroso.

Pero, obviamente, tampoco podemos estar seguros.

Lo que sí está muy claro es que, cuando el «equipo» lo consideró oportuno, «abrió» o «alejó» las aguas y se inició la travesía. Y los egipcios, que permanecían también a la espera del nuevo día, se lanzaron en persecución de los que habían sido sus esclavos.

Parece probable que los tripulantes de las naves dejaran penetrar a los carros y a los infantes en el lecho marino, estimulando así su confianza.

Una vez en la «trampa», Yavé —dice Josué— «tendió unas densas nieblas entre los judíos y los egipcios».

Esta nueva maniobra debió frenar los ímpetus de los egipcios, que empezaron a tropezar con serias dificultades. El Éxodo añade, incluso, que «Yavé trastornó las ruedas de sus carros, que no podían avanzar sino con gran dificultad».

Tanto la niebla como las dificultades en las ruedas de los veloces y ligeros carros egipcios no parecen tener otro sentido que retrasar o congelar la carga del ejército del faraón, dando tiempo así a que la totalidad de los israeli-

«Llegada la vigilia matutina, miró Yavé desde la columna de fuego y humo hacia el ejército de los egipcios...» y «... las aguas cubrieron los carros». (Éxodo, 14.)

tas pudiera salir del «canal» o de la vaguada sobre la que debían volver las aguas.

Y en el instante en que las naves tuvieron la seguridad de que el pueblo de Moisés se encontraba ya al otro lado, provocaron el cataclismo.

Pero el «equipo» —consciente siempre de su «misión»— no olvida los detalles. Y antes de proceder a la descarga de las aguas sobre los egipcios, se dirige a Moisés y, posiblemente a la vista de todo el pueblo, le «ordena» que vuelva a extender su mano sobre el mar «para que las aguas se traguen a los perseguidores».

Es evidente que los «astronautas» no desperdician la menor oportunidad de fortalecer —siempre de cara a la «galería» israelita— la autoridad y la personalidad de Moisés.

Se trata, en mi opinión, de un simple gesto. Cuando Moisés extendió nuevamente su brazo hacia el mar, los «ángeles» que hacían posible el «milagro» desde el interior de sus naves accionaron los correspondientes mecanismos, desbloqueando todo el «sistema».

Y la «coincidencia» dejó maravillados a los judíos...

Ni qué decir tiene que las mencionadas «dificultades» en las ruedas de los carros del ejército egipcio pudieron estar provocadas por una paralización parcial o colectiva de las diferentes unidades.

¡Cuántos casos se dan hoy en día de ovnis que «paralizan» a los testigos y animales próximos!

Basta en realidad con hacerlos caer o envolverlos en esos mismos campos magnéticos o electromagnéticos que parecen proteger a las mismas naves, para conseguir tal efecto.

Al final volvemos al mismo dilema: ¿es que era del todo necesario que los «hombres» de Yavé provocaran esta nueva carnicería? ¿Es que no pudieron arbitrarse otros sistemas, con tal de evitar nuevas y violentas muertes?

Y aunque lo he intentado, me resisto a seguir adelante y pasar por alto la interpretación de algunos autores modernos sobre el «milagro» del paso del «mar de los Juncos».

En el comentario bíblico *San Jerónimo*, por ejemplo, dirigido por especialistas tan sonados como Raymond Brown, del Union Theological Seminary de Nueva York; Joseph A. Fitzmyer (SJ), de la Fordham Universitys de Nueva York y Roland Murphy de la Duke University, se cierra el asunto con la siguiente frase:

«... la Providencia divina se sirvió en esta ocasión de una serie de fenómenos naturales.»

Y para terminar de sacudirse la responsabilidad, apuntalan la afirmación con el siguiente comentario:

«El hecho no es único en la historia. Las fuentes clásicas nos dicen que el viento hizo retroceder el agua de la laguna y así pudo Escipión capturar Cartago Nova. El mismo texto bíblico nos informa del papel que desempeñó el viento, facilitando a los hebreos el cruce de las superficiales aguas del mar de las Cañas.»

En mi opinión, descargar la posible explicación del hecho en los elementos y fenómenos de la naturaleza es caer nuevamente en lo fácil. En lo cómodo... Con esta postura, los teólogos y exégetas, amén de no terminar de convencer a los espíritus medianamente críticos y racionales, pueden hacer peligrar la confianza de los fieles en otras interpretaciones.

¿Qué semejanza puede encerrar el episodio de la retirada de las aguas de Escipión con la presencia del «Ángel de Yavé» y de la «columna de fuego» entre los campamentos judío y egipcio, con las «murallas» de agua que se levantaban a ambos lados del camino, con las «nieblas» y con la «paralización», en fin, de las ruedas de los carros del faraón?

Al centrar la causa principal del milagroso paso entre las aguas en «los fenómenos y fuerzas de la naturaleza», los teólogos y exégetas olvidan la otra cara de la moneda: al faraón y a sus hombres.[1]

1. Hoy existen todavía ciertas dudas sobre la identidad del faraón que protagonizó la persecución de Moisés y su pueblo. Según una primera versión, el éxodo tuvo lugar en el siglo XV antes de Cristo, en tiempos de la dinastía XVIII (hacia el año 1450-1449). Según esta hipótesis, el faraón opresor (el que condenó a los israelitas a trabajos for-

Si aquel territorio se presentaba ante los judíos como poco o nada conocido, no creo que ocurriera lo mismo con los egipcios. Tanto el faraón como sus tropas —y no digamos sus cuerpos especiales de exploradores— debían moverse por los lagos amargos, zonas desérticas y orillas del actual golfo de Suez como «Pedro por su casa».

Había sido Ramsés II quien, precisamente, había hecho resurgir de nuevo las viejas minas de cobre y turquesas existentes en el monte Sinaí. Desde el Nilo hasta las montañas de la península se desarrollaba un antiquísimo camino de herradura —con una antigüedad de 3 000 años antes de Cristo— por el que habían circulado siempre interminables columnas de trabajadores y esclavos. Estas minas habían sido abandonadas en varias ocasiones y ahora en la época del éxodo judío prácticamente habían sido puestas de nuevo en explotación.

Si en aquella zona semilacustre y pantanosa del mar de Suf se producían fenómenos extraños, propios de la naturaleza —cosa que dudo—, el pueblo egipcio tenía que conocerlos y mucho mejor, por supuesto, que el judío.

¿Por qué el faraón iba a caer en la trampa de uno de estos «fenómenos naturales», como apuntan los teólogos, si él y sus guerreros sabían de su alcance y peligrosidad?

Tuvo que ser «otra cosa», insisto, lo que provocó la masacre. «Algo» tan insólito y fuera de lo común que jamás hubiera pasado por la mente de los egipcios.

Y tampoco comparto el criterio de los exégetas católicos al exponer «que el viento facilitó a los hebreos el cruce de las superficiales aguas del mar de las Cañas».

Es posible que en determinadas zonas y canales del «mar de las Algas o de los Juncos», la profundidad de las aguas no fuera excesiva, pero no se puede afirmar tan rotundamente que todas las áreas fueran iguales. El texto bíblico, al menos, no habla de «aguas superficiales». Todo lo contrario. Moisés y su pueblo, y los egipcios después, estuvieron situados entre dos «murallas» de agua. Hubie-

---

zados y dio la orden de exterminio de sus varones recién nacidos) fue Tutmosis III, que vivió en los años 1504-1447, y el faraón del tiempo del éxodo, Amenofis II (1447-1420). Ésta es la opinión de especialistas como Ruffini, Bea, Frey, Schopfer y Touzard.

En una segunda versión, los especialistas apuntan la posibilidad de que el éxodo se llevara a cabo en el siglo XIII antes de Cristo, bajo la dinastía XIX (hacia el año 1220 a. C.).

Según esta opinión, el faraón opresor-constructor habría sido Ramsés II, que vivió entre los años 1292-1225. El faraón del éxodo propiamente dicho hubiera sido Merneptah (1225-1214).

Los más recientes trabajos arqueológicos parecen dar mayor credibilidad a la segunda hipótesis.

ra sido más que suficiente para provocar el aniquilamiento del ejército del faraón Merneptah que la profundidad del canal o del lago o del mar hubiera alcanzado los tres o cuatro metros.

Si el viento sopló durante toda la noche y secó las aguas superficiales de dicha zona, ¿qué clase de riada cayó sobre el faraón? En el supuesto esgrimido por los teólogos y expertos en las Sagradas Escrituras, el ejército enemigo podría haber cruzado la zona desecada con la misma o mayor celeridad que los israelitas.

Personalmente me resulta desalentador ese consejo o recomendación de muchos expertos que ven en «el paso del mar Rojo» un simple y bello «género literario». Pero ¿es que hay algo más cómodo y vacío a un mismo tiempo que sentenciar aquello que no se entiende como «género literario», «hermosa metáfora» o «gesta literaria»?

Otros exégetas, por ejemplo, han creído ver en este hecho milagroso una prueba más del poder taumatúrgico [2] de Moisés. No creo que el «equipo» de «astronautas» necesitase adornar la personalidad del «iniciado» con facultades de tipo paranormal. El «poder» del grupo celeste era tal que resultaba más que suficiente. Otra cosa es, como ya he mencionado, que «Yavé» aprovechara esas actuaciones portentosas para enriquecer la autoridad y personalidad de su gran «intermediario».

Hay que recordar a los eminentes doctores de la Iglesia que Moisés, aceptando la posibilidad de que hubiera sido «entrenado» o «iniciado» por Yavé, subió a la cumbre del Sinaí mucho tiempo después del «paso del mar Rojo». Tal y como comenté en capítulos anteriores, es posible que en aquellos «cuarenta días y cuarenta noches», los «astronautas» informaran a Moisés de sus planes y despertaran en él —todo es posible— las facultades taumatúrgicas a que se refieren los exégetas. Pero todo esto, como relata el Éxodo, fue posterior.

Y yo vuelvo a preguntarme: ¿es que atribuir el «milagro» del paso de Moisés y sus hombres por el «mar de los Juncos» a una elevadísima tecnología, precisamente al servicio de los planes divinos, resta o suma belleza y trascendencia a ese Gran Dios?

2. Taumaturgia: facultad de realizar prodigios.

16

LOS «ASTRONAUTAS» PERDIERON LA PACIENCIA

Lo que aconteció después —en los siguientes años— está perfectamente registrado en ese formidable testimonio escrito que forman libros como el Levítico, Números, etc.

Si uno repasa la Biblia con calma —y a la luz de este nuevo planteamiento— comprobará que el «equipo» de Yavé no tuvo más remedio que llevar a cabo toda una serie de «purgas» entre los israelitas. Una «limpieza» de elementos «no gratos o poco propicios», que podrían entorpecer seriamente el objetivo final de la «misión».

Aquel pueblo de «dura cerviz» ocasionó a los «astronautas» problema tras problema. Desde el incidente de la falta de comida, a los tres días del paso del mar de Suf, a la grave revuelta registrada al regreso de los exploradores a la tierra de Canaán, pasando por altercados e incidentes como el ocurrido al pie del Sinaí, cuando parte de los israelitas creyeron que Moisés no regresaría jamás y decidieron tornar a las viejas creencias e idolatría egipcias, fundiendo un toro de oro.

El «equipo» debió comprender que aquella comunidad necesitaba de una selección y así lo anunciaron a Moisés:

> «... Ninguno de los que han visto mi gloria —dice el Números (14,22-38)— y las señales que he realizado en Egipto y en el desierto, que me han puesto a prueba ya diez veces y no han escuchado mi voz, verá la tierra que prometí con juramento a sus padres. No la verá ninguno de los que me han despreciado. Pero a mi siervo Caleb, ya que fue animado de otro espíritu y me obedeció puntualmente, le haré entrar en la tierra donde estuvo, y su descendencia la poseerá.
>
> »El amalecita y el cananeo habitan en el llano. Maña-

na, volveos y partid para el desierto, camino del mar de Suf.»

Yavé habló a Moisés y Aarón y dijo:

«¿Hasta cuándo esta comunidad perversa, que está murmurando contra mí? He oído las quejas de los israelitas, que están murmurando contra mí. Diles: Por mi vida —oráculo de Yavé— que he de hacer con vosotros lo que habéis hablado a mis oídos. Por haber murmurado contra mí, en este desierto caerán vuestros cadáveres, los de todos los que fuisteis revistados y contados, de veinte años para arriba.

»Os juro que no entraréis en la tierra en la que, mano en alto, juré estableceros. Sólo a Caleb, hijo de Yefunné y Josué, hijo de Nun, y a vuestros pequeñuelos, de los que dijisteis que caerían en cautiverio, los introduciré, y conocerán la tierra que vosotros habéis despreciado.

»Vuestros cadáveres caerán en este desierto y vuestros hijos serán nómadas cuarenta años en el desierto, cargando con vuestra infidelidad, hasta que no falte uno solo de vuestros cadáveres en el desierto. Según el número de los días que empleasteis en explorar el país, cuarenta días, cargaréis cuarenta años con vuestros pecados, un año por cada día. Así sabréis lo que es apartarse de mí. Yo, Yavé, he hablado. Eso es lo que haré con toda esta comunidad perversa, amotinada contra mí. En este desierto no quedará uno: en él han de morir.»

Los responsables de la «operación» debieron percatarse de la necesidad de entregar la tierra prometida —Canaán— a una generación limpia de corazón. A hombres y mujeres que no flaquearan en sus ideas y creencias. A aquellos israelitas que, verdaderamente, demostraran su fidelidad a la nueva idea de un Dios único. De no ser así, todos los esfuerzos del «equipo» hubieran quedado en nada...

De ahí que Yavé decide perdonar a los menores de 20 años. El resto —incluido Moisés— es apartado prácticamente del proyecto final y relegado a un peregrinaje sin sentido por el desierto. Un peregrinaje que, simbólicamente, fue fijado en cuarenta años.

En el fondo, la razón básica de ese aparentemente absurdo caminar de los judíos durante tantos años por un desierto tan reducido, hay que buscarla en esa necesidad de «selección» de los hombres que estaban destinados a crear la comunidad última, en la que debería nacer el «Enviado».[1]

Resulta verdaderamente grave la tozudez y «dura cerviz» de aquel pueblo...

¿Cómo es posible que pudieran seguir dudando de la eficacia y presencia de Yavé, cuando éste les había sacado ya de mil apuros?

¿Cómo podían desear regresar a Egipto —tal y como manifestaron antes de la «condena» del «equipo» —si habían visto y seguían viendo cada jornada la «gloria» de Yavé y sus «columnas de nube o de fuego»?

En este sentido es comprensible la irritación y hasta la desesperación de los «astronautas», que veían cómo a cada paso la retorcida y perversa comunidad israelita les ignoraba, maldecía y hasta traicionaba.

No tiene sentido que los judíos sintieran temor ante las palabras y manifestaciones de los exploradores que marcharon a las tierras de Canaán, cuando ellos mismos habían sido testigos de excepción del exterminio de los primogénitos de los egipcios y hasta del propio ejército del faraón...

Y, sin embargo, así fue:

> Yavé habló a Moisés —cuenta el Números (13 y 14)— y le dijo:
>
> «Envía algunos hombres, uno por cada tribu paterna, para que exploren la tierra de Canaán que voy a dar a los israelitas. Que sean todos principales entre ellos.»
>
> Los envió Moisés, según la orden de Yavé, desde el desierto de Parán: todos ellos eran jefes de los israelitas...

Y tras la relación de los nombres de cada uno de ellos, prosigue el Números:

> ... Moisés los envió a explorar el país de Canaán, y les dijo:
>
> «Subid ahí, al Negueb, y después subiréis a la montaña. Reconoced el país, a ver qué tal es, y el pueblo que lo habita, si es fuerte o débil, escaso o numeroso; y qué tal es el país en que viven, bueno o malo; cómo son las ciudades en que habitan, abiertas o fortificadas; y cómo es la tierra, fértil o pobre, si tiene árboles o no. Tened valor y traed algunos productos del país.»

1. La península del Sinaí tiene forma triangular, con una longitud de 415 kilómetros por 240 kilómetros de anchura en su base, que se encuentra al norte.

«Y cuando el pueblo vio que Moisés tardaba en bajar del monte Sinaí, se reunió el pueblo en torno a Aarón y le dijeron: "Anda, haznos un dios que vaya delante de nosotros..."» (Éxodo, 32.)

Era el tiempo de las primeras uvas. Subieron y exploraron el país, desde el desierto de Sin hasta Rejob, a la entrada de Jamat. Subieron por el Negueb y llegaron hasta Hebrón, donde residían Ajimán, Sesay y Talmay, los descendientes de Anaq.

Hebrón había sido fundada siete años antes que Tanis de Egipto. Llegaron al valle de Eskol y cortaron allí un sarmiento con un racimo de uva, que transportaron con una pértiga entre dos, y también granadas e higos. Al lugar aquél se le llamó Valle de Eskol, por el racimo que cortaron allí los israelitas.

RELATO DE LOS ENVIADOS

Al cabo de cuarenta días volvieron de explorar la tierra. Fueron y se presentaron a Moisés, a Aarón y a toda la comunidad de los israelitas, en el desierto de Parán, en Cadés. Les hicieron una relación a ellos y a toda la comunidad, y les mostraron los productos del país.

Les contaron lo siguiente:

«Fuimos al país al que nos enviaste, y en verdad que mana leche y miel; éstos son sus productos. Sólo que el pueblo que habita en el país es poderoso; las ciudades, fortificadas y muy grandes; hasta hemos visto allí descendientes de Anaq. El amalecita ocupa la región del Negueb; el hitita, el amorreo y el jebuseo ocupan la montaña; el cananeo, la orilla del mar y la ribera del Jordán.»

Caleb acalló al pueblo delante de Moisés, diciendo:

«Subamos y conquistaremos el país, porque, sin duda, podremos con él.»

Pero los hombres que habían ido con él dijeron:

«No podemos subir contra ese pueblo, porque es más fuerte que nosotros.»

Y empezaron a hablar mal a los israelitas del país que habían explorado, diciendo:

«El país que hemos recorrido y explorado es un país que devora a sus propios habitantes. Toda la gente que hemos visto allí es gente alta. Hemos visto también gigantes, hijos de Anaq, de la raza de gigantes. Nosotros nos teníamos ante ellos como saltamontes, y eso mismo les parecíamos a ellos.»

REBELIÓN DE ISRAEL

Entonces toda la comunidad alzó la voz y se puso a gritar; y la gente estuvo llorando aquella noche. Luego murmuraron todos los israelitas contra Moisés y Aarón, y les dijo toda la comunidad:

«¡Ojalá hubiéramos muerto en Egipto! Y si no, ¡ojalá hubiéramos muerto en el desierto! ¿Por qué Yavé nos trae a este país para hacernos caer a filo de espada y que nuestras mujeres y niños caigan en cautiverio? ¿No es mejor que volvamos a Egipto?»

Y se decían unos a otros:

«Nombremos a un jefe y volvamos a Egipto.»

Moisés y Aarón cayeron rostro en tierra delante de toda la asamblea de la comunidad de los israelitas. Pero Josué, hijo de Nun, y Caleb, hijo de Yefunné, que eran de los que habían explorado el país, rasgaron sus vestiduras y dijeron a toda la comunidad de los israelitas:

«La tierra que hemos recorrido y explorado es muy buena tierra. Si Yavé nos es favorable, nos llevará a esa tierra y nos la entregará. Es una tierra que mana leche y miel. No os rebeléis contra Yavé, ni temáis a la gente del país, porque son pan comido. Se ha retirado de ellos su sombra, y en cambio Yavé está con nosotros. No tengáis miedo.»

CÓLERA DE YAVÉ

Toda la comunidad hablaba de apedrearlos, cuando la «gloria de Yavé» se apareció ante la Tienda del Encuentro, a todos los israelitas. Y dijo Yavé a Moisés:

«¿Hasta cuándo me va a despreciar este pueblo? ¿Hasta cuándo va a desconfiar de mí, con todas las señales que he hecho entre ellos? Los heriré de peste y los desheredaré. Pero a ti te convertiré en un pueblo más grande y poderoso que ellos.»

Moisés respondió a Yavé:

«Pero los egipcios saben muy bien que, con tu poder, sacaste a este pueblo de en medio de ellos. Se lo han contado a los habitantes de este país. Éstos se han enterado de que tú, Yavé, estás en medio de este pueblo, y te das a ver cara a cara; de que tú, Yavé, permaneces en tu Nube sobre ellos, y caminas delante de ellos de día en la columna de Nube, y por la noche en la columna de fuego. Si haces perecer a este pueblo como un solo hombre, dirán los pueblos que han oído hablar de ti:

»"Yavé, como no ha podido introducir a ese pueblo en la tierra que les había prometido con juramento, los ha matado en el desierto." Muestra, pues, ahora tu poder, mi Señor, como prometiste...

»Perdona, pues, la iniquidad de este pueblo conforme a la grandeza de tu bondad, como has soportado a este pueblo desde Egipto hasta aquí.»

Una tierra próspera

Por las palabras de los exploradores, era evidente que el «equipo» había sabido elegir la tierra. Un lugar próspero, donde crecían abundantes y grandes frutos.

Como evidente era también —y lo observamos justamente en este pasaje— la constante «vigilancia» a que era sometido el campamento israelita...

En el momento justo, cuando Moisés, Aarón y dos de los exploradores, fieles a Yavé, corrían grave riesgo de ser apedreados, entonces surge sobre la Tienda del Encuentro la «gloria» de Yavé.

En el fondo tenía que ser sumamente sencillo controlar los movimientos y hasta los pensamientos de los judíos.

Desde cualquiera de las naves —y muy especialmente desde la «nodriza»— los «astronautas» sólo hubieran tenido que accionar las pantallas de televisión para recoger, en directo, lo que pasaba a cada momento entre los hombres de Moisés.

Por eso, en cuanto notaron que cundía la rebelión y que, incluso, peligraba la vida de sus «contactos», una de las naves —la «gloria de Yavé»— apareció o descendió sobre el campamento. Ambas operaciones hubieran sido perfectamente posibles: bien «aparecer» sobre la Tienda, pasando instantáneamente de dimensión, o bien descender físicamente hacia el lugar donde se asentaba la comunidad.

Y allí, por enésima vez, el portavoz o responsable del «equipo» hizo más que palpable la indignación general.

Pero no quisiera cerrar este capítulo sin antes señalar lo que, para mí, constituye una nueva «ligereza» del «equipo» de Yavé. Y he entrecomillado la palabra porque, obviamente, no sé cómo calificar la larga cadena de invasiones —hoy se llaman agresiones— que practicó el joven pueblo israelita, con las naves espaciales a la cabeza.

Lenta pero firmemente, el ejército judío —siempre con la «gloria de Yavé» por delante— fue expulsando de los que habían sido sus territorios y ciudades a los amalecitas, hititas, amorreos, jebuseos y cananeos.

Una expulsión que se prolongó durante años y que significó otro caudaloso río de sangre...

Creo que si alguien hiciera el balance final veríamos con inquietud cómo la conducción y el definitivo asentamiento del pueblo elegido hasta las tierras de Canaán, supuso decenas de miles de muertos, incendios, lágrimas y violencia sin cuento...

Reconozco de la misma forma —puesto que ya he dicho y admito que aquel «equipo» de «ángeles» estaba a las órdenes de Dios— que quizá no había otra fórmula, otro camino.

Y aunque sé que los «caminos del Señor son inescrutables», no puedo evitar un cierto malestar al descubrir tanta muerte y destrucción, allá por donde pasaba el pueblo israelita...

Si nos limitamos a enjuiciar fría y objetivamente el «momento» elegido por el «equipo» de Yavé para el paso del Jordán y la entrada de la comunidad israelita en la Tierra de Promisión, hay que reconocer que los «astronautas» —una vez más— sabían lo que se llevaban entre manos...

Veamos. ¿Cuál era la situación del mundo conocido en aquellas fechas, unos 1 200 años antes del nacimiento del «Enviado»?

Cuando Israel se encuentra acampado al otro lado del río Jordán, dispuesto a penetrar en las tierras de Canaán, en el Mediterráneo está a punto de decidirse también la suerte de Troya.

Los héroes de Homero —Aquiles, Agamenón y Ulises— están preparados para sus hazañas.

El reino del Nilo, por su parte, está en plena decadencia. Ha pasado su viejo esplendor y el último rey —«Sol

Eknatón»— ha terminado por debilitar políticamente a Egipto. Lo que había sido una provincia egipcia desde los años 1550 antes de Cristo, tras la expulsión de los hyksos, es ahora una tierra dividida y corrompida por lo que queda de la ocupación egipcia. Canaán, en fin, es presa fácil para el pueblo elegido.

Y el «equipo» de Yavé lo sabe. Y ordena al bravo Josué —sucesor de Moisés— que entre en Canaán sin pérdida de tiempo.

Comienza así una larga y no menos dura etapa. Un período en el que se consumirán alrededor de 1 200 años y en el que los «astronautas» establecerán ya de forma definitiva la patria de los israelitas.

Trece siglos más tarde, el pueblo elegido habrá alcanzado la madurez suficiente como para ver nacer en su seno al «Enviado».

Y, curiosamente, una vez asentado el pueblo «elegido», las apariciones de la «gloria» de Yavé y de las famosas «columnas de nube o de fuego» —que prodigaron tan intensamente su presencia entre los judíos— se desvanecen casi. Durante los últimos 500 años antes de Cristo, estas naves apenas si son visibles.

Parece como si la misión del gran «equipo» hubiera pasado a un segundo plano. Ahora todo sigue su curso natural. Ni más ni menos, lo que ya estaba programado...

Pero ese momento —el de la aparición en nuestro planeta del Hijo del Altísimo— iba a estar precedido por otros fenómenos similares o muy parecidos a los que ya habían vivido los patriarcas y antepasados del pueblo israelita en la salida de Egipto y en el largo camino hacia Canaán.

Y volvieron las naves espaciales y los «ángeles» o «astronautas». Pero este «retorno» no fue ya —como en la antigüedad— bajo el signo del temor o de la sangre. En esta última fase, la culminación de la «Operación Redención», todo iba a ser radicalmente distinto.

A veces me he preguntado si estos «ángeles» o «astronautas» que «colaboraron» con el «alto mando» en el cuidado de María, en la Anunciación, en el Nacimiento de Jesús y en la vida pública de Éste, fueron los mismos que sacaron a la colonia israelita de Egipto o los que condujeron pacientemente a Moisés y su pueblo por la Península del Sinaí...

Nadie, por supuesto, puede conocer por ahora la respuesta. Lo que sí cabe pensar es que si se trataba de seres mucho más evolucionados que nosotros, quizá habían remontado los ridículos límites de nuestra vida media. Quizá —¿por qué no?— gozaban o gozan de una existencia infinitamente más larga que la nuestra. Quizá su tecnología o su naturaleza —diferentes a la que nosotros conocemos— les permitía vivir cientos de años, suponiendo que nuestro cómputo del tiempo fuera ajustable a sus vidas.

Quizá se produjo lo que nosotros conocemos por «relevo». Y otros seres vinieron a sustituir, cada determinados períodos de tiempo, a los que mostraban signos de cansancio.

Pero esta apasionante incógnita, bien merece un tratamiento aparte...

Sea como fuere, lo cierto es que unos 15 años antes del nacimiento de Jesús de Nazaret, los «astronautas» tomaron nuevo contacto con el pueblo judío.

17

LA ANUNCIACIÓN: ¿UN DOBLE «ENCUENTRO» CON LOS «ASTRONAUTAS»?

Sólo en los Evangelios apócrifos —a cùyos textos me reintegro de nuevo— he podido encontrar una descripción más detallada del delicado tema de la Anunciación a María.

Un asunto en verdad apasionante y misterioso y para el que el ser humano casi no tiene palabras.

A la hora de analizar dicho pasaje, lo hago con el máximo respeto de que soy capaz. Bien lo sabe Dios...

No pretendo, como quizá puedan pensar los intransigentes o fanáticos, desvelar ningún misterio... Sería ridículo. Sería como equipararse a Dios. Y yo sólo soy un reportero, siempre en busca de la Verdad.

Un reportero —eso sí— a quien le hubiera gustado estar presente en aquellos momentos...

El apócrifo de Santiago

Pero veamos qué dicen los textos de los Evangelios apócrifos.

Y empecemos por el Protoevangelio de Santiago:

XI

1. Cierto día cogió María un cántaro y se fue a llenarlo de agua. Mas he aquí que se dejó oír una voz que decía:

«Dios te salve, llena de gracia, el Señor es contigo, bendita tú entre las mujeres.»

Y ella se puso a mirar en torno, a derecha e izquierda, para ver de dónde podía provenir esta voz. Y, toda temblorosa, se marchó a su casa, dejó el ánfora, cogió la púrpura, se sentó en su escaño y se puso a hilarla.

2. Mas de pronto, un ángel del Señor se presentó ante ella, diciendo:

«No temas, María, pues has hallado gracia ante el Señor omnipotente y vas a concebir por su palabra.»

Pero ella, al oírlo, quedó perpleja y dijo entre sí:

«¿Deberé yo concebir por virtud del Dios vivo y habré de dar a luz luego como las demás mujeres?»

3. A lo que respondió el ángel:

«No será así, María, sino que la virtud del Señor te cubrirá con su sombra; por lo cual, además, el fruto santo que ha de nacer de ti, será llamado Hijo del Altísimo. Tú le pondrás por nombre Jesús, pues Él salvará a su pueblo de sus propias iniquidades.»

Entonces dijo María:

«He aquí la esclava del Señor en su presencia; hágase en mí según tu palabra.»

XII

1. Y, concluida su labor con la púrpura y la escarlata, se la llevó al sacerdote. Éste la bendijo y exclamó:

«María, el Señor ha ensalzado tu nombre y serás bendecida en todas las generaciones de la tierra.»

2. Llena de gozo, María se fue a casa de Isabel su parienta. Llamó a la puerta y, al oírla Isabel, dejó la escarlata, corrió hacia la puerta, abrió y, al ver a María la bendijo diciendo:

«¿De dónde a mí el que la madre de mi Señor venga a mi casa?; pues fíjate que el fruto que llevo en mi seno se ha puesto a saltar dentro de mí, como para bendecirte.»

Pero María se había olvidado de los misterios que la había comunicado el arcángel Gabriel y elevó sus ojos al cielo y dijo:

«¿Quién soy yo, Señor, que todas las generaciones me bendicen?»

3. Y pasó tres meses en casa de Isabel. Y de día en día su embarazo iba aumentando, y, llena de temor, se marchó a su casa y se escondía de los hijos de Israel. Cuando sucedieron estas cosas, tenía ella dieciséis años.

El apócrifo de Mateo

Antes de seguir adelante con el Protoevangelio de Santiago, observemos lo que cuenta Mateo en su apócrifo de la Natividad sobre estos hechos concretos:

IX

1. Al día siguiente, mientras se encontraba María junto a la fuente, llenando el cántaro de agua, se le apareció el ángel de Dios y le dijo:

«Dichosa eres, María, porque has preparado al Señor una habitación en tu seno. He aquí que una luz del cielo vendrá para morar en ti y por tu medio iluminará a todo el mundo.»

2. Tres días después, mientras se encontraba en la labor de la púrpura, vino hacia ella un joven de belleza indescriptible. María al verlo quedó sobrecogida de miedo y se puso a temblar. Mas él le dijo:

«No temas, María, porque has encontrado gracia ante los ojos de Dios. He aquí que vas a concebir en tu seno y vas a dar a luz un rey cuyo dominio alcanzará no sólo a la tierra, sino también al cielo, y cuyo reinado durará por todos los siglos.»

Apócrifo del Libro sobre la Natividad de María

Por último, el mismo pasaje de la aparición del ángel es relatado así en el texto del Libro sobre la Natividad de María:

IX

1. En estos mismos días —es decir, al principio de su llegada a Galilea— fue enviado por Dios el ángel Gabriel, para que le anunciase la concepción del Señor y para que la pusiera al corriente de la manera y orden como iba a desarrollarse este acontecimiento.

Y así, entrado que hubo hasta ella, inundó la estancia donde se encontraba de un fulgor extraordinario. Después la saludó amabilísimamente en estos términos:

«Dios te salve, María, virgen gratísima al Señor, virgen llena de gracia: el Señor está contigo; tú eres más bendita que todas las mujeres y que todos los hombres que han nacido hasta ahora.»

2. La Virgen, que estaba bien acostumbrada a ver rostros angélicos y a quien le era familiar el verse circundada de resplandores celestiales, no se asustó por la visión del ángel, ni quedó aturdida por la magnitud del resplandor, sino que únicamente se vio sorprendida por la manera de hablar de aquel ángel. Y así se puso a pensar a qué vendría saludo tan insólito, qué pronóstico podría traerle y qué desenlace tendría finalmente. El ángel, por inspiración divina, vino al encuentro de tales pensamientos y le dijo:

«No tengas miedo, María, de que en este mi saludo vaya velado algo contrario a tu castidad. Precisamente por haber escogido el camino de la pureza has encontrado gracia a los ojos del Señor. Y por eso vas a concebir y dar a luz un hijo sin pecado alguno de tu parte.

»3. Éste será grande, pues extenderá su dominio de mar a mar y desde el río hasta los confines de la tierra. Será llamado Hijo del Altísimo, porque quien va a nacer humilde en la tierra está reinando lleno de majestad en el cielo. El Señor Dios le dará el trono de David, su padre, y reinará eternamente en la casa de Jacob. Su reinado no tendrá fin. Él es rey de reyes y señor de los que dominan. Su trono durará por los siglos de los siglos.»

4. Entonces, la Virgen, no por incredulidad a las palabras del ángel, sino deseando únicamente saber cómo habrían de tener su cumplimiento, respondió:

«¿Y cómo se verificará esto? ¿Cómo voy a poder dar a luz si no voy a conocer nunca varón, de acuerdo con mi voto?»

Repuso el ángel:

«No pienses, María, que vas a concebir de manera humana: sin unión marital alguna, alumbrarás siendo virgen y amamantarás permaneciendo virgen. El Espíritu Santo vendrá, en efecto, sobre ti y la virtud del Altísimo te cubrirá con su sombra contra todos los ardores de la concupiscencia. Por tanto, solamente tu vástago será santo, porque siendo el único concebido y nacido sin pecado, se llamará Hijo de Dios.»

María, entonces, extendió sus brazos y elevó sus ojos al cielo, diciendo:

«He aquí la esclava del Señor, puesto que no soy digna del nombre de señora: hágase en mí según tu palabra.»

¿Por qué dos «encuentros»?

En los dos primeros apócrifos —los de Santiago y Mateo— los autores hablan con claridad de dos «encuentros» de María con los «ángeles». Primero en la fuente —posiblemente en las afueras del pueblo donde residía en aquellos momentos la Virgen— y por último, el más trascendental, en su propio domicilio.

Pero, ¿por qué dos «encuentros»? ¿Es que los miembros del «equipo» lo consideraron más prudente? ¿Necesitaba quizá María de una «familiarización» con estos seres?

Encuentro quizá en ello un contrasentido, puesto que en los pasajes anteriores de estos mismos apócrifos se repite una y otra vez el «trato» diario que sostenía María con los «ángeles» o «astronautas». Debía estar, por tanto, muy acostumbrada a su presencia. Y así lo especifica, por ejemplo, el tercero de los textos apócrifos, cuando asegura que María no se asustó ante la llegada del ángel y del «fulgor extraordinario que llenó la estancia».

Un fulgor que bien podía proceder de las propias ropas del «astronauta» o, incluso, de la proximidad a la casa de María de la nave en la que quizá se había aproximado el «ángel» a la aldea.

También cabe, por supuesto, que tal resplandor naciera de la misma constitución del ser.

Dominio de la telepatía

Y prosigue el Libro sobre la Natividad de María y apunta que el ángel «por inspiración divina vino al encuentro de los pensamientos de la Virgen».

Yo supongo que un ser tan extraordinariamente evolucionado —los tres apócrifos y hasta los Evangelios canónicos coinciden en la identidad del «mensajero»: Gabriel— dominaba perfectamente lo que nosotros conocemos como transmisión del pensamiento o telepatía. No tuvo que ser un problema para él captar los sentimientos y dudas que estaban apareciendo en la mente de María.

De ahí que la expresión «por inspiración divina» no

me parezca la más apropiada, aunque la verdad es que tampoco reviste mayor importancia.

Respeto a la libertad humana, hasta el límite

Hay que reconocer que, tanto si fue un «astronauta» como si intervinieron dos en el anuncio a María, el «alto mando» demostró un gran respeto por la libertad humana. Puestos a considerar, ¿qué necesidad tenía de advertir a la niña del embarazo? La misteriosa concepción de Jesús podía haberse producido sin más. Y quizá en el transcurso de la gestación —o no—, el «equipo» podía haber descendido nuevamente hasta María y José y hacerles partícipes de las razones y origen del súbito embarazo.

Pero nada de esto sucedió.

Un miembro del «equipo», en definitiva, llegado el gran instante, se presentó ante la Virgen y le advirtió de las intenciones «superiores».

Y yo me he preguntado alguna vez: ¿y si la joven María, por las razones que fueran, se hubiera negado? ¿Qué habría pasado? ¿Qué hubiera hecho el «estado mayor» y los propios «astronautas»?

Lo que indudablemente resulta fascinante es el cómo. ¿Cómo pudo producirse realmente la concepción virginal y milagrosa en aquella niña que, según todos los informes históricos, debía rondar los 13 o 14 años? ¿Cuál pudo ser el «sistema» de que se valió el Espíritu Santo? Y lo más problemático y delicado: ¿intervino en esta «fase» el «equipo» de «astronautas»?

Algunas personas que han conocido mis inquietudes en este terreno me han acusado de soberbio e irreverente. Me gustaría dejar perfectamente claro que, aunque soy consciente de mis muchos pecados y limitaciones, espero no caer jamás en la estupidez de la soberbia. Porque de necios tiene que ser conocer la maravillosa profundidad y poder de Dios y revelarse contra Él. Eso entiendo por soberbia.

En mi caso —y en este caso concreto— sólo me mueve una constante curiosidad, un afán de saber...

Sé que Dios —con su sola voluntad— puede hacer el

milagro de la concepción virginal de María. Pero algo me dice que —sin perder ese carácter sobrenatural— en aquel «acto» pudieron intervenir también las criaturas o jerarquías al servicio de Dios. ¿Qué sabemos en realidad de los métodos, tecnologías y medios de esos seres tan próximos a la Suprema Perfección?

Que nadie me juzgue, por tanto, como un insensato irreverente. Si acaso, como un atormentado buscador de la Verdad...

18

¿UNA CONCEPCIÓN VIRGINAL «CONTROLADA»?

Creo que, a veces, el hombre de nuestro tiempo corre un serio peligro de perder el sentido de la perspectiva.

Hemos olvidado, por ejemplo, que hace tan sólo ochenta años, la idea de una sociedad manejada por una gran computadora central hubiera sonado en los oídos de los ciudadanos como el más alucinante de los relatos de ciencia-ficción. Hoy, sin embargo, la entrada de los cerebros electrónicos en la sociedad occidental es un hecho generalmente aceptado. Yo diría que, incluso, hasta esperanzador.

¿Quién hubiera apostado hace doscientos años por una comunidad servida y casi a punto de ser manejada por robots?

—¿Cómo hubiera reaccionado la sociedad napoleónica —por no retroceder excesivamente en el tiempo— ante un proyecto como el que hoy maneja Japón: la construcción de una «segunda generación» de robots, encargados del árido y duro ensamblaje de máquinas?

¿Por dónde hubiéramos debido empezar a explicarle al amigo Napoleón que en la segunda mitad del siglo XX se iban a ganar y perder batallas gracias a la existencia de unas «bombas» o proyectiles teledirigidos desde un centro de control?

¿Es que la Santa Inquisición hubiera aceptado que una Ley como la de Trasplantes de Órganos fuera siquiera discutida en el Parlamento de la nación?

¿Cuántos políticos, y no digamos religiosos, hubieran corrido el grave peligro de ser enviados a la hoguera por el Santo Oficio si en aquella época hubieran llegado a cuestionar la necesidad de un control de la natalidad?

¿Qué palabras o terminología habrían empleado los

sabios y grandes humanistas del Renacimiento para explicar ante su sociedad los actuales experimentos de «marcapasos cerebrales»?

¿Cómo hubiera reaccionado la Iglesia Católica en pleno Concilio de Trento si alguien hubiese podido mostrar al Sagrado Colegio Cardenalicio una simple película del Papa Juan Pablo II aterrizando en Nueva York en un gigantesco «pájaro» de acero...?

Los esquemas mentales de aquellas sociedades —tanto los individuales como los colectivos— habrían quedado «bloqueados» ante la «terrible» noticia de la consecución pocos cientos de años más tarde de un «niño probeta».

¿Lograr la fecundación del óvulo femenino fuera del molde natural del vientre materno?

El experimento hubiera sido tomado como «cosa del diablo» o, en el mejor de los casos, como un «milagro»...

Hoy sabemos que el «niño probeta» es una realidad, un hallazgo de la Ciencia. A nadie se le ocurre pensar en un milagro ni en la intervención sobrenatural de ángeles o santos.

¿Qué sucede entonces?

¿Por qué hoy, en plena Era Espacial, se registran tan pocos milagros y, en cambio, hace quinientos años estaban a la orden del día?

¿No será que los avances científicos y técnicos han empezado a esclarecer muchos de los puntos oscuros para los que, en el pasado, sólo cabía la explicación milagrosa?

¿Cómo podemos o debemos entender entonces el concepto de «milagro»?

La propia Iglesia nos enseña hoy, en un gesto de prudencia, que el milagro es aquello que rompe las leyes físicas y naturales y que sólo puede ser asimilado a la luz de una intervención exterior al hombre.

Y me estoy aproximando al final de este planteamiento.

Aunque reconozco que el poder de Dios es ilimitado y que puede lograr todo cuanto se proponga, ¿por qué no aceptar igualmente la posibilidad o hipótesis o teoría de una «intervención» o «acción» puramente técnica o científica —no sé qué palabras emplear— en la «fase intermedia», llamémoslo así, de la Concepción Virginal de María?

Intentaré explicarme.

Si la «Operación Redención» estaba siendo «conduci-

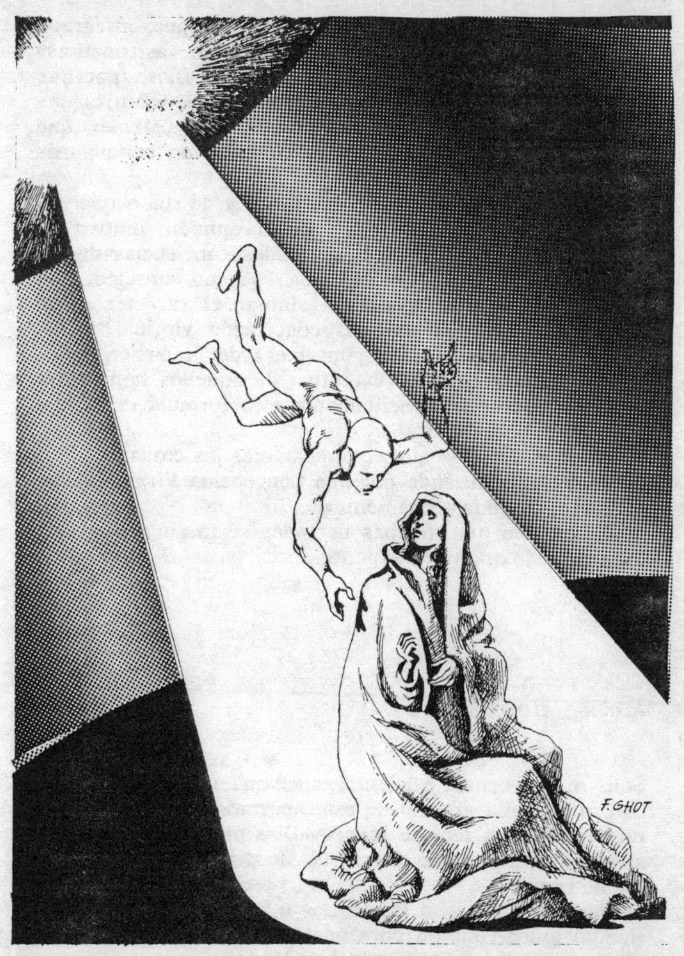

«En el mes sexto fue enviado por Dios el ángel Gabriel a una ciudad de Galilea, por nombre Nazaret, a una virgen llamada María...» (San Lucas, 1.)

da» en buena medida por todo un «equipo», integrado por lo que hoy podríamos calificar como «astronautas» o «misioneros del Espacio» al servicio de Dios, ¿por qué rechazar la idea de una Concepción Virginal «controlada» o «dirigida» físicamente y mediante un «sistema» que sólo dos mil años más tarde estaríamos en condiciones de empezar a entender?

Si la propia presencia de las naves y de sus ocupantes —de los «ángeles»— era ya, en mi opinión, motivo de asombro y sólo podía encajar en las conciencias de los israelitas como la «gloria de Yavé», ¿cómo conseguir que aquella comunidad llegase a asimilar el carácter quizá puramente científico de una concepción virginal?

Es lógico que los «responsables» de la misión, conscientes del corto grado evolutivo de aquellos hombres y mujeres, acudieran sencillamente a la fórmula de la «intervención sobrenatural».

¿Para qué y por qué complicar más las cosas?

Pero, ¿qué entiendo por una Concepción Virginal «controlada o dirigida físicamente»?

Es posible que muchas personas se rasguen las vestiduras ante lo que voy a exponer...

Algunas hipótesis

Sólo se me ocurre adelantar algo que intentaré exponer con más calma al final de este apartado: que no cuestiono ni pongo en tela de juicio —Dios me libre— el origen absolutamente divino de Jesús de Nazaret. Creo firmemente en ello.

Pero vayamos con las teorías o posibilidades que hace tiempo anidan en mi corazón y que, quizá, encierran la clave de la concepción virginal de María:

Primera teoría: ¿inseminación artificial?

Hoy sabemos que, gracias a los avances de la Medicina, la inseminación artificial es una realidad. Existen numerosos bancos de esperma en el mundo, utilizados para lograr, cuando así se desea, la fecundación del óvulo femenino.

Los niños nacidos por este procedimiento son cada vez más.

Hoy, en España, existen ya tres bancos de esperma. El primero, obra del doctor Simón Marina, en Barcelona. El segundo, en la Residencia Sanitaria Enrique Sotomayor de la Seguridad Social, en Bilbao, que dirige el doctor Portuondo y el tercero, en Madrid, obra del doctor Giménez y ubicado en el centro Ramón y Cajal.

Los primeros y afilados problemas de la supervivencia del esperma masculino han quedado ya definitivamente resueltos, merced a los prodigiosos adelantos técnicos. La verdad es que almacenar los espermatozoides, congelados a —196 grados centígrados en nitrógeno líquido, sin que sufran daños y así conserven su poder fecundador no fue posible hasta que se encontró un medio crioprotector adecuado. Los cristales de hielo que se formaban dañaban las estructuras celulares y en el caso de los espermatozoides se perdía la capacidad de fecundación. Jean Rostand encontró un medio idóneo para impedir que se formaran estos cristales de hielo, a la vez que no afectaba químicamente a las células vivas. Esto ocurría en 1954. Desde entonces, el desarrollo de los bancos de semen ha ido hacia arriba.

El semen, almacenado en unas pajuelas de plástico de unos 0,25 mililitros de capacidad, puede conservarse intacto durante más de cinco años.

Y surge la pregunta: ¿es qué la concepción virginal de María pudo practicarse a través del método de la inseminación artificial?

Aunque el sistema hubiera sido absolutamente «milagroso» para los hombres de hace 2 000 años,[1] personalmente «no» creo que los «astronautas» utilizasen este procedimiento.

1. Intentos de inseminación artificial se registraron ya en Francia en el siglo XIX, aunque históricamente se tienen noticias de que se practicaba ya en la Edad Media. Y se cita el caso de Arnaud de Villeneuve, médico de reyes y papas, a quien se atribuye la inseminación artificial de la esposa de Enrique IV de Castilla, conocido como el Impotente. Un abogado célebre de los tribunales parisinos del siglo pasado era hijo de una condesa a quien Giroud había practicado la inseminación artificial en 1838. El mismo Giroud, especialista adelantado de la época, relataba en la revista *L'Abeille Médicale* que desde 1838 había tratado por este medio a 12 mujeres, de las cuales diez habían quedado preñadas, siendo la experiencia un verdadero éxito. En 1883, el doctor Lajatre, de Burdeos, hacía incluso publicidad en los periódicos sobre la inseminación artificial. Pero, a causa de una exorbitante nota de honorarios por un tratamiento sin éxito, fue condenado por un tribunal, a la vez que era condenada la práctica de la inseminación artificial.

Además de su carácter irremediablemente grosero —hay que introducir una jeringa especial por vía vaginal—, la inseminación artificial, tal y como la conocemos hoy, no es segura. Los porcentajes de éxito en dicha inseminación son todavía difícilmente calculables, debido a los muchos factores todavía desconocidos que intervienen. Se puede decir, sin embargo, de forma aproximada, que de todas las mujeres que solicitan la inseminación artificial, y teniendo en cuenta los abandonos por distintos motivos, el porcentaje de fecundación es de un 40 por ciento al cabo de seis meses de iniciarse, no sobrepasando el 60 por 100 al cabo de un año.

Evidentemente, el «equipo» no podía correr estos riesgos...

Aparece claro, además, a través de los libros sagrados, que la concepción de la Virgen debió producirse prácticamente en el momento mismo del anuncio del «astronauta» o poco después.

Pero hay, además, otro factor que invalida —según nuestros actuales conocimientos, claro está— la teoría de la inseminación.

Me refiero a la presencia física de los espermatozoides. Éste, ni más ni menos, es el gran «caballo de batalla» que tiene enfrentados a la Iglesia y al racionalismo científico.

Mientras la Teología no acepta la presencia de tales cuerpos, puesto que ello podría implicar el reconocimiento de la presencia de varón en la concepción, algunos sectores de la Ciencia —a los que resulta muy duro aceptar el «misterio» religioso— se plantan en la imposibilidad de fecundación y posterior gestación natural si no existe ese aporte de, al menos, un espermatozoide.

Y digo que la inseminación artificial queda anulada en este sentido porque —al menos en la actualidad—, la cantidad de espermatozoides que se lanzan a la carrera del óvulo en cada inseminación es astronómica. El poder fecundante del semen viene caracterizado, precisamente, por la concentración en espermatozoides y la movilidad de éstos. El eyaculado de una persona normal tiene un volumen variable de 2 a 5 ml con más de 70 millones de espermatozoides por mililitro, de los cuales más del 80 por 100 son móviles. Esto quiere decir que una persona normal lanza entre 140 y 350 millones de espermatozoides en cada acto sexual.

Recientemente, el gran científico David Epel aseguraba que, por medio de fotografías efectuadas con microscopio electrónico de barrido, Mia Tegner había observado en el laboratorio de la Scripps Institution of Oceanography que, en condiciones de saturación, pueden unirse a un único óvulo hasta 1 500 espermatozoos. (Se refiere en este caso a experiencias hechas con erizos de mar.) Pues bien, traspolando el tema al óvulo humano, aunque esta superabundancia es necesaria para asegurar que al menos un espermatozoo llegue a fecundar el óvulo, puede derivar también, en potencia, en otros graves problemas. A saber: si más de un espermatozoide perfora el óvulo —fenómeno que se conoce como «polispermia»—, el número de cromosomas será mayor que el de una dotación normal, y el desarrollo se detendrá en los primeros estadios de la embriogénesis. Por ello, las especies animales —y también el hombre— han debido crear mecanismos que impiden que más de un espermatozoide penetre en el óvulo.

Si aceptásemos la tesis de la «inseminación artificial» como el procedimiento de que se valieron los «astronautas» en la concepción virginal de María podríamos tropezar —casi con seguridad— con este grave riesgo de la «polispermia».

¿Y qué hubiera sucedido si el embarazo de la Virgen se hubiera malogrado como consecuencia de la perforación de su óvulo por parte de más de un espermatozoide?

Y lo que hubiera sido aún más insólito: ¿qué habría ocurrido si María hubiese concebido... ¡gemelos o trillizos!?

Eran demasiados riesgos, en mi opinión, para que el «equipo» celeste pudiera adoptar este sistema. A no ser, naturalmente, que la «inseminación artificial» que pudiera haber practicado una civilización tan extraordinaria reuniera otras características.

De todas formas, siempre terminaríamos por tropezar en la misma piedra: el espermatozoide o los espermatozoides estarían igualmente presentes. Y esto, como digo, no encaja con la acción sobrenatural y misteriosa del Espíritu Santo.

Segunda teoría: ¿fecundación in vitro?

Todos quedamos confusos o sorprendidos cuando, en la madrugada del 26 de julio de 1978, los médicos del Hospital General de Oldham, en Inglaterra, traían al mundo a una niña «probeta». El bebé, con un peso de dos kilos y 700 gramos y un estado de salud «excelente», era la primera criatura de este planeta que había sido fecundada fuera del seno materno.

La técnica de los doctores Steptoe y Robert Edwards consiste en tomar un óvulo de la mujer y fertilizarlo con los espermatozoides del marido en un tubo de ensayo. Tras un período de incubación, el nuevo ser humano es implantado en la matriz materna, donde prosigue ya su desarrollo normal hasta el nacimiento.

Si el sistema de la «inseminación artificial» hubiera sido «cosa del diablo» para nuestros ancestros —y no digamos para los israelitas de hace 2 000 años—, ¿qué habrían pensado de la concepción de un hombre «fuera» de la mujer? En tiempos de Galileo —e incluso en épocas más cercanas— los doctores Steptoe y Edwards y todo el hospital habrían sido «purificados» con el fuego de las hogueras...

Este revolucionario y prometedor hallazgo de la Medicina difícilmente habría sido entendido por los hombres de la Edad Media o por nuestros propios abuelos. He aquí otro hecho que fortalece mi creencia respecto a la incomprensión de los hombres de hace 4 000 o 2 000 años en relación a seres que fueran capaces de desplazarse en naves siderales o que procedieran de otros astros.

Pero volvamos al espinoso tema de la concepción virginal de María.

¿Podemos pensar que los «astronautas» se valieron de este sistema de la fecundación in vitro para fertilizar el óvulo de la Virgen?

Aunque tal procedimiento resulta más sofisticado y sutil que el de la inseminación artificial, tampoco me inclino a creer en él como una solución.

En definitiva nos encontramos en el mismo callejón sin salida: la presencia de los necesarios espermatozoides. El problema se repite.

Como ya he insinuado anteriormente —y utilizando las palabras más elementales del mundo—, si Jesús de Nazaret era el Hijo de Dios, su concepción en el seno de María no podía ser obra de un espermatozoide, puesto que éste es un «transmisor» humano de la vida.

Ahora bien, en mi opinión, la naturaleza humana de Cristo fue total y absolutamente normal, dentro de su marco físico-biológico. Era, en definitiva, un hombre como cualquier otro. Y no me estoy refiriendo ahora, lógicamente, a su carácter o sello divino...

Y la Ciencia nos dice que para el desarrollo embrionario y la perfecta gestación de un ser humano, es condición básica una carga perfecta y completa de lo que se denomina «código genético». Lo normal es que el óvulo de la mujer encierre la mitad de ese «código» (23 cromosomas) y el espermatozoide del varón el resto (otros 23 cromosomas). Si ambas células se funden con éxito tiene lugar la conocida fecundación y ya tenemos un nuevo individuo, con su dotación normal de cromosomas: 46. Cualquier alteración en este «paquete» de cromosomas puede conducir al aborto o a la aparición de alteraciones en el futuro ser humano. Nada de esto sucedió, evidentemente, con Jesús.

Pero, entonces, ¿cómo pudo ser la fecundación del óvulo de María?

Tercera teoría:
¿transporte por una radiación desconocida?

Llegados a este límite, aparentemente infranqueable para la Ciencia y la tecnología humanas de 1980, uno entra sin querer en el mismo y oscuro terreno del misterio en que se ha desenvuelto y se desenvuelve la Iglesia durante 20 siglos. A partir de aquí, por tanto, mis planteamientos tienen que despegarse de lo que sabe o marca el conocimiento del hombre. Lo cual no quiere decir que me someta a la fácil situación de los que profesan la «fe del carbonero»...

Creo con fuerza en la sensatez de Dios. Ya lo he dicho. Una sensatez que dudo mucho le haga saltarse, así como así, las leyes físicas que proceden de su poder y de su inteligencia. Aquí, precisamente, puede estar la clave para entender o aproximarse algún día al todavía «misterio» de la concepción de Jesús.

Si la Gran Fuerza o Dios quiso que su Hijo se hiciera como uno cualquiera de nosotros, seguramente intentó respetar las líneas maestras de su desarrollo embrionario. Algo estaba claro y así fue anunciado por el «astronauta» a la futura madre:

«... Concebirás sin obra de varón.»

Pero esto no tenía por qué significar que el óvulo de María quedara «huérfano» de esos 23 cromosomas restantes e indispensables, según la genética, para que prosperase un hombre. Hoy sabemos que con la fecundación se produce una activación general del aletargado metabolismo de la célula, dando comienzo así al desarrollo embrionario. Y está demostrado igualmente que esta activación e iniciación no se deben a que el espermatozoide aporte algún factor del que carezca el óvulo. La investigación ha demostrado en este sentido que el «despertar» del citado óvulo femenino puede inducirse con sólo punzarlo mediante una aguja o bien exponiéndolo a soluciones ácidas o salinas. La diferencia entre estos últimos métodos de estimulación del óvulo y el natural del espermatozoide es que los embriones resultantes por aquellos procedimientos no sobreviven. Y la razón es clave: esos «posibles» seres mueren porque carecen de la mitad de la dotación cromosómica característica de la especie.

¿Cómo podría haber sobrevivido, entonces, el embrión de Jesús de Nazaret si sólo hubiera contado con los 23 cromosomas propios del óvulo de María?

Es por esto por lo que creo firmemente en algún tipo de acción física a la hora de fecundar a la Virgen.

Pero, ¿cómo?

La pregunta termina siempre en primer plano...

Permítanme un último rodeo antes de exponer mi hipótesis.

Esa lamentable falta de perspectiva a que está sometido el hombre de nuestro tiempo le lleva, por ejemplo, a no percatarse de que hasta 1877, la Humanidad no había logrado ver aún la «carrera de un espermatozoide hacia un óvulo». Sólo entonces, y gracias al zoólogo suizo Hermann Fol, que observó al microscopio cómo un espermatozoo de estrella de mar se adhería al óvulo y lo fecundaba, concluyeron siglos de especulaciones sobre el cómo, dónde y por qué se producía realmente la fertilización de una mujer.

Es decir, hace sólo 100 años que hemos «descubierto» el «secreto» de la vida...

¿Cómo podríamos imaginar siquiera los medios o canales de fecundación de una civilización que pueble nuestro propio planeta o cualquier otro, dentro de un millón de años?

Esto, precisamente, pudo ser lo ocurrido hace 2 000 años en las tierras de Israel con aquellos «astronautas» llegados de Dios sabe dónde.

Aquellos seres —tan cercanos a la Fuerza Creadora—

pudieron «transportar», incluso a distancia, la «carga genética» necesaria para colmar el óvulo de la Virgen. Quizá algún día nosotros también lleguemos a descubrir que la fecundación de la mujer es posible sin tocarla siquiera.

Imaginemos por un momento la posibilidad de manejar esa «carga genética», pero sin necesidad del «estuche» que lo transporta: el espermatozoide. Si descubriésemos un sistema para que dicha «carga» no se dañase en su nuevo estado, quizá fuese posible «lanzarla» o «dirigirla» desde el exterior hasta el óvulo de la mujer.

En este caso, la fecundación sería perfecta y normal. Pero María habría conservado su virginidad. Esto, por otra parte, permitiría la selección previa de esa «carga genética», de forma que siempre obtendríamos individuos sin taras o alteraciones. Por este procedimiento, todavía ideal para nosotros, no serían necesarios esos millones de «cargas genéticas» que —merced a los espermatozoides— ascienden en cada eyaculación hacia el óvulo.

Para ese «lanzamiento» o «transporte» a distancia habría que arbitrar igualmente un adecuado «apoyo logístico». Quizá una determinada radiación. Quizá un láser. De aceptar esta posibilidad, el mismo «astronauta» que dio el anuncio a María pudo «disparar» sobre ella la citada «carga genética». Era lógico suponer que el «equipo» tuviese controlada la menstruación de María.

Es posible también que los «astronautas» llegaran a «desmaterializar» esa «carga genética» fuera del cuerpo de María, «materializándola» casi instantáneamente una vez en el óvulo de la Virgen. Si eran seres que podían manipular los cambios de dimensiones, ¿por qué rechazar la hipótesis? Hubiera sido suficiente, quizá, un cambio o variación en los ejes de las partículas subatómicas que integraban esos genes para hacerlos «saltar» de dimensión.

El gran problema del origen de esa «carga genética» —y puesto que estamos hablando de la Divinidad— es algo que escapa ya definitivamente a mi ridículo cerebro.

Cuarta teoría:
Una acción absolutamente directa de la Divinidad

Por último, ya lo he dibujado en otros rincones de este ensayo, no podemos descartar —incluso desde el punto de vista científico— otro tipo de «acción», absolutamente vinculada quizá a la mano o a la voluntad de esa Gran Fuerza.

Caería en mi propia trampa si cerrase el camino a otra o a otras posibilidades, tal como la fecundación de dicho óvulo humano «por la simple voluntad de esa Gran Energía que llamamos Dios».

No es mi propósito violar los límites de mi propio entendimiento. Y sé que Dios o la Verdad están mucho más allá...

Esta última tesis, naturalmente, no habría afectado al «equipo». La acción y responsabilidad habrían recaído directamente en esa Divinidad.

En cualquier caso, la virginidad de la niña podría haber quedado perfectamente a salvo. Cuantas consultas he hecho con ginecólogos han arrojado siempre el mismo fin:

La virginidad no constituye hoy un obstáculo insalvable para alcanzar la concepción.

La Medicina actual está cuajada de casos en los que mujeres que no han perdido su virginidad han quedado, sin embargo, embarazadas. Todo depende, por ejemplo, de las circunstancias y de la resistencia del himen.

Me contaba un veterano ginecólogo cómo en las Facultades de Medicina se sigue poniendo como ejemplo aquel caso de una muchacha que, tras bañarse en la bañera de su casa, quedó fecundada. La explicación era muy simple. Minutos antes, un hermano de la chica se había bañado en el mismo lugar, masturbándose. Millones de espermatozoides quedaron flotando en los restos de agua. Cuando la joven procedió a bañarse —y a pesar de haber llenado la bañera con agua limpia—, algunos de los espermatozoides lograron penetrar en la vagina, fecundándola.

Y aunque esto, evidentemente, resulta poco menos que anecdótico, los médicos sí coinciden y conciben que una mujer pueda seguir siendo virgen, incluso, después de un parto. Como decía, todo depende de la naturaleza y elasticidad del himen.

LA CONCEPCIÓN PUDO SER EN ENERO

Es evidente que aquel «equipo» lo tenía todo previsto. Y entre otros «detalles», el momento oportuno para dicha concepción. Si los «astronautas» sabían de antemano el lugar y las circunstancias del alumbramiento del Enviado, no tuvieron más remedio que enfrentarse al entonces insalvable problema de las lluvias.

La época de los viajes en aquellas tierras comenzaba hacia febrero o marzo. Esto se debía básicamente al clima. En estos meses precisamente concluye la época de lluvias y sólo entonces se podía pensar en viajar. Los caminos mojados eran una grave amenaza para los peregrinos, que sólo podían desplazarse a pie o a lomos del ganado. «Rezad para que vuestra huida no sea en invierno», dice san Mateo.

Era, pues, necesario esperar a los meses secos —de marzo a septiembre— para ponerse en marcha y acudir, por ejemplo, a las fiestas y mercados de Jerusalén.

Precisamente en esa época del año crecía enormemente el número de extranjeros en la gran ciudad, que llegaban desde todas las partes del mundo para celebrar las tres grandes fiestas de peregrinación: Pascua, Pentecostés y los Tabernáculos.

Esto debían saberlo muy bien los miembros del «equipo». Y puesto que Jesús debía nacer en Belén de Judá, lo lógico es que el desplazamiento de José y María se llevara a cabo durante la época seca.

La meteorología actual ratifica esta idea.

Según san Lucas «...había unos pastores en aquella misma comarca que pernoctaban al raso y velaban por turno para guardar sus ganados» (2,8). Los meteorólogos han efectuado mediciones muy precisas de las temperaturas en el Hebrón. Esta localidad, situada al sur de las montañas de Judá, tiene el mismo clima que la cercana Belén. La curva de la temperatura ofrece heladas en tres meses: en diciembre, con 2,8 grados bajo cero; en enero, con 1,6 bajo cero y en febrero, con 0,1 bajo cero (temperaturas Celsius).

Los dos primeros meses ofrecen, al mismo tiempo, las precipitaciones más altas del año: 147 milímetros en diciembre y 187 en enero. Y puesto que el clima de Palestina no ha sufrido variaciones notables en los últimos

2 000 años, estas cifras pueden servirnos de base para nuestro planteamiento.

En tiempo de Navidad reina en Belén la helada. Esto quiere decir que los pastores no podían estar al raso en pleno mes de diciembre. En esas fechas, como en los meses de enero y febrero, lo normal es que los rebaños se encuentren bajo techo. Esto coincide, además, con el ya mencionado problema de las lluvias. Este hecho, por otra parte, queda reforzado por una noticia del Talmud según la cual en aquellos lugares, los rebaños salían al campo en el mes de marzo y eran recogidos a principios de noviembre.

Esto demuestra que el nacimiento de Jesús no pudo ser en diciembre, sino hacia los meses de octubre o quizá septiembre. En ese caso, la concepción pudo tener lugar a primeros de año. Más o menos hacia enero o febrero.

Una concepción que, aunque parezca mentira, y según los textos de los Evangelios apócrifos, llenó de problemas y amargura a José y María...

19

JOSÉ Y MARÍA, SOMETIDOS A JUICIO

Tanto si la concepción de la joven María fue «dirigida» por el equipo de «astronautas» como si no, lo que sí debió constituir un grave problema —digamos social— fueron los «síntomas» inmediatos de dicha fecundación.

Tal y como aparece en los Evangelios canónicos y apócrifos, la virgen, que vivía, al parecer, en Nazaret, pequeña aldea de Galilea, empezó a dar evidentes señales de su estado de buena esperanza. Y puesto que, tanto José como María se hallaban todavía en plenos desposorios —es decir, simplemente «prometidos»— el asunto, como ocurre siempre, empezó a envenenarse, siendo el objetivo principal de los comadreos e intrigas.

¿Qué otras noticias podían amenizar la vida gris y rutinaria de una comunidad tan escasa y remota como Nazaret?

La propia Galilea, región septentrional de Palestina, tanto por su considerable distancia a Jerusalén como por sus contactos con los gentiles, era mal vista en los centros religiosos oficiales. Precisamente se la llamaba «Galilea de los gentiles». Es más, Nazaret no figura ni en los textos del Antiguo Testamento ni en los escritos de Flavio Josefo. Debía tratarse, en fin, de una aldea diminuta donde el modo de vida era muy primitivo. Incluso en tiempos de Herodes. Los últimos descubrimientos arqueológicos de los Franciscanos así lo confirman. Dudo mucho, por tanto, que el lugar donde Jesús pasó su niñez y juventud fuera un modelo de comodidad. Incluso, de belleza. San Jerónimo llamaba a Nazaret la «Flor de Galilea». Supongo que este piropo nació más por su celo cristiano que por un conocimiento objetivo de la realidad. Una aldea sin agua corriente, sin luz, con las calles de tierra o arena y sumida posiblemente en nubes de moscas, no podía ser un paraíso...

Hoy, y gracias al turismo y a los dólares que aportan los miles de curiosos y peregrinos llegados desde todo el mundo, Nazaret ha sufrido un cambio radical. En las arcadas de sus calles y callejuelas están situados los talleres abiertos y las tiendas de muchos carpinteros. ¡Curiosa coincidencia...!

En ellos se construyen yugos de madera para los bueyes, arados y una gran variedad de utensilios para las faenas propias del campo.

Hoy se conserva incluso una fuente situada al pie de una colina, que brota en forma de manantial. La llaman la «fuente de María» (*Ain Maryam*) y, de ser cierto su origen, podía tratarse del mismo lugar donde cuentan los apócrifos que la Virgen fue sorprendida por «aquella voz misteriosa» y por el no menos misterioso «ángel» o «astronauta».

Supongo que como una «atracción» turística más, las mujeres actuales de Nazaret siguen portando los cántaros de agua sobre sus cabezas.

En aquel ambiente tan reducido —quizá la aldea no llegase siquiera a los mil habitantes (hoy tiene unos 10 000)—, el embarazo de la niña tuvo que ser todo un «acontecimiento»...

La Ley hebrea, además, era muy dura en este aspecto. Si José o cualquier otro miembro del pueblo había violado a María en plenos desposorios, la carga de esa ley sería implacable con el responsable. Es más que lógica, por tanto, la actitud de José, «que resolvió repudiarla en secreto», tal y como dice el Evangelio según san Mateo.

La mujer: ciudadana de segunda categoría

Para los hombres del siglo XX, y especialmente para los de la cultura occidental, resulta extraño aquel «sistema» de matrimonio que regía entonces. Sin embargo, es vital conocerlo si se quiere comprender mejor la tremenda angustia de José.

Como ya he citado con anterioridad, la situación social de la mujer en la comunidad judía de hace 2 000 años no era muy floreciente. Estaba excluida de la vida pública. Mientras era niña debía permanecer en la casa paterna o, como en el caso excepcional de María, en el Templo. Bajo la protección del padre, las hijas «debían pasar después de los muchachos. Su formación se limitaba al aprendizaje de los trabajos domésticos, coser y tejer particularmente. Cuidaban de los hermanos y hermanas más pequeños y, respecto al padre, tenían los mismos deberes que los hijos: alimentarlo y darle de beber, vestirlo y cubrirlo, sacarlo y meterlo cuando era viejo, lavarle la cara, las manos y los pies. Pero no tenían los mismos derechos que sus hermanos respecto a la herencia. En este caso, los hermanos y sus descendientes precedían a las hijas.

La patria potestad era extraordinariamente grande respecto a las hijas menores antes de su matrimonio. Estaban totalmente en poder de su padre. He aquí la curiosa distinción que se hacía entonces de las mujeres:

«La menor» (hasta la edad de «doce años y un día»). «La joven» (entre los doce y los doce años y medio) y «la mayor» (después de los doce años y medio). A esta edad, aproximadamente, se registraban las primeras menstruaciones.

Hasta la edad de doce años y medio, el padre tenía toda la potestad. Su hija no tenía derecho a poseer. Todo absolutamente —desde sus ropas al fruto de su trabajo y hasta lo que pudiera encontrar en la calle— pertenecía a su padre.

La hija que no había alcanzado los doce años y medio tenía además muy poco derecho a disponer de sí misma. El padre, si así lo deseaba, podía anular sus votos. He aquí un dato importante a tener en cuenta si pensamos en el voto hecho por María...

El padre representaba a su hija en todos los asuntos legales y muy especialmente a la hora de aceptar o rechazar una proposición de matrimonio. Hasta la edad de doce años y medio, una hija no tenía derecho a rechazar el matrimonio decidido por su padre. Insólito: ¡podía, incluso, casarla con un deforme! Más aún: el padre, de acuerdo con la Ley, podía vender a su hija como esclava, siempre que no hubiera llegado a la citada edad de los doce años y medio.

Los «esponsales», que tenían lugar a una edad muy temprana según nuestro particular modo de ver las cosas, preparaban el paso de la joven del poder del padre al del esposo. Ésta era la clave. La edad normal para dichos esponsales era —para la mujer— entre los doce y doce años y medio. Justamente al llegar a la pubertad. Hay datos, incluso, de esponsales y matrimonios aún más precoces. Era muy corriente, por ejemplo, prometerse con una pariente. Y no sólo en los círculos elevados, en los que, al mantener a las hijas separadas del mundo exterior, era difícil el conocimiento entre los jóvenes.

Estos «esponsales», en definitiva, significaban algo parecido a lo que nosotros conocemos y practicamos —no sé si la costumbre sigue todavía en vigor...— como la «petición de mano». Precedían al matrimonio propiamente dicho y a la estipulación del contrato matrimonial. Significaba la «adquisición» de la novia por el novio. De esta forma se constituía la formalización válida del matrimonio. La prometida era llamada «esposa». Podía quedar «viuda» en ese período de tiempo y ser «repudiada» mediante un libelo de divorcio y condenada a muerte en caso de adulterio. El «matrimonio» tenía lugar un año después de los «esponsales».

La fundamental importancia del contrato matrimonial —que se llevaba a cabo después de los esponsales— consistía, según la Ley, en la reglamentación de las relaciones jurídicas entre los esposos en cuestiones financieras. Las principales disposiciones eran las siguientes:

1. Fijación de lo que debía pagar el padre de la novia: bienes extradotales (es decir, que seguían siendo propiedad de la novia y de los que el marido sólo obtenía el usufructo y bienes llamados «en hierro». O sea, que pasaban a la propiedad del marido, pero cuyo equivalente debía ser devuelto a la mujer en el caso de ruptura matrimonial).

2. Estipulación de la garantía matrimonial. Es decir, de la suma que debería percibir la mujer en caso de separación o de muerte del marido.

El más claro indicativo de la lamentable situación de la mujer judía de aquella época era el parangón existente entre la «adquisición» de la mujer y de la esclava. «Se adquiere la mujer por dinero, contrato y relaciones sexuales.» Así rezaba el escrito rabínico *Qiddushin*. Asimismo, «se adquiere la esclava pagana por dinero, contrato y toma de posesión». Hay que reconocer que era una «sutil» matización...

¿Qué diferencia podía haber entonces entre la esposa y la esclava?

Quizá las únicas diferencias las marcaba la ley: la esposa conservaba el derecho de poseer los bienes (no de disponer de ellos) que había traído de su casa como bienes extradotales y, en segundo término, la seguridad que podía darle el contrato matrimonial.

El amor, como podemos apreciar, no aparece por ninguna parte.

El marido, además, podía llevar a su casa concubinas. Según R. Meir, la diferencia entre una esposa y una concubina es que «aquélla dispone de un "contrato" y la concubina no».

Generalmente, una vez celebrado el «matrimonio» —un año después de los «esponsales»—, la joven era llevada a la casa del marido y pasaba a su «jurisdicción» y «dominio». Y aquí debía empezar un nuevo calvario para la mujer. Allí debía enfrentarse a todos los parientes del esposo. Y generalmente era mirada con hostilidad o desprecio. Esto me ha hecho pensar algunas veces si la joven María, una vez en la casa de José, pudo chocar igualmente con los hijos y demás parientes del «carpintero-constructor». Si José era viudo y de avanzada edad y con seis hijos en la casa, ¿cuántos problemas y tensiones surgirían al ingresar María en la nueva familia? No creo, como pretenden los místicos y beatos, que «todo fuera color de rosa»...

A la vista del ruin comportamiento que se tenía con las mujeres en general, dudo mucho que María fuera una excepción. Esta parte de la vida (yo diría que infancia) de la Virgen es sumamente oscura. Sólo los Evangelios apócrifos aportan alguna luz, aunque tampoco podemos estar seguros, al cien por cien, de su veracidad. Pero es lo único de que disponemos...

Sabemos por los escritos rabínicos y por la Ley, así como por otros documentos históricos, que en la vida conyugal de aquellos tiempos —siempre después del «matrimonio»— la mujer tenía el derecho de ser sostenida por su marido, pudiendo exigir su aplicación en los tribunales. El marido tenía que asegurarle alimentación, vestido y alojamiento y cumplir el deber conyugal. Además estaba obligado a rescatar a su mujer en caso de cautiverio. Debía procurarle medicamentos en caso de enfermedad y la sepultura en su muerte. El más pobre, incluso, estaba obligado a procurarse, al menos, dos flautistas y una plañidera. Por último tenía la obligación de pronunciar un discurso fúnebre en el entierro de su mujer...

¿Y cuáles eran las obligaciones de la esposa? ¿Qué trabajo haría normalmente María en Nazaret?

Veamos.

Los deberes de la esposa consistían en primer lugar en atender a las necesidades de la casa. Debía moler, coser, lavar, cocinar, amamantar a los hijos, hacer la cama de su marido y, en compensación de su sustento (tomen nota las «feministas») elaborar la lana, hilar y tejer, y hasta preparar la copa a su marido; lavarle la cara, las manos y los pies...

Pero los derechos del esposo llegaban mucho más allá. Podía reivindicar lo que su mujer encontraba en el campo o en la calle. Y también el producto de su trabajo manual. La mujer, en fin, tenía la obligación de obedecer a su *rab*, como se hacían llamar los esposos. Esta palabra, ni más ni menos, venía a significar «dueño». Dicha obediencia —por si fuera poco— había sido considerada como un «deber religioso».

Un hecho que me confirma en la creencia de que María pudo tener problemas con los hijos de José aparece precisamente en estas leyes. Las relaciones entre los hijos y los padres estaban determinadas también por la obediencia que la mujer debía a su marido. Los hijos, por ejemplo, estaban obligados a colocar el respeto debido al padre por encima del respeto debido a la madre. En caso de peligro de muerte, había que salvar primero al marido.

Hay dos hechos significativos respecto al grado de dependencia de la mujer con relación a su marido:

1. La poligamia estaba permitida. A veces, los maridos tomaban una segunda esposa cuando no se entendían con la primera y no podían repudiarla por la elevada suma de dinero que había sido fijada en el contrato matrimonial. Como dato puramente comparativo, en 1927 y en la localidad de Artas, cerca de Belén, sobre un total de 112 hombres casados, 12 tenían varias mujeres. Es decir, en números redondos, un 10 por 100. Once tenían dos y uno, tres mujeres.

2. El derecho al divorcio estaba exclusivamente de parte del hombre. Cuando Salomé, hermana de Herodes el Grande, envió el libelo de divorcio a su marido, Costábaro, actuaba, como expresamente constata Josefo (*Antigüedades*, XV), en contra de las leyes judías, las cuales sólo concedían al marido el derecho de dar libelo de divorcio.

Estas dos «fases» en los matrimonios de hace 2 000 años ha planteado desde un principio a los teólogos católicos una gran duda:

¿Estaba María realmente casada con José al quedarse embarazada o sólo se hallaba en la primera «etapa»: en los «esponsales»?

De seguir las palabras de Mateo —el único que, juntamente con Lucas, suministra algunas «pistas»—, la pequeña María debía encontrarse en la casa de sus padres —Ana y Joaquín— y «prometida» únicamente a José. Es decir, en ese período de un año, quizá, que era conocido como tiempo de «esponsales».

Hay que aclarar que las relaciones sexuales eran legales en ese tiempo, aunque «estaban mal vistas»...

Es muy probable, por tanto, y puesto que no disponemos de más información al respecto, que María se encontrase realmente en plenos «esponsales», pendiente de los trámites del «contrato matrimonial» y de la posterior «conducción», entre fiestas y alegrías, a la casa de su futuro marido.

María, en resumen, estaba legalmente «casada». Hasta tal punto obligaba esta situación, como ya he referido anteriormente, que el «prometido» podía repudiarla en caso de adulterio o, en caso de muerte del futuro marido, aquélla recibía las consideraciones de toda «viuda».

Esta situación —por pura deducción lógica— encaja mucho mejor con las dudas y angustias de José, su prometido. En el caso de que se hubiera ultimado el «contrato matrimonial» y María viviese ya en la casa de José, su embarazo, además, no hubiese llamado la atención del pueblo y de los escribas y sacerdotes, como veremos seguidamente en los Evangelios apócrifos.

Es una lástima que sólo Mateo se atreva a tocar el tema de las vacilaciones de José ante el inesperado embarazo de María. El resto de los evangelistas no dice «esta boca es mía».

Sin embargo, como señala fugazmente Mateo, aquel aparente «desliz» de la virgen tuvo que ser motivo de grave preocupación, tanto para su «prometido» como para los familiares de ambos y no digamos para los sacerdotes del templo que —según los apócrifos— la habían guardado hasta esas fechas.

¿Cómo es posible entonces que el resto de los evangelistas no se ocupen del problema?

¿Quizá por un absurdo sentido de reverencia?

Si uno consulta, sin embargo, los Evangelios apócrifos, verá cómo el «desliz» de María tuvo más trascendencia de lo que imaginamos. Y si el propio Mateo dice verdad en su apócrifo de la Natividad, el asunto debió ser tan grave que poco faltó para que, tanto José como la niña, fueran, incluso, lapidados o expulsados del pueblo.

Si el evangelista Mateo es parco en palabras a la hora de relatar el «percance» en su testimonio canónico, no ocurre lo mismo con el mencionado apócrifo.

Repasemos la curiosa historia:

José, ocupado en sus construcciones

Dice así san Mateo:

X

1. Mientras esto sucedía (se refiere a la Anunciación), José se hallaba en la ciudad marítima de Cafarnaum ocupado en su trabajo, pues su oficio era el de carpintero. Permaneció allí nueve meses consecutivos, y cuando volvió a casa, se encontró con que María estaba embarazada; por lo cual se puso a temblar y, todo angustiado, exclamó:

«Señor y Dios mío, recibe mi alma, pues me es mejor ya morir que vivir.»

Pero las doncellas que acompañaban a María le dijeron:

«¿Qué dices, José? Nosotras podemos atestiguar que ningún varón se ha acercado a ella. Estamos seguras de que su integridad y su virginidad permanecen inviolados, pues Dios ha sido quien la ha guardado. Siempre ha permanecido con nosotras dada a la oración. Todos los días viene un ángel a hablar con ella y de él recibe también diariamente su alimento.

»¿Cómo es posible que pueda encontrarse en ella pecado alguno? Y si quieres que te manifestemos claramente lo que pensamos, nuestra opinión es que su embarazo no obedece sino a una intervención angélica.»

2. Mas José repuso:

«¿Por qué os empeñáis en hacerme creer que ha sido precisamente un ángel quien le ha hecho grávida? Puede muy bien haber sucedido que alguien se haya fingido ángel y la haya engañado.»

Y al decir esto lloraba y se lamentaba diciendo:

«¿Con qué cara me voy a presentar en el templo de Dios? ¿Cómo voy a atreverme a fijar la mirada en los sacerdotes? ¿Qué he de hacer?»

Y mientras decía estas cosas, pensaba en ocultarse y despacharla.

XI

1. Estaba ya determinado a levantarse de noche y huir a algún lugar desconocido, cuando se le apareció un ángel de Dios y le dijo:

«José, hijo de David, no tengas reparo en admitir a María como esposa tuya, pues lo que lleva en sus entrañas es fruto del Espíritu Santo. Dará a luz un hijo, que se llamará Jesús, porque será quien salve a su pueblo de sus pecados.»

Levantóse José del sueño y, dando gracias al Señor, su Dios, contó a María y a sus compañeras la visión que había tenido. Y consolado por lo que se refería a María, le dijo a ésta:

«He hecho mal en abrigar sospechas contra ti.»

XII

1. Después de esto, fue cundiendo el rumor de que María estaba encinta. Por lo cual los servidores del templo arrestaron a José y lo llevaron ante el pontífice. Éste y los sacerdotes, empezaron a injuriarle de esta manera:

«¿Por qué has usurpado fraudulentamente el derecho matrimonial a una doncella, a quien los ángeles de Dios alimentaban en el templo como si fuera una paloma, y que nunca quiso ver siquiera el rostro de un varón, y que tenía además un conocimiento perfecto de la ley de Dios?

»Si tú no la hubieras violentado, ella hubiera permanecido virgen hasta el día de hoy.»

Mas José juraba que no la había tocado. Entonces, el pontífice Abiatar le dijo:

«Vive Dios que ahora mismo te haré beber el agua del Señor y al instante quedará descubierto tu pecado.»

2. Y se reunió el pueblo entero de Israel en cantidad tal, que era imposible contarlo. María fue llevada tam-

bién al templo de Dios. Y los sacerdotes, al igual que sus parientes y conocidos, le decían llorando:

«Confiesa tu pecado a los pontífices: tú que eras como una paloma en el templo de Dios y recibías el alimento de manos de un ángel.»

Fue llamado José ante el altar de Dios y le dieron a beber el agua del Señor. Aquel agua que, al ser gustada por un hombre perjuro, hacía aparecer en su rostro una señal divina, después de dar siete vueltas en torno al altar de Dios. José la bebió con toda tranquilidad y dio las vueltas rituales, sin que apareciera en él señal alguna de haber pecado. Entonces los sacerdotes, los ministros de éstos y todo el pueblo le proclamaron inocente con estas palabras:

«Dichoso eres, porque no se ha encontrado en ti reato alguno de culpa.»

3. Después llamaron a María y le dijeron:

«Y tú, ¿qué excusa podrás alegar? ¿O es que podrá haber alguna señal en tu descargo de más peso que ese embarazo que te está delatando? Ahora, puesto que José es inocente, sólo exigimos de ti que nos digas quién ha sido el que te ha engañado. De todas maneras será mejor que tú misma te delates antes de que la ira de Dios ponga el estigma en tu cara a vista de todo el pueblo.»

Entonces María, sin vacilación alguna ni temor, dijo:

«Si es que hay en mí alguna contaminación o pecado por haberme dejado llevar de la concupiscencia o de la impureza, manifiéstelo el Señor a la vista de todas las gentes y sirva yo a todos de escarmiento.»

Y dicho esto, se acercó decididamente al altar de Dios, dio las vueltas rituales y bebió el agua del Señor, sin que apareciera en ella señal alguna de pecado.

4. Estaba todo el pueblo lleno de estupor, y al mismo tiempo perplejo, al ver por una parte las señales de su embarazo y constatar por otra la ausencia de indicios que comprobaran su culpabilidad. Por lo cual se formó un revuelo de opiniones en torno al asunto. Unos la proclamaban santa. Otros, de mala fe, se convertían en detractores de su inocencia. Entonces María, viendo cómo el pueblo sospechaba aún de sí, pensando que no estaba perfectamente justificada, dijo en voz clara para que todo el mundo la oyera:

«Por vida de Adonay, Señor de los ejércitos, en cuya presencia estoy, que no he conocido nunca varón ni aún pienso conocerlo en adelante, ya que así lo tengo decidido desde mi infancia. Éste es el voto que hice al Señor en mi niñez: permanecer pura por amor de Aquel que me creó. En esta integridad confío vivir para Él solo, transcurriendo mi existencia libre de toda mancha.»

5. Entonces todos la abrazaron, rogándole que les

perdonara sus injustas sospechas. Y toda la multitud, juntamente con los sacerdotes y las vírgenes, la condujo hasta casa. Todos estaban llenos de júbilo y clamaban con gritos de alegría:

«Bendito sea el nombre de Dios, que se ha dignado poner en claro tu inocencia ante el pueblo entero de Israel.»

20

«APARICIONES EN SUEÑOS» Y MUCHO MAS

Los Evangelios apócrifos nos descubren otro dato de gran valor «periodístico».

José, además de carpintero y ebanista, posiblemente tenía sus propios «negocios» como constructor.

Era lógico puesto que en aquellos tiempos —con más razón que en la actualidad—, las edificaciones exigían un mayor volumen de madera.

Es muy posible que José —como cuenta Mateo y Santiago— dejara a María una vez celebrados los «esponsales» y se dedicara a aquellas construcciones y trabajos que eran su medio de vida. Si el futuro cónyuge de María tenía, como afirma Bagatti, una edad avanzada y una prole de seis hijos, no tenía más remedio que trabajar.

¿Y en qué podía trabajar José?

Aunque nada se sabe al respecto, cabe también la posibilidad de que nuestro hombre «se moviera», a efectos de negocios, en la gran ciudad sagrada: en Jerusalén. Allí, en definitiva, es donde más trabajo podía darse.

Los príncipes de la familia herodiana eran soberanos amantes de las construcciones. Y su ejemplo indujo a la imitación. Por eso la industria de la construcción —cuenta J. Jeremías— alcanzó durante su gobierno y en la época posterior una gran importancia. He aquí, por ejemplo, algunas de las principales edificaciones llevadas a cabo en tiempos de Herodes el Grande (37-4 antes de Cristo) y bajo cuyo mandato vivió José:

1. Restauración del Templo (del 20-19 a.C. hasta el 62-64 d.C.).

2. Construcción del palacio de Herodes, cerca de la muralla oeste, junto a la «Puerta occidental que conduce a Lydda», hoy Puerta de Jaffa.

3. Construcción, en el mismo lugar, de las tres torres de Herodes: Hippicus, Fasael y Mariamme.

4. Al norte del Templo, dominándolo, se construyó la torre Antonia, emplazada en el mismo lugar —según opina Jeremías— en que se había levantado anteriormente la fortaleza del templo llamado Bîrah y Bâris.

5. El magnífico sepulcro que Herodes se hizo construir en vida.

6. El teatro construido por Herodes en Jerusalén.

7. Y es posible que el hipódromo de la ciudad santa perteneciera también a la época herodiana.

8. Construcción de un acueducto.

9. Monumento sobre la entrada al sepulcro de David.

Se sabe, por ejemplo, que la construcción y restauración del Templo de Jerusalén daba trabajo a más de 18 000 judíos. Entre todos esos operarios debían ser absolutamente necesarios —y hasta muy estimados— los carpinteros-ebanistas.

Esto me inclina a pensar que José, hombre honrado y cumplidor de la ley, tenía que trabajar asiduamente en estas obras, sin contar las que llevaron a cabo los romanos...

Poncio Pilato, por ejemplo, aunque dudo que José llegara a trabajar en esa época, mandó levantar un acueducto. Para su construcción no se le ocurrió otra cosa que echar mano del dinero del Templo y, naturalmente, provocó una revuelta.

En todas estas construcciones —palacios, templo, sinagogas, etc.— era necesario el concurso de numerosos gremios. Y entre ellos, obviamente, el de los carpinteros.

Flavio Josefo cuenta que el palacio de Herodes era especialmente lujoso. Los más diversos oficios habían rivalizado tanto en el ornato exterior como en la decoración interior, tanto en la elección de los materiales como en su aplicación.

Las principales actividades de Jerusalén, en definitiva, eran la artesanía artística y la construcción monumental, la construcción ordinaria —a la que José dedicaría también una atención importante—, la industria textil (no olvidemos que aquellos telares eran de madera) y la elaboración del aceite, donde también intervenía el gremio de carpinteros.

Estoy plenamente convencido que José debió dedicar buena parte de su atención al trabajo en la construcción del gran Templo de Jerusalén.

«En cuarenta y seis años se construyó este templo, ¿y tú lo levantarás en tres días?» (Juan, 2,20) dijeron los judíos a Jesús hacia el año 27. En aquella época las obras aún no estaban terminadas. Herodes había comenzado las nuevas construcciones en el año 19-20 antes del nacimiento del Enviado y no concluyeron definitivamente hasta el año 62-64 después de Cristo, en tiempo del gobernador Albino.

En aquellos trabajos, como digo, se utilizaron los servicios de 18 000 hombres. Se necesitaron canteros, carpinteros, plateros, orfebres y fundidores de bronce principalmente. Los carpinteros tenían que preparar las maderas, que en parte eran de cedro. Los troncos se traían del vecino Líbano. Los pórticos que rodeaban la explanada del templo estaban cubiertos igualmente con artesonados de madera de cedro. También se empleó esa misma madera en los cimientos del santuario.

La lista, en fin, de ocupaciones en las que pudo colaborar José se haría interminable. Sin contar las estancias, más o menos prolongadas, en Nazaret y en otras aldeas y poblaciones próximas. Allí, seguramente, podía trabajar en construcciones de tipo ordinario (viviendas, hornos, norias, acueductos, sinagogas, etc.), así como en trabajos directa o indirectamente relacionados con la pesca. No olvidemos que junto a Nazaret —aldea en la que, al parecer, residió durante un tiempo prolongado— se encontraban poblaciones como Cafarnaum, Genesaret, Magdala, Tiberíades, Caná, Naím, Betsaida, etc.

Un buen artesano como José, ayudado por sus hijos, pudo dedicarse igualmente, y con el mismo esmero, a la construcción de pequeñas o grandes embarcaciones.

¿Y qué decir de los utensilios, herramientas y aperos de labranza? ¿Es qué no los construiría también el marido de la Virgen?

José y sus ayudantes —seguramente sus hijos, a los que un día se uniría el mismo Jesús— pudieron conocer asimismo la técnica de la construcción de enseres para las casas. En aquella época no existía aún el plástico y la mayor parte de las viviendas, muchas de ellas imitando las lujosas mansiones romanas, gozaban de sólidos y primorosos muebles: mesas, taburetes, lechos, sillas, cubiertos, etc.

Algunos estudiosos de la Biblia han creído ver, incluso, en la palabra *tekton* —con la que se designa a veces el oficio de José y posteriormente la de Jesús— los oficios de carpintero, constructor y ¡herrero!

Todo esto, en definitiva, me hace pensar que José no era un «pobre carpintero», tal y como nos lo han pintado siempre. Ejercía el oficio de carpintero, sí, pero también debía practicar el «pluriempleo» en actividades tales como la construcción de viviendas, restauraciones, fabricación de muebles, aperos para la labranza y un largo etcétera.

Los artesanos de aquella época, en la medida en que eran propietarios de sus talleres y no trabajaban como asalariados, pertenecían —nos guste o no— a lo que hoy podríamos llamar la «clase media». Y estos círculos artesanales eran más prósperos cuanto más vinculados se hallaban al Templo.

Tampoco debemos olvidar que José contrajo matrimonio con la única hija de Ana y Joaquín, una familia de gran fortuna y que poseía tierras, rebaños y siervos. La dote aportada por Joaquín a la boda tuvo que ser sencillamente espléndida.

Generalmente, la suma para el matrimonio —*mohar*— que el padre de una joven de Jerusalén recibía del novio forastero el día de los esponsales era, según se dice, particularmente elevada. Y al revés. Y que nosotros sepamos, la citada familia de María debió vivir en Jerusalén.

No quiero decir con esto que José fuera rico. Nada de eso. Sin embargo, su situación social —fruto de su trabajo— debía ser, al menos, honrosa. Un hecho que, como veremos más adelante, iba a tener su importancia...

¿Y si hubiera repudiado a María?

Volviendo a las congojas de José, ¿qué hubiera sucedido en el caso de que éste la hubiera repudiado públicamente?

Sé que esto no habría sucedido de ninguna de las maneras, puesto que el «plan» del gran «equipo» —de los Cielos, en suma— no podía fallar en los últimos «cien metros» por una razón como esta. Sin embargo, y puesto que los Evangelios canónicos afirman que José pasó algún tiempo dándole a la idea, ¿qué suerte habría corrido María, en el supuesto de que el «astronauta» no hubiera intervenido?

Dada la situación de la Virgen —en plenos «esponsales»—, el peso de la Ley habría sido casi con seguridad, brutal. Veamos lo que decía el Deuteronomio (22,20) en estos casos:

«... Si un hombre se casa con una mujer —caso de los "esponsales"— y después de llegar hasta ella... la difama públicamente diciendo "Me he casado con esta mujer y, al llegarme a ella, no la he encontrado virgen"... y si resulta que no es verdad, si no aparecen en la joven las pruebas de la virginidad, sacarán a la joven a la puerta de la casa de su padre (donde debía estar viviendo María) y los hombres de su ciudad la apedrearán hasta que muera, por haber cometido una infamia en Israel prostituyéndose en casa de su padre...»

Las dudas de José al comprender que María —su «prometida»— estaba encinta, ante la alternativa de repudiarla públicamente, son totalmente comprensibles. Aquel hombre, justo y bueno, no creo que pudiera desear la muerte de nadie y mucho menos de una niña de 13 o 14 años. Aquí, precisamente, aparece mucho más patente la posibilidad de que José fuera un hombre de avanzada edad. De haberse tratado de un joven, y dada la naturaleza y gravedad de la supuesta falta de María, la reacción de José quizá hubiera sido mucho más primaria y temperamental. Y eso habría sido fatal para el «plan».

Pero no fue así. José, una vez consciente del problema, se retiró posiblemente en sí mismo y pensó. Y dudó... Pero, en suma, su reacción no fue violenta ni inmediata. Hubo tiempo suficiente para que «los de arriba» reaccionaran...

Siempre hubiera quedado la esperanza de que, si José llega a repudiar públicamente a su «esposa», a la hora de efectuar la prueba de la virginidad,[1] los sacerdotes y el pueblo entero se habrían encontrado con la enorme sorpresa de su virginidad. Pero, ¿qué habrían hecho en ese caso? Es más, si María presentaba ya un vientre suficien-

1. La «prueba de la virginidad», tal y como señala el Deuteronomio, se llevaba a cabo con un paño blanco, con el que se rompía el himen. Si éste estaba intacto, el paño aparecía manchado de sangre. En caso de que la mujer no fuera virgen, el lienzo no presentaba mancha alguna. Este paño era levantado ante los ancianos de la ciudad, que dictaminaban. Esta ceremonia es muy similar a la realizada hoy por la raza gitana en sus bodas.

temente pronunciado —como así debía ser—, ¿es qué se hubiera cumplido la Ley, practicando en ella la citada prueba de la virginidad? En este caso, al menos para los ojos de los humanos, la prueba de esa falta de virginidad estaba bien palpable...

Y suponiendo que María no hubiera sido lapidada —y que dadas las «influencias» de su padre, Joaquín, y de sus parientes y amigos se le llegara a perdonar la vida—, ¿qué habría sucedido con el hijo que llevaba en las entrañas?

El futuro para el niño, y no digamos para la madre y para la propia familia de María, habría resultado casi peor que la muerte.

La Virgen habría dado a luz a un hijo bastardo. ¿Y cuál era la situación social de estos hombres en Israel?

«El bastardo —decía la Ley— no se admite en la asamblea de Yavé; tampoco sus descendientes hasta la décima generación serán admitidos en la asamblea de Yavé» (Deuteronomio, 23,3). Los bastardos, por tanto, no se podían casar, no tenían derecho a las dignidades públicas, siendo despreciados por todos.

Si se piensa que la mancha del bastardo marcaba a todos los descendientes varones para siempre, e indeleblemente, y que se discutía vivamente si las familias de bastardos participarían en la liberación final de Israel, se comprenderá que la palabra «bastardo» haya constituido una de las peores injurias. Hasta tal punto que, por ejemplo, quien la empleaba era condenado a 39 azotes.

La situación, en fin, de Jesús de Nazaret, suponiendo que hubiera venido al mundo en estas circunstancias, habría sido realmente nefasta, de cara al «trabajo» que le esperaba.

¿Es qué hubieran seguido las multitudes a un bastardo? ¿Es qué hubiera podido entrar siquiera en el Templo o participar en las fiestas y tradiciones religiosas? Le hubiera estado prohibido hasta el acceso a las sinagogas...

¿Con qué autoridad hubiera hablado ante los doctores de la Ley o ante los fariseos?

Estaba claro que esa posibilidad no era la correcta ni deseada por los «mandos» celestes ni por los «astronautas de Yavé».

Y, lógicamente, no lo consintieron, abortando todas las intenciones de José.

Uno, sin embargo, se pregunta por qué el «equipo» dejó que las cosas llegaran a extremos tan peligrosos y comprometedores.

¿O es que no hubo otro remedio?

La verdad es que la inquietud de José, y no digamos de su «esposa» María y de los familiares de ésta, debió ser tan aguda que no pueden extrañarnos las afirmaciones de Santiago en su apócrifo:

> 1. Al llegar al sexto mes de su embarazo, volvió José de sus edificaciones; y, al entrar en casa, se dio cuenta de que María estaba encinta. Entonces hirió su rostro y se echó en tierra sobre un saco y lloró amargamente, diciendo:
>
> «¿Con qué cara me voy a presentar yo ahora ante mi Señor? ¿Y qué oración haré yo por esta doncella? Porque la recibí virgen del templo del Señor y no he sabido guardarla. ¿Quién es el que me ha puesto insidias y ha cometido tal deshonestidad en mi casa, violando a una virgen? ¿Es que se ha repetido en mí la historia de Adán? Así como en el momento preciso en que él estaba glorificando a Dios, vino la serpiente y, al encontrar sola a Eva, la engañó, lo mismo me ha sucedido a mí.»

Todos hablan de los «ángeles»

Mateo, por su parte, escribe que las doncellas que habían acompañado todo aquel tiempo a María esgrimieron en defensa de la joven «que ningún varón se había acercado a ella y que todos los días se aproximaba a María un ángel, del que recibía su alimento y con el que conversaba».

Y en un gesto de audacia, las muchachas opinan ante el confuso José que «el embarazo de la Virgen no obedece sino a una intervención angélica».

Pero José —que todavía conservaba un mínimo de sentido común— les hizo ver que no aceptaba el hecho insólito de que «un ángel la hubiera dejado grávida».

Para mí, lo que verdaderamente estaban insinuando —quizá inconscientemente— las doncellas, es que el embarazo de María obedecía a un hecho sobrenatural. Incomprensible para ellas.

Y amén del dato concreto —repetido en otros pasajes de los Evangelios apócrifos— del famoso «ángel» que acudía a diario hasta Nazaret para proporcionar los alimentos a la niña, volvemos a encontrarnos con la posibilidad de que las palabras del «ángel» Gabriel —«el que está delante de Yavé»— en la Anunciación, hubieran sido realmente el aviso de la «llegada» de una nave espacial. Una nave en la que —¿por qué no?— se iba a proceder al decisivo momento de la Concepción Virginal.

«El Espíritu Santo vendrá sobre ti —dice san Lucas— y el poder del Altísimo te cubrirá con su sombra...»

Los propios comentaristas de la Biblia de Jerusalén, revisada y aumentada por Desclée de Brouwer, afirman en una de sus notas al pie de la página 1 458, que esta expresión del evangelista Lucas «evoca la nube luminosa, señal de la presencia de Yavé o las alas del pájaro que simboliza el poder protector y creador».

Si esto es aceptado por la propia Iglesia Católica, ¿por qué no admitir —traspolando el hecho— que ese poder del Altísimo podía estar materializado, tal y como he comentado en el capítulo anterior, en el «equipo de astronautas o ángeles» y en las naves que manejaban?

En este caso, la «intervención angélica» a que hacen referencia las doncellas en el apócrifo de san Mateo se vería plenamente justificada.

No se trataría, naturalmente, de una «acción puramente carnal» por parte de los «astronautas», sino de una «mediación», quizá, a la hora de llevar a cabo la fecundación del óvulo de la joven virgen.

Los misteriosos «sueños»

Y cuando el consternado José, después de no pocas cavilaciones, decide repudiarla en secreto, he aquí que, precisamente en ese momento, aparece de nuevo el «ángel del Señor».

Lo hace «en sueños», afirman los evangelistas, tanto en los textos «oficiales» (canónicos) como en los apócrifos. Y este tipo de apariciones —siempre durante la noche— se repite una y otra vez...

Pero, lógicamente, surgen nuevas dudas:

¿Cómo debemos entender estas «apariciones» nocturnas? ¿Es que uno de los «mensajeros» o «astronautas» entraba materialmente en los sueños del personaje y le dictaba lo que debía poner en práctica?

No cabe duda de que seres de otras dimensiones —si es que éstos lo eran— podían hacerlo a la perfección.

Conozco a decenas de personas que afirman estar en «contacto» con seres del Espacio y que «reciben» buena parte de las informaciones a través de sueños. Ellos, al menos, aseguran que «se sienten ante seres de apariencia humana —generalmente de gran altura— y de aspecto resplandeciente, uniformados con trajes metalizados, con los que conversan».

Otros, incluso, expertos en «viajes astrales», afirman que pueden «salir» de sí mismos y entrar en las naves de estos seres superiores y de aspecto «angélico».

¿Qué fue lo que realmente le sucedió a José?

Dudo mucho que aquel rústico carpintero supiera cómo hacer un «viaje astral».

Por otra parte, si la presencia del «ángel» se registraba únicamente en un estado de ensoñación, ¿no cabía el riesgo de que José, al despertar, pudiera olvidar el sueño? ¿Cuántas personas son incapaces de recordar lo que, sin lugar a dudas, han soñado la noche anterior?

El fenómeno es frecuente...

También es posible que José recordara tal sueño. Entra dentro de lo posible. Pero, ¿es racional que el fruto de un sueño haga cambiar de opinión al atormentado «prometido» de María? Evidentemente, no. Se necesitaba «algo» claro y palpable —y mucho más si tenemos en cuenta la mente sencilla del carpintero— como para que José adoptara una postura terminante. Una actitud tan sólida como para aceptar el famoso «juicio del agua», tal y como narran los Evangelios apócrifos de Mateo y Santiago... Pero, ¿qué podía ser «eso», tan claro y palpable?

Creo que no rompemos, ni mucho menos, la esencia del citado pasaje evangélico si planteamos la «aparición en sueños» desde otro punto de vista...

Una vez más aparece claro que, tanto María como

José y aquellos personajes directa o indirectamente, involucrados en la «operación», debían estar permanentemente «vigilados».

El procedimiento es lo de menos. Quizá alguna de las naves —de la que descendía a diario el «ángel» o «astronauta» que entregaba a María los alimentos— permanecía muy próxima al lugar de residencia de la joven. Y quizá desde dicho vehículo se procedía a un sistemático y exhaustivo «chequeo» de la virgen. Algo parecido a lo que nosotros hacemos en la actualidad desde Cabo Kennedy con los astronautas que lanzamos al espacio.

Pero ese «control» no terminaba quizá en el capítulo puramente físico o clínico de María. Es posible que su tecnología o la evolucionada mente de los «tripulantes» les permitieran un conocimiento de los pensamientos y sentimientos de cada uno de los protagonistas de la «operación».

Sólo así hubieran podido percatarse del gran error que estaba a punto de cometer José. Y evitaron el inminente repudio con un «encuentro» directo o «cercano», como se dice ahora, entre el «prometido» de María y alguno de los «astronautas».

Aquel «ángel del Señor» eligió obviamente la noche, puesto que se trataba del momento más discreto. Todo el mundo dormiría en la aldea. Incluso José, que quizá fue despertado materialmente.

Una vez despierto y apaciguado, José recibió la explicación oportuna. Y de alguna forma, el «prometido» de la virgen quedó convencido de dos cosas: de que aquel «encuentro» había sido efectivamente real y de la inocencia de la joven.

Si matizamos, desde este nuevo ángulo, la expresión «aparición en sueños» veremos que la interpretación cambia sustancialmente, sin que ello implique deformación alguna en la esencia del pasaje.

Dios sigue influyendo en José aunque —éste es mi punto de vista— de una forma más normal y racional. Claro que estos calificativos sólo pueden ser comprendidos a partir de nuestra segunda mitad del siglo XX, cuando ya hemos empezado a disfrutar de la carrera espacial. Para el bueno de José, aquel «astronauta», como he repetido varias veces, sólo podía ser una «aparición» divina...

Pero es que, además, tal «ángel» o «astronauta» gozaba de ese carácter de «enviado» o «misionero» divino, puesto que, en mi opinión, formaba parte de una «operación celeste».

La prueba del agua

Al leer los apócrifos de Mateo y de Santiago he podido observar también cómo ambos autores coinciden en lo que denominan la «prueba del agua». Y aunque se produce una cierta diferencia a la hora de «aplicar» dicha agua a los supuestos culpables, la esencia es la misma.

El apócrifo de la Natividad de Santiago dice así en relación a este curioso hecho, también relatado por Mateo, como hemos podido comprobar:

«Devuelve, pues —continuó el sacerdote— la virgen que has recibido del templo del Señor.»

Entonces a José se le arrasaron los ojos en lágrimas. Pero añadió el sacerdote:

> «Os haré beber el agua de la prueba del Señor y ella pondrá de manifiesto vuestros pecados ante vuestros propios ojos.»
>
> 2. Y tomándola se la hizo beber a José, enviándole después a la montaña; pero él volvió sano y salvo. Hizo después lo propio con María, enviándola también a la montaña; mas ella volvió sana y salva. Y todo el pueblo se llenó de admiración al ver que no aparecía pecado en ellos.

Tanto Mateo como Santiago «obligan a José y María a beber de esa misteriosa agua». Pero, mientras el primero aseguraba que, una vez apurada la bebida, ambos se dirigieron a la montaña, Mateo escribe que cada «sospechoso» debía dar siete vueltas en torno al altar del Señor.

Si el hecho fue cierto, lo importante en definitiva es que los supuestos pecadores debían beber algún líquido especial que, como afirma san Mateo, «hacía aparecer en el rostro una señal divina».

En el fondo, este asunto me recuerda los célebres «juicios de Dios», tan frecuentes en la Edad Media.

A no ser, claro está, que la costumbre en cuestión

Y un «ángel del Señor» se apareció a José en sueños...

del pueblo judío tuviera algún origen «divino», previamente señalado por el «equipo» de Yavé.

Sin embargo —y por más que he buceado en el Antiguo Testamento— lo más próximo que he encontrado a dicha «prueba del agua» se refiere al ritual de las aguas lustrales, descrito en el Números (19,17-22).

Pero sigo pensando que dicho ritual poco o nada tiene que ver con la «prueba» a que hacen alusión los apócrifos.

¿Qué clase de «señal divina» podía aparecer en los rostros de los supuestos culpables, después de ingerir dicha «agua»? ¿O no se trataba de agua?

¿Nos encontramos ante un nuevo caso de autosugestión?

En una de mis últimas andanzas tras los ovnis tuve la fortuna de conocer a Manuel Laza Palacio, el penúltimo romántico, infatigable buscador —desde hace 30 años!— del tesoro de los «Cinco Reyes». Un caudal de joyas, procedente, según la leyenda, de los últimos monarcas almorávides y que, según mi amigo Laza, se encuentra enterrado y bien enterrado en la enigmática gruta existente en Málaga y que lleva, precisamente, el nombre de «Cueva del Tesoro».

Pues bien, he aquí que en una amena charla con el «buscador del tesoro», éste me relató algo que —instantáneamente— me recordó la famosa «prueba del agua» de los Evangelios apócrifos.

«... Investigando sobre las supersticiones y esoterismo en general de los pueblos orientales —me explicó el malagueño— encontré un día una noticia que me dejó de piedra. Al traducir la crónica latina de Alfonso VII pude comprobar cómo a propósito de la llegada a Valencia del conde castellano Rodrigo de Lara, que volvía de Jerusalén y que se hospedó junto al famoso jefe almorávide Aben Gania, al guerrero castellano le dieron a beber una copa de "agua" y al poco quedó leproso...

»La cuestión podría mover a risa a cualquiera que no esté familiarizado con el mundo medieval y sus asombrosas creencias y prácticas mágicas.

»Pero continué con mis investigaciones y tuve la suerte de conseguir un valioso libro, escrito por el sabio doctor Mauchamps, que actuó muchos años como médico en Marruecos, estudiando a fondo la hechicería berberisca. Pues bien, los hechiceros marroquíes lo asesinaron en 1907, pero el libro del doctor pudo ser recogido y publicado por el especialista Jules Bois. Gracias a esta obra pude comprobar que la noticia dada en la crónica latina sobre la mágica enfermedad provocada al conde Rodrigo de Lara era absolutamente cierta.»

¿«Agua» capaz de provocar la lepra y casi de forma inmediata? ¿No me encontraba ante un caso «gemelo» al del «agua» dada a José y María?

21

ANTES DEL PARTO: ¿PARALIZACIÓN TOTAL DE LA ZONA?

Y llegó el momento culminante.

La «Operación Redención» estaba a punto de entrar en su etapa decisiva: el nacimiento del «Enviado». La llegada al viejo planeta Tierra del Hijo del Altísimo.

Todos, más o menos, conocemos lo que narran los Evangelios canónicos sobre este trascendental hecho.

Pero, ¿qué dicen los apócrifos? ¿Fue el nacimiento de Jesús de Nazaret como siempre hemos creído?

Veamos lo que dice el Protoevangelio de Santiago:

XVII

> 1. Y vino una orden del emperador Augusto para que se hiciera el censo de todos los habitantes de Belén de Judá. Y se dijo José:
>
> «Desde luego que a mis hijos sí que les empadronaré, pero ¿qué voy a hacer de esta doncella? ¿Cómo voy a incluirla en el censo? ¿Como mi esposa? Me da vergüenza. ¿Como hija mía? ¡Pero si ya saben todos los hijos de Israel que no lo es. Éste es el día del Señor, que Él haga según su beneplácito.»
>
> 2. Y, aparejando su asna, hizo acomodarse a María sobre ella, y mientras un hijo suyo iba delante llevando la bestia del ronzal, José les acompañaba. Cuando estuvieron a tres millas de distancia, José volvió su rostro hacia María y la encontró triste; y se dijo a sí mismo:
>
> «Es que el embarazo debe causarle molestias.»
>
> Pero, al volverse otra vez, la encontró sonriente, y le dijo:
>
> «María, ¿qué es lo que te sucede, que unas veces veo sonriente tu rostro y otras triste?»

Y ella repuso:

«Es que se presentan dos pueblos ante mis ojos, uno que llora y se aflige, y otro que se alegra y regocija.»

3. Y al llegar a la mitad del camino, dijo María a José:

«Bájame, porque el fruto de mis entrañas pugna por venir a luz.»

Y le ayudó a apearse del asna, diciéndole:

«¿Dónde podría yo llevarte para resguardar tu pudor?, porque estamos al descampado.»

XVIII

1. Y, encontrando una cueva, la introdujo dentro, y habiendo dejado con ella a sus hijos, se fue a buscar una partera hebrea en la región de Belén.

2. Y yo, José, me eché a andar, pero no podía avanzar; y al elevar mis ojos al espacio, me pareció ver como si el aire estuviera estremecido de asombro; y cuando fijé mi vista en el firmamento, lo encontré estático y los pájaros del cielo inmóviles; y al dirigir mi mirada hacia atrás, vi un recipiente en el suelo y unos trabajadores echados en actitud de comer, con sus manos en la vasija. Pero los que simulaban masticar, en realidad no masticaban; y los que parecían estar en actitud de tomar la comida, tampoco la sacaban del plato; y, finalmente, los que parecían introducir los manjares en la boca, no lo hacían, sino que todos tenían sus rostros mirando hacia arriba.

También había unas ovejas que iban siendo arreadas, pero no daban un paso, sino que estaban paradas, y el pastor levantó su diestra para bastonearlas con el cayado, pero quedó su mano tendida en el aire. Y al dirigir mi vista hacia la corriente del río, vi cómo unos cabritillos ponían en ella sus hocicos, pero no bebían. En una palabra, todas las cosas eran en un momento apartadas de su curso normal.

XIX

1. Y entonces una mujer que bajaba de la montaña me dijo:

«¿Dónde vas tú?»

A lo que respondí:

«Ando buscando una partera hebrea.»

Ella replicó:

«Pero, ¿tú eres de Israel?»

Y respondí:

«Sí.»

«¿Y quién es —añadió— la que está dando a luz en la cueva?»

«Es mi esposa», dije yo. A lo que ella repuso:

«Entonces, ¿no es tu mujer?»

Yo le contesté:

«Es María, la que se crió en el templo del Señor, que aunque me cayó en suerte a mí por mujer, no lo es, sino que ha concebido por virtud del Espíritu Santo.»

Y le interrogó la partera:

«¿Es esto verdad?»

José respondió:

«Ven y verás.»

Entonces, la partera se puso en camino con él.

2. Al llegar al lugar de la gruta, se pararon, y he aquí que ésta estaba sombreada por una nube luminosa. Y exclamó la partera:

«Mi alma ha sido engrandecida hoy, porque han visto mis ojos cosas increíbles, pues ha nacido la salvación para Israel.»

De repente, la nube empezó a retirarse de la gruta y brilló dentro una luz tan grande que nuestros ojos no podían resistirla. Ésta por un momento comenzó a disminuir hasta tanto que apareció el niño y vino a tomar el pecho de su madre, María. La partera entonces dio un grito, diciendo:

«Grande es para mí el día de hoy, ya que he podido ver con mis propios ojos un nuevo milagro.»

3. Al salir la partera de la gruta vino a su encuentro Salomé, y ella exclamó:

«Salomé, Salomé, tengo que contarte una maravilla nunca vista, y es que una virgen ha dado a luz; cosa que, como sabes, no sufre la naturaleza humana.»

Pero Salomé repuso:

«Por vida del Señor, mi Dios, que no creeré tal cosa si no me es dado introducir mi dedo y examinar su naturaleza.»

XX

1. Y habiendo entrado la partera, le dijo a María:

«Disponte, porque hay entre nosotras un gran altercado con relación a ti.»

Salomé, pues, introdujo su dedo en la naturaleza, mas de repente lanzó un grito, diciendo:

«¡Ay de mí! ¡Mi maldad y mi incredulidad tienen la culpa! Por tentar al Dios vivo se desprende de mi cuerpo mi mano carbonizada.»

2. Y dobló sus rodillas ante el Señor, diciendo:

«¡Oh Dios de nuestros padres, acuérdate de mí, por-

Los «astronautas», pendientes del gran momento del parto,
debieron acudir de inmediato a las proximidades de la gruta.
José no pudo haber llegado a la aldea de Belén...

que soy descendiente de Abraham, de Isaac y de Jacob; no hagas de mí un escarmiento para los hijos de Israel; devuélveme más bien a los pobres, pues tú sabes, Señor, que en tu nombre ejercía mis curas, recibiendo de ti mi salario.»

3. Y apareció un ángel del cielo, diciéndole:

«Salomé, Salomé, el Señor te ha escuchado. Acerca tu mano al Niño, tómalo, y habrá para ti alegría y gozo.»

4. Y se acercó Salomé y lo tomó, diciendo:

«Le adoraré porque ha nacido para ser el gran Rey de Israel.»

Mas de repente se sintió curada y salió en paz de la cueva. Entonces se oyó una voz que decía:

«Salomé, Salomé, no digas las maravillas que has visto hasta tanto que el Niño esté en Jerusalén.»

OTRA VEZ LOS MEDIOCRES «REPORTEROS»...

Leyendo estos pasajes de los apócrifos he comprendido que son muy pocas cosas las que de verdad nos han llegado sobre el nacimiento de Jesús.

Parece mentira que un hecho de tamaña trascendencia sólo fuera recogido por Mateo y Lucas. Y este último, no con demasiada generosidad. Los restantes evangelistas «titulados» —Juan y Marcos— o no le dieron importancia o no supieron cómo sacar adelante la «investigación».

Una vez más me lamento de haber nacido 2 000 años tarde...

¡Cuántas veces he deseado ese sueño imposible! Cuántas veces he pensado en el «seguimiento oficial» de Jesús de Nazaret! ¿Cuántos datos, cuántas noticias, cuántas informaciones ignorados o perdidos tendríamos hoy?

Pero, ciertamente, los caminos de «los de arriba» son imprevisibles.

Además, si uno se pone a pensar, seguro que si los periodistas hubiéramos tenido esa gran oportunidad de acompañar a Jesús en su vida, al menos en la pública, las grandes cadenas USA de televisión habrían comprado la exclusiva... Claro que siempre hubiera habido «ticos medina», «cuadras salcedo», «manus leguineche», «fernandos múgica» o «pepes garcía martínez» que habrían terminado por «comer el pan del morral» a los monstruos...

Pero olvidemos los sueños y volvamos a los apócrifos.

Para empezar, en los textos expuestos me encuentro de nuevo con una circunstancia que brilla y espejea sin cesar: la ancianidad o avanzada edad de José.

¿Qué otro significado puede encerrar ese medio lamento del patriarca?: «Desde luego que a mis hijos sí que les empadronaré, pero, ¿qué voy a hacer de esta doncella? ¿Cómo voy a incluirla en el censo? ¿Como mi esposa? Me da vergüenza. ¿Como hija mía? ¡Pero si ya saben todos los hijos de Israel que no lo es!...»

Sobran casi los comentarios.

¿Por qué podía darle vergüenza a José? Sólo se me ocurre una salida: si José había pasado —y bien pasado— la edad de la procreación, ¿cómo iba a presentarse ante las autoridades responsables del censo o ante el pueblo de Belén con aquella jovencita y en muy adelantado estado de gestación?

La «papeleta» era fina...

¿Qué ruta siguió José?

Otra precisión que, en mi opinión, tiene mucho jugo es la del itinerario que siguió el grupo.

Ninguno de los evangelistas aporta un solo informe al respecto. ¿Por dónde tiró José y su familia?

Si María vivía ya con José —cosa más que segura—, eso significa que debían residir, tal y como apunta Lucas en dos ocasiones, en la aldea de Nazaret, en la provincia de Galilea, al norte de Jerusalén. Si José era de la familia de David y debía empadronarse en Belén, al sur y en la provincia de Judea, el camino era considerable. Pero aquí se presenta el primer dilema: ¿qué ruta escogió José y su familia? Si uno observa el mapa de Palestina en los tiempos del Nuevo Testamento se dará cuenta que, entre la provincia de Galilea y Judea, donde se encuentra Belén, aparecía como una «cuña» el territorio de Samaria y una esquina de la Decápolis.

Para algunos especialistas católicos, María y José debieron salir de Nazaret y a los cinco o seis días llegar a Siquén —donde Abraham tuvo su más importante «visión» y promesa (Génesis, 12,6)— para, posteriormente, cruzar poblaciones como Silo, Betel (donde Jacob tuvo también la misteriosa visión de la no menos «misteriosa» «escala») y de allí a Jerusalén y Belén.

Este recorrido, suponiendo que existiese un camino, supone, aproximadamente, unos 120 kilómetros.

Sin embargo, esta ruta, desde mi punto de vista, encerraba en aquella época un serio inconveniente: Samaria.

Hoy es difícil que podamos asimilar el odio y las náuseas que producían los samaritanos a los judíos y viceversa, naturalmente. Desde que los habitantes de Samaria —pueblo mestizo judeo-pagano— se separaron de la comunidad israelita y construyeron su propio templo en el monte Garizín (hacia el siglo IV antes de nuestra Era), las relaciones fueron tensas y hasta violentas.

En el Eclesiástico (50,25-26), por ejemplo, se dice: «Hay dos naciones que aborrezco, y la tercera no es pueblo: los habitantes de Seír, los filisteos y el pueblo necio que habita en Siquén (Samaria).»

Fue durante el gobierno de Asmoneo Juan Hircano (134-104 antes de Cristo) cuando las tensiones fueron mucho más peligrosas. Poco después de la muerte de Antíoco VII (129 antes de Cristo), Juan se apoderó de la ciudad samaritana de Siquén y destruyó el templo de Garizín. Así lo relata el historiador Flavio Josefo en su libro *Antigüedades.*

No es de extrañar, por tanto, que, en lo sucesivo, el ambiente entre judíos y samaritanos echara realmente humo...

Esto nos puede hacer comprender mejor, por qué los fariseos y sumos sacerdotes echaban constantemente en cara a Jesús que comiera y se relacionase con samaritanos...

Es más. La palabra «samaritano», al igual que «bastardo», constituía toda una infamia en boca de un judío. Según Jeremías, una noticia tardía pero digna de crédito, surgida en las últimas décadas anteriores a la destrucción del templo, nos informa sobre una norma puesta en vigor hacia el año 48 después de Cristo y por la que la comunidad judía decidió considerar a los samaritanos «como impuros desde la cuna y en grado supremo y causantes de impureza».

En el colmo del odio, dicha norma especificaba: «... las samaritanas son menstruosas desde la cuna y sus maridos, perpetuamente manchados por las menstruosas».

Y aunque debió producirse una mejora pasajera en

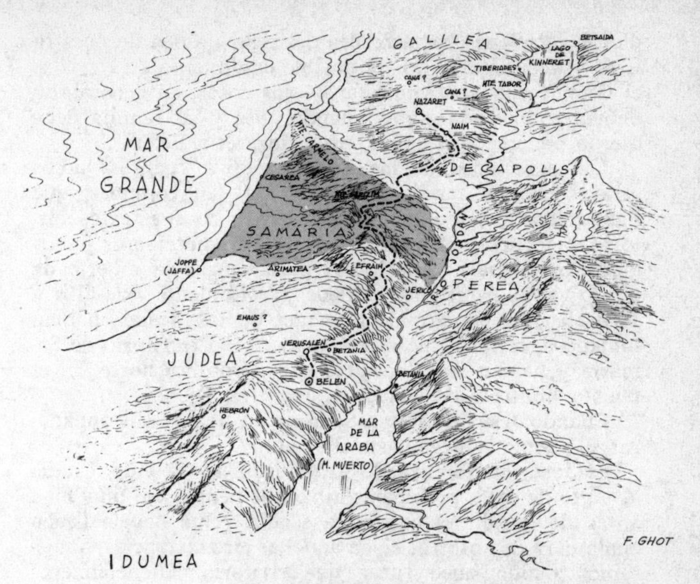

Si José, María y los hijos del esposo de la Virgen hubieran seguido la ruta que aparece en el grabado de Ghot —cruzando el territorio de Samaria—, sus problemas y dificultades hubieran sido considerables. A la falta de agua habría que añadir el peligro de los posibles ataques de los samaritanos.

dichas relaciones hacia finales del siglo I antes de nuestra Era —precisamente por el posible casamiento de Herodes el Grande con una samaritana— las cosas, en general, no debían estar nada claras cuando José y su familia decidieron ponerse en camino desde Nazaret a Belén.

Las agresiones de los samaritanos a cuantos judíos atravesaban su territorio debían ser tan comunes, que Flavio Josefo, por ejemplo, lo registra en sus textos históricos. Y cuenta cómo en el año 52 d.C. guerrilleros judíos atacaron pueblos samaritanos para vengar la muerte de uno o varios peregrinos galileos, precisamente, que al ir a Jerusalén en peregrinación a una de las fiestas, habían tomado el camino que atraviesa el citado territorio de Samaria y habían sido atacados en la frontera norte, en el pueblo limítrofe de Ginaé; es decir, en Djenin.

Cuando Jesús atraviesa Samaria en una de sus andaduras, el pueblo le niega hasta el agua...

Si José, hombre ya de experiencia en la vida, estaba al tanto de estos problemas, tuvo que pensárselo muy bien antes de decidir el camino a seguir. ¿Qué habría hecho cualquiera de nosotros si, en aquellas circunstancias, hubiéramos tenido que cruzar un territorio potencialmente hostil y con la responsabilidad de varios muchachos y una joven esposa embarazada?

Yo, personalmente, hubiera meditado sobre la posibilidad de elegir una segunda vía.

Y si uno vuelve sobre el mapa de Palestina, se da cuenta que esa ruta existía realmente. Me refiero al «camino del río Jordán». José podía haber salido de Nazaret y, tras pasar por Naím, entrar en la Decápolis, salvando los escasos 15 kilómetros existentes entre la frontera y la ciudad de Escitópolis, situada en uno de los pequeños afluentes del Jordán. Desde allí, la comitiva sólo habría tenido que seguir el curso del mencionado río sagrado, por su margen derecha. A unos 45 o 50 kilómetros de Escitópolis (Beisán), José se habría hallado ya en territorio de Judea. A unos 18 kilómetros de ese punto —y en el que confluyen los territorios de Samaria, Perea y Judea—, se levanta la mítica Jericó. De allí a Betania tenemos unos 22 kilómetros y medio y de esta población a la gran ciudad de Jerusalén unos cuatro o cinco kilómetros. Por último, de Jerusalén —paso casi obligado para José— hasta Belén quedarían otros 7,5 kilómetros.

Esta segunda opción sumaba, aproximadamente, unos 127 o 130 kilómetros. La diferencia con el camino que cruzaba Samaria es muy poca. Los riesgos, en cambio, eran considerables por aquel territorio.

Naturalmente, al peligro que suponía el paso por entre el pueblo samaritano hay que añadir el constante y feroz bandolerismo, así como el pésimo estado de los caminos.

Los atracos y matanzas en pleno campo o en las montañas debían ser tan frecuentes que los peregrinos, comerciantes y viajeros en general solían organizar largas caravanas, protegiéndose de este modo contra las incursiones de los bandidos. Lucas, en su Evangelio, habla, por ejemplo, de la caravana de Nazaret, en la que los padres de Jesús tenían sus parientes y conocidos. Esta caravana, precisamente, pasó por Jericó (Marcos, 10,46).

En cuanto a los caminos, es fácil suponer su lamentable estado. Sobre todo, en época de lluvias. Como ya he hecho referencia anteriormente, los peregrinos y viajeros se lanzaban a las caravanas a partir de los meses de febrero o marzo. En estas fechas, y hasta septiembre u octubre, el tiempo era seco y los caminos no resultaban tan desesperadamente incómodos. José y María, supongo, debieron esperar a esos meses tranquilos y secos para ponerse en marcha.

Y es casi seguro igualmente que, tanto José como sus hijos, hicieran el viaje a pie. Quizá José, dada su considerable edad, cubriera algunos tramos a lomos de los asnos que, indudablemente, debían acompañar al grupo. En los apócrifos vemos cómo María fue acomodada sobre una asna. Era del todo lógico y necesario, puesto que dudo mucho que pudiera hacer largos trayectos a pie y mucho menos por terrenos abruptos.

Mientras el Sanedrín, como primera autoridad nacional, tuvo los caminos a su cuidado, la verdad es que no se hizo gran cosa por mejorarlos. Así lo delata también la negligencia de este organismo respecto al estado de conservación del acueducto de Jerusalén. Al ocuparse los romanos, la cosa varió. Herodes, incluso, se esforzó en lograr una mayor seguridad en los caminos. Y muy especialmente en la ruta principal: en la que partía de Jerusalén y se dirigía al norte, hacia los importantes «mercados» de Babilonia. El viejo Herodes el Grande llegó a establecer en Batanea al judío de Babilonia Zamaris, que protegía a los viajeros contra los bandoleros de la Traconítide.

Pero volvamos a la vieja incógnita. ¿Qué camino pudo escoger José y su familia?

En los apócrifos aparece una «pista» que me inclina

a pensar que José pudo elegir precisamente la segunda senda: la del río Jordán. Dice el Protoevangelio de Santiago que José «dirigió su mirada hacia la corriente del río...» Allí, además, había unos trabajadores que comían y ovejas que estaban siendo arreadas por el pastor. Si no me equivoco, «a mitad de camino» entre Nazaret y Belén —tal y como dice el autor del Evangelio apócrifo—, no existe un solo río en lo que podríamos llamar «el primer camino»: el que cruza Samaria. Sí los hay, en cambio, en la «segunda vía». Allí está, por supuesto, el gran cauce del Jordán y sus afluentes (seis por la margen derecha y doce por la izquierda). No creo, por otra parte, que en el montañoso terreno que se extiende desde Idumea a Samaria —con toda la Judea de por medio— pudiera practicarse un pastoreo tan cómodo y fácil para el ganado como en los fértiles pastos que corren a orilla del Jordán. En esta parte, el terreno se encuentra al nivel del mar o a unos 300 metros por debajo de dicha cota. En aquellos tiempos, el límite extremo de los cultivos mediterráneos —y se supone también que de los buenos pastos— podía marcarlo una línea que pasara desde la base del monte Hebrón por las cercanías de Jerusalén hacia Rimmon, este de Siquén y de allí hacia el norte. Pero esa franja de terreno, cuyo eje central era el río Jordán, se encuentra exactamente en la segunda ruta. La de Samaria, en cambio, queda fuera.

Por supuesto, el presente planteamiento —creo yo— pudiera tener su importancia. Si algún día se demuestra cuál fue la ruta exacta y precisa que siguió José camino de Belén, y suponiendo que esa vía fuera la del río Jordán, el valor histórico de los apócrifos se vería extraordinariamente reforzado.

Otro de los extremos que no es fácil descifrar en su totalidad es el de si José, María y los hijos de aquél iban solos o formaban parte de una caravana mayor. Como hemos visto, la costumbre parecía ser la de formar bloques compactos de viajeros, a fin de protegerse mutuamente. Si el censo ordenado por Roma afectaba a todo el pueblo judío, era de suponer que en Nazaret habitasen otros vecinos que también debían dirigirse a Belén, Jerusalén o a otras localidades del centro y sur de la Judea. En ese caso, ¿no hubiera sido del todo práctico y lógico que todos esos vecinos se hubieran puesto en camino a un mismo tiempo y formando una sola caravana?

Esta teoría, sin embargo, no concuerda con lo que aca-

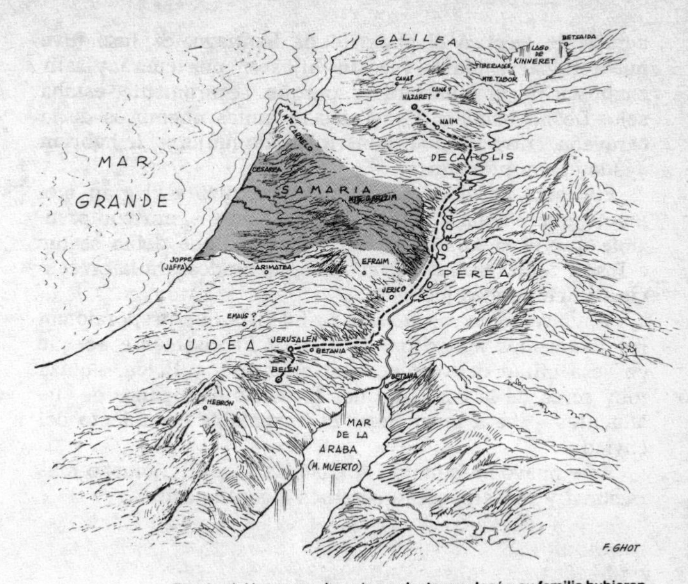

En mi opinión era mucho más prudente que José y su familia hubieran elegido el camino de la margen derecha del río Jordán para trasladarse de Nazaret a Belén. De esta forma evitaban el paso por el peligroso y áspero territorio de Samaria (sombreado en el mapa). El aprovisionamiento de agua y alimentos hubiera sido más fácil y al caminar por un terreno menos abrupto, el tiempo invertido en el viaje hubiera sido, incluso, menor.

bamos de leer en el apócrifo de Santiago. Si José tuvo que refugiar a María y a sus hijos en una cueva y salir en busca de una partera es porque, seguramente, estaba solo. De no haber sido así, los restantes miembros de la caravana, entre los que hubiera habido mujeres, le habrían ayudado con presteza.

Por otra parte —y si tenemos en cuenta el gran momento que estaba a punto de producirse—, era comprensible que el «equipo» de «astronautas», que debía seguir a José y a María muy estrechamente, no deseara la presencia de demasiados testigos.

Y nuevamente me fascina la historia que proporcionan los Evangelios apócrifos. ¿Por qué? Precisamente porque en «esa mitad del camino» entre Nazaret y Belén —quizá muy cerca de la corriente del Jordán o de algunos de sus afluentes— iba a tener lugar el formidable nacimiento del enviado.

Este nuevo enfoque de la Historia sí resulta mucho más racional y sensato, como veremos a continuación...

¿Llegaron realmente a Belén?

Creo que, como casi todo el mundo, siempre di por buena aquella explicación tradicional sobre el nacimiento de Jesús en un pesebre.

Sin embargo, un buen día, al leer los textos apócrifos, caí en la cuenta de algo que no encajaba...

Y acudí de nuevo al Evangelio canónico —al de san Lucas (2,1-7)— pero seguía sin entenderlo.

¿Cómo podía ser que un hombre como José, artesano y, por tanto, con ciertas posibilidades económicas, y con familia, amigos y hasta antepasados en la aldea de Belén, no pudiera encontrar alojamiento en dicha población?[1]

No lo entendía...

Cuanto más meditaba sobre ello, más clara se presentaba ante mi espíritu la realidad de una lamentable «laguna» en los Evangelios canónicos. A excepción de Lucas y de otra cita fugaz por parte de san Mateo (2,1) sobre

1. José, en hebreo «Josef», quiere significar «que Dios añade otros niños al que acaba de nacer». Era hijo de Jacob o de Helí, de la familia de David.

el lugar del alumbramiento de Jesús, el resto de los evangelistas «oficiales» no hace mención de un dato tan «periodístico» y emotivo como el de la «patria chica» del «Enviado».

Pero no nos separemos del carril principal de este curioso asunto.

La propia Biblia de Jerusalén, al comentar el Evangelio de Lucas (página 1460) dice textualmente refiriéndose al problema de la falta de posada en Belén:

«2.7 (b) Mejor que una posada *(pandojeion)*, la palabra griega *katalyma* puede designar una sala en la que se alojaba la familia de José. Si éste tenía su domicilio en Belén, se explica mejor que haya regresado allí para el censo y también que haya traído a su joven mujer encinta.»

Y prosigue este interesante comentario:

«El pesebre, comedero de ganado, estaba sin duda instalado en una pared del pobre albergue, y éste se hallaba tan lleno que no pudieron encontrar lugar mejor para recostar al niño. Una piadosa leyenda ha dotado a este pesebre de dos animales...»

Aquí hay, al menos, una contradicción. Si los exégetas y teólogos católicos reconocen que José podía tener su domicilio en Belén, ¿por qué dirigirse a una posada o a un pesebre?

Tampoco perdamos de vista esa curiosa anotación de los dos animales, considerada por la propia Iglesia como «una piadosa leyenda...»

Voy más allá, incluso. Es muy probable que José hubiera participado en la construcción de algunas de las casas de Belén. La naturaleza de su profesión lo hace perfectamente verosímil. Pero, aunque esto no fuera así, es inadmisible que entre esos cientos de vecinos que vivían en la aldea —de donde procedía toda la famila del artesano, no lo olvidemos— no hubiera uno solo que permitiera a María descansar o refugiarse en su hogar. Y si no en sus habitaciones, al menos en los patios interiores de dichas viviendas.

Bien por dinero, por lazos familiares, por amistad o por caridad, estoy seguro que alguien hubiera ofrecido su casa a José y a su mujer. Y si, para colmo, José disponía de su propio domicilio, ¿cómo podemos imaginar a María dando a luz en un foco de infecciones tan peligroso como un establo? Jesús debía nacer de forma humilde, lo sé, pero ese honroso gesto no tiene por qué estar reñido con un mínimo de higiene. Y la verdad es que, de acuerdo con los apócrifos, Jesús iba a nacer en un lugar mucho más olvidado y deplorable...

No olvidemos que el pueblo israelita —por tradición— era y es un pueblo absolutamente hospitalario. Y mucho más para con sus amigos y familiares. Y con más justificación —me atrevo a añadir— si hubieran notado el estado de gestación de la esposa del carpintero.

No me contento, por tanto, con esa frágil excusa de san Lucas cuando dice:

«... Y sucedió que, mientras ellos estaban allí, se le cumplieron los días del alumbramiento, y dio a luz a su hijo primogénito, le envolvió en pañales y le acostó en un pesebre, porque no tenían sitio en el alojamiento.»

Tiene, al menos para mí, mucho más sentido que José y María se vieran obligados a entrar en una cueva —no en un establo— porque, sencillamente, tal y como exponen el Protoevangelio de Santiago y el Evangelio apócrifo de san Mateo, «el momento del parto sobrevino en pleno camino hacia Belén».

Esto, obviamente, tiene más sentido...

¿Por qué entonces san Lucas afirma que «se cumplieron los días del alumbramiento mientras ellos estaban allí»?

La exposición del evangelista, en mi opinión, es dudosa. Si José y su gente llevaban ya varios días en Belén —como parece deducirse de las palabras de Lucas—, ¿dónde dormían o descansaban?

Si José, efectivamente, era de la casa y familia de David, lo lógico es que tuviera familia en aquella población. En ese caso, lo «ilógico» hubiera sido que llevara a María hasta la posada o alojamiento. Y muchísimo menos a un establo.

Tal y como señala Santiago, a María, todavía camino de Belén, le debieron llegar las primeras señales o molestias del inminente parto.

¿Y qué podía hacer José en pleno descampado? Él mismo, en dicho apócrifo, exclama:

«¿Dónde podría yo llevarte para resguardar tu pudor?, porque estamos al descampado.»

Imagino el trance del carpintero, acostumbrado al trajín de su ruda profesión, pero incapaz de saber «por dónde empezar» en un alumbramiento...

Y, como primera medida, tanto José como sus hijos optarían por buscar alguna casa, cualquier refugio donde llevar a la parturienta.

Ese lugar de emergencia —según los textos apócrifos— fue precisamente una cueva subterránea, no un establo.

El Evangelio de la Natividad, de Mateo, revela algunos puntos decisivos en este mismo sentido. Veamos:

«... Mandó el ángel parar la caballería, porque el tiempo de dar a luz se había echado ya encima. Después mandó a María que bajara de la cabalgadura y se metiera en una cueva subterránea, donde siempre reinó la oscuridad, sin que nunca entrara un rayo de luz, porque el sol no podía penetrar hasta allí.»

Santiago, por su parte, como ya hemos visto, dice que «encontrando una cueva, la introdujo dentro, y, habiendo dejado con ella a sus hijos, José se fue a buscar una partera hebrea en la región de Belén».

Un férreo control

De nuevo, y absolutamente a tiempo, aparece ante el grupo un «ángel» del Señor.

No resulta difícil sospechar que el «equipo» de «astronautas» debía estar trabajando en aquellos últimos momentos «con los cinco sentidos».

Si la joven Virgen hubiera llegado a Belén antes de «romper aguas», todo se habría complicado. ¿Cómo «actuar» en plena aldea? ¿Cómo evitar el revuelo que, sin duda, provocaban las naves? Y lo más grave: de haber nacido Jesús en Belén, la noticia de su llegada al planeta habría llegado a los oídos del temido Herodes el Grande mucho antes de lo necesario y de lo previsto. No olvidemos que la aldea está a muy corta distancia de Jerusalén.

Quizá, aunque a nosotros nos parezca increíble, fuera preciso ganar tiempo. Y ese lapsus podía proporcionarlo un nacimiento a distancia, «a mitad de camino entre Nazaret y Belén». No todo concluía con el alumbramiento de Jesús...

Y, naturalmente, dentro de esta teoría general —no olvidemos que sólo se trata de una hipótesis de trabajo—, el momento y el lugar exactos del parto debían estar perfectamente estudiados por parte de los tripulantes de las naves. Y, de la misma manera, estoy persuadido que los «astronautas» no habían perdido —ni por un segundo—

el control de las constantes físico-biológicas de María. Si nosotros somos capaces hoy de controlar desde Houston el ritmo cardíaco, la respiración o la presión sanguínea de los hombres que pasean por la Luna o que giran en torno al planeta, ¿qué no podrían lograr unas civilizaciones tan sumamente adelantadas?

Era natural que este «chequeo» a distancia fuera extremadamente riguroso. Dos mil años largos de preparación no podían naufragar ahora, ante cualquier contingencia...

Jamás «los cielos» habían estado tan pendientes de una niña y del asno que la llevaba. Nuestros médicos también habrían actuado así.

Y si ese «marcaje» sobre la persona de María y de cuantos la rodeaban era realmente así de férreo, no tiene nada de particular que, en el momento crítico, uno o varios de los «astronautas» descendieran a tierra y detuvieran la marcha del grupo. Una marcha que, quizá, José o la propia Virgen se habían encargado ya de congelar, ante las primeras molestias.

Y se presenta aquí otro interesante dilema:

¿Sufrió María de los conocidos dolores previos al parto?

La Iglesia, amparándose en el, a veces, agujereado «paraguas teológico», ha llegado a afirmar que no, que la Virgen no pudo sufrir esos dolores «puesto que era la única criatura sobre la Tierra que había nacido sin culpa original».

Respeto esta opinión pero, francamente, me cuesta trabajo creerlo...

En los Evangelios apócrifos se especifica claramente «que le habían llegado los primeros síntomas...» Claro que la palabra «síntomas» puede querer significar muchas cosas.

¿Una paralización?

Pero volvamos con los «astronautas»...

La gravedad y responsabilidad debían ser tales en aquellos momentos que —según mi punto de vista— una o varias naves espaciales tenían que estar muy próximas. Pendientes. Dispuestas. Alguna, incluso, aterrizada ya muy cerca de la cueva...

Y quizá una de las primeras medidas adoptadas por el «equipo» fue la paralización de cuanto existía junto a la gruta y en un amplio radio.

También es posible que esa «paralización» se debiera a la extrema proximidad de los vehículos de los «astronautas».

¿Que por qué hablo de paralización?

Los pasajes del apócrifo de Santiago, y en los que José trata inútilmente de echar a correr en busca de una partera, son elocuentes.

Cuando los leí por primera vez no daba crédito a lo que tenía ante mí.

E invito al lector a que lo repase con suma calma...

¿Es que puede concebirse —y escrito hace dos mil años— una fórmula más hermosa y plástica para describir una paralización de hombres, animales y de la propia Naturaleza?

Para el «testigo», para José, la única explicación que quizá podía encajar en su cerebro era que «todas las cosas eran en un momento apartadas de su curso normal».

¿Y qué otra cosa es una paralización masiva?

La causa de este enigmático fenómeno habría que buscarla posiblemente, como ya he adelantado, en los siguientes e hipotéticos hechos:

Ante la inminencia del parto, algunas de las naves, lógicamente, se vieron obligadas a descender sobre la zona. Es posible, incluso, que tomaran tierra. Y que esa «aproximación» a la gruta subterránea implicara una mayor o menor paralización de cuanto se movía en torno al punto elegido. Una paralización que pudo ser instantánea o de una cierta duración en el tiempo...

En este caso, el fenómeno habría estado absoluta y deliberadamente provocado por los «astronautas». En el fondo quizá se trataba de una elemental medida de seguridad...

También cabe pensar que fue un hecho fortuito, originado por los potentes campos magnéticos o electromagnéticos de dichas naves.

Al establecerse o aterrizar a tan corta distancia, todo lo que entró dentro de su radio de acción se vio así afectado.

Y hombres, ovejas, pájaros, viento, etc., quedaron como

«congelados». Y entre ellos, José, quien, a pesar de «no poder avanzar», se daba cuenta de todo...

¿Qué me recuerda esto?

Sencillamente, otros muchos casos de misteriosas paralizaciones, experimentadas por decenas de testigos ovni en nuestros días...

El piloto que quedó inmovilizado

He aquí, como una prueba infinitesimal de lo que digo, algunos hechos, todos ellos investigados personalmente por mí y que ponen de manifiesto la posibilidad de dicha paralización.

Hace algunos años —y así ha quedado detallado en mi libro *Cien mil kilómetros tras los ovnis*— un piloto español de líneas aéreas, Antonio Manzano, me contó cómo una madrugada, cuando caminaba por la zona llamada «El Cobre», en la provincia de Cádiz, observó un extraño objeto luminoso posado en tierra...

«Yo estaba cazando —me dijo— y llevaba una linterna en mi mano. De pronto, al remontar un pequeño cerro, vi en la vaguada siguiente una especie de disco muy luminoso, aterrizado. Me encontraba a corta distancia y, al intentar avanzar hacia aquella "cosa" tan llamativa, me vi paralizado. Pero no era de miedo...

»Yo podía ver y sentir. Sin embargo, mis músculos no obedecían. Era imposible seguir o retroceder. ¿Qué me estaba pasando?...

»Recuerdo que a pocos pasos de aquel disco de luz blanca e intensísima había alguien. Me pareció un hombre, pero más alto de lo normal. Al menos, de dos metros.

»Estaba dándome la espalda y en actitud de contemplar algún detalle del objeto. Llevaba una especie de "mono" metalizado, como si fuera una vestimenta de una sola pieza.

»Al cabo de unos segundos empezó a caminar hacia el disco. Se inclinó y se introdujo por la parte inferior del objeto. Después ya no lo vi más.

»Y poco tiempo después, aquel aparato cambió de color. Ascendió lentamente y a pocos metros de tierra volvió a estabilizarse. Y ante mi asombro, se alejó a una velocidad endemoniada. ¡Y lo perdí en el horizonte en menos de cinco segundos!

»En ese momento, al perderlo de vista, recobré el movimiento. Mi linterna, sin embargo, seguía apagada. Y el reloj de pulsera estaba detenido. Ya no he podido lograr que funcione...»

El caso del ebanista-encofrador

Otro caso de paralización tuvo lugar en 1978, en la zona minera de Gallarta, en el País Vasco.

El testigo principal fue un modesto ebanista y encofrador, Juan Sillero, que vive en una casa situada en el paraje denominado «La Florida», en el citado término vasco de Gallarta.

Una noche —y según me explicó Sillero— sintió un zumbido extraño y potente. Se asomó al balcón de su casa y quedó aterrorizado. Frente a él, a escasa distancia, había un enorme disco —de unos cincuenta metros de diámetro— que brillaba como jamás había visto en su vida.

El aparato parecía estar en dificultades...

«Sí —comentó el testigo— estaba inmóvil y en una posición muy forzada. En lugar de estar horizontal, el disco se había situado "de canto". Tenía unas largas "patas" o tubos que a punto estuvieron de quebrarme el tejado.

»Cuando quise darme cuenta, me encontré como agarrotado. ¡No podía moverme!...»

Al preguntarle a Juan Sillero si aquella súbita paralización podía deberse al miedo, el ebanista respondió que no, que aquella situación se prolongó únicamente hasta que el objeto se perdió muy lentamente por detrás de un pinar que da sombra a la casa de Sillero.

«Me asusté —añadió— pero no fue ésa la razón de mi inmovilidad. Aquel objeto, estoy seguro, era la causa de que yo no pudiera siquiera gritar...»

UN CAMPESINO IGUALMENTE PARALIZADO

El caso de Valensole es también muy revelador.

En su día fue investigado por mi buen amigo J. C. Borret, así como por la Gendarmería francesa.

Todo sucedió en 1965, a unos dos kilómetros al noroeste de Uclensole, centro de cultivo de espliego, y cabeza de partido de casi dos mil habitantes, en el departamento de los Alpes de Haute-Provence.

El testigo fue un agricultor de unos cuarenta años. Un hombre igualmente serio e incapaz de inventar una historia tan asombrosa como aquélla...

«En la mañana del 1 de julio —cuenta el protagonista— yo me encontraba en un campo de espliego de mi propiedad. Trabajaba en las faenas del escordio y a eso de las seis de la mañana, mientras hacía un alto en el trabajo, escuché un pitido breve. Yo no vi nada y pensé que quizá alguno de los helicópteros de la Fuerza Aérea había tenido algún problema, aterrizando en las proximidades.

»Me dirigí rápidamente hacia el lugar del que había procedido el ruido y, al dejar atrás un montón de piedras que me tapaba la visión, observé —como a unos cien metros— un objeto muy raro, posado en uno de los campos de espliego. Aquello me indignó...

»Y apresuré la marcha.

»Pero conforme avanzaba hacia el supuesto helicóptero comprendí que "aquello" no era un helicóptero...

»Era como un balón de rugbi, con un tamaño aproximado al de un coche "Dauphine".

»¡Qué extraño! —pensé—, pero seguí caminando.

»Junto al "huevo" había dos hombres. Mejor dicho, dos "niños". Ésa fue la primera impresión que recibí, mientras me acercaba. Pero, ¿qué hacían dos "niños" en mi campo de espliego y junto a un aparato tan raro?

»Y mentalmente reconocí que no podían ser niños...»

El campesino llegó hasta unos diez metros. Según sus propias palabras, los dos seres estaban ligeramente agachados. Uno le daba la espalda y el otro se hallaba de frente. El propietario del campo asegura que ambos miraban —y con gran curiosidad— una de las plantas de espliego.

«... Y cuando estaba ya a cosa de ocho o diez metros —continuó el testigo— el individuo que estaba frente a mí me vio. Los dos se irguieron. Y el que me había estado dando la espalda levantó su mano derecha y me mostró —eso creí yo entonces— un objeto pequeño. A partir de ese instante, no me pude mover. Quedé como agarrotado. Y el caso es que me daba cuenta de todo: veía, sentía, escuchaba...

»Aquel ser metió rápidamente el objeto en una "cartuchera" que llevaba al cinto y allí se quedaron, frente a mí, como si discutieran.

»—¿Cómo eran los "niños"?

»—Bueno, no eran niños. Eso lo vi claro. Eran "hombrecitos" de un metro, o poco más, de altura. Las cabezas eran grandes. Desproporcionadas respecto al resto del cuerpo. Vestían un buzo azul oscuro y a los lados llevaban una especie de estuches. El de la derecha más voluminoso que el de la izquierda.

»Su piel era lisa y de una tonalidad muy similar a la de los europeos. No tenían párpados y sus ojos eran como los nuestros. Sus bocas, en cambio, eran un simple agujero redondo. No tenían barbilla y sus cabezas estaban totalmente calvas. Éstas parecían salir directamente de los hombros, sin cuello alguno.

»El resto del cuerpo parecía normal: brazos, piernas, etcétera. Durante algún tiempo, como le digo, aquellos dos seres hablaron entre sí, pero como si discutieran. Emitían un sonido gutural indefinible para mí...

»Y, curiosamente, aunque no podía mover ni la cabeza, tampoco experimenté miedo. Aquellos dos seres infundían una gran tranquilidad.

»Después, al cabo de unos minutos, treparon ágilmente por el aparato. Primero ayudándose con la mano derecha. Después, con ambas. Y una vez en el interior del objeto, una puerta corredera se cerró de abajo arriba, como si se tratara de la puerta de un archivador.

»El "balón de rugby" tenía en su parte superior como una cúpula trasparente. Algo así como el plexiglás. Y allí aparecieron de nuevo los dos seres.

»—¿Usted seguía inmóvil?

»—Completamente.

»—¿Y qué pasó?

»—Pues que aquel aparato —de casi tres metros de altura— emitió un ruido sordo. Se elevó cosa de un metro sobre el suelo y comenzó a desplazarse hacia las colinas. Los dos extraños seres permanecieron todo el tiempo de cara a mí.

»Cuando el aparato aquel había recorrido unos treinta

metros, su velocidad se hizo asombrosa y lo perdí de vista en cuestión de décimas de segundo.

»Y allí seguí yo, todavía paralizado, por espacio de unos diez o quince minutos más. Después, al cabo de ese tiempo, recobré la normalidad.

»Cuando pude acercarme al sitio donde había estado el "huevo" observé una zanja de escasa profundidad y de un metro y veinte centímetros de diámetro. En el centro había un agujero cilíndrico de 18 centímetros de diámetro y 40 de profundidad. Y cuatro surcos poco profundos, de una anchura de 8 centímetros y de una longitud de 2 metros.

»Estos surcos formaban una cruz cuyo centro geométrico pasaba por aquel agujero.»

El espliego no volvió a crecer en aquel lugar hasta diez años después. Y nadie se explica la razón.

Los casos de paralización, en fin, se harían interminables. Para los que investigamos la presencia ovni en nuestro mundo, es evidente que estos tripulantes disponen de los oportunos sistemas para evitar que los humanos se aproximen a sus naves o, sencillamente, para «congelar» la capacidad de movimiento de los intrusos.

Incluso —como en el caso del piloto y del ebanista-encofrador— el ingreso voluntario o involuntario por parte de los testigos en una determinada área, próxima a los vehículos espaciales, pueda afectar a dichos testigos, bien paralizándoles o provocando en ellos síntomas de desfallecimiento, mareos, etc.

Los campos magnéticos o electromagnéticos de que parecen gozar estos objetos a todo su alrededor —como si se tratara de un «escudo» o «colchón» protector— originan frecuentes alteraciones en los motores de explosión de coches, motocicletas, etc., así como en los circuitos eléctricos o electrónicos, pantallas de televisión, ondas de radio y un largo etcétera.

Los casos dados en Ufología son prácticamente incontables.

Esto me lleva a sospechar que en aquellos momentos —hace dos mil años— el influjo de los campos de fuerza de la nave o de las naves espaciales que se hallaban cerca de la gruta donde estaba a punto de nacer Jesús, hubiera podido ocasionar estas mismas reacciones, en el supuesto de que hubieran existido tales vehículos.

Al no disponer de sistemas eléctricos o motores, esa acción —puramente artificial— se dejó sentir únicamente en los seres vivos o en todo aquello que podía tener movimiento.

Para colmo, la descripción del apócrifo de Santiago aporta otro «detalle» altamente significativo:

Según el autor, «la totalidad de los hombres de los alrededores tenían sus rostros mirando hacia arriba».

Pero, ¿a causa de qué?

Aquella paralización general, en mi opinión, tenía que haber estado precedida —al menos durante segundos o décimas de segundo— por aquel gesto colectivo de «mirar hacia arriba».

Y así quedaron.

Pero vuelvo a plantear la pregunta: ¿por qué precisamente con los rostros mirando hacia arriba?

El razonamiento más lógico puede ser éste: porque allí arriba, en el cielo, había algo que había llamado la atención de cuantos campesinos o pastores se hallaban en esos momentos en la zona. Elemental...

¿Y qué podía haber en el cielo que llamase la atención de todos a un mismo tiempo y que, casi inmediatamente, les paralizase?

La respuesta, para mí, es fácil:

Una o varias naves. Las formidables y ya familiares «columnas de fuego», también llamadas la «gloria de Yavé» o «el ángel del Señor»...

En esta descripción, precisamente, cuyo origen se remonta a casi 2000 años, surge ante mí una nueva prueba de la presencia de «astronautas» y de «vehículos siderales» en los tiempos bíblicos.

De tratarse de un simple relato literario —«más o menos fantástico», como dirían los teólogos—, ¿cómo es posible que el autor del mismo haya hecho una perfecta descripción de lo que hoy y sólo hoy, 20 siglos después, interpretamos como una paralización física? ¿Y por qué ese autor iba a hacer coincidir la paralización general de hombres, ganado, pájaros, etc., con el gesto de los trabajadores «de mirar hacia lo alto»?

El caso podría guardar cierto parecido con otro supuesto. Imaginemos que el genial manco de Lepanto hubiera sido testigo del aterrizaje de un helicóptero, del que hubieran descendido varios pilotos con los emblemas y banderas de los Estados Unidos. Y que esos militares pertenecieran al siglo XXI.

Sigamos suponiendo que Cervantes describiera la escena con todo lujo de detalles, aunque, naturalmente, acomodando lo que había visto a su lenguaje y conceptos, propios de una época en la que el ser humano todavía no podía volar.

Para nosotros, hombres del siglo XX, que no conocemos ni hemos descubierto aún la técnica para «viajar» al pasado o al futuro, la formidable descripción del helicóptero, de las banderas USA y de los pilotos nos llenaría de asombro, pero no admitiríamos el hecho como un acontecimiento real.

Unos hablarían de casualidad. Otros de premonición, de profecía, de admirable «género literario»...

22

LA CUEVA, PERMANENTEMENTE ILUMINADA

Según el Evangelio apócrifo de Santiago, los «ángeles» debieron esperar quizá a que José se alejara de la cueva, donde acababa de entrar María, para —definitivamente— asistir al gran instante.

Mateo, en su texto, también apócrifo, viene a vivificar esta idea cuando dice:

> 3. Hacía un rato que José se había marchado en busca de comadronas. Mas cuando llegó a la cueva, ya había alumbrado María al infante. Y dijo a ésta:
>
> «Aquí te traigo dos parteras: Zelomí y Salomé. Pero se han quedado a la puerta de la cueva, no atreviéndose a entrar por el excesivo resplandor que la inunda.»

Creo que hemos llegado a otra fascinante interrogante: ¿Qué era, y sobre todo, de dónde provenía ese «excesivo resplandor» que inundaba la gruta?

Mateo, a la hora de describir la entrada de la Virgen en dicha cueva subterránea, pone especial cuidado en dejar bien sentado que el sol jamás había penetrado en la misma. Y por una razón fácil de comprender: porque aquella oquedad —posiblemente natural— estaba configurada de tal forma que la luz no podía llegar al interior.

«Mas, en el momento mismo en que entró María —continúa Mateo— el recinto se inundó de resplandores y quedó todo refulgente, como si el sol estuviera allí dentro. Aquella luz divina dejó la cueva como si fuera el mediodía. Y mientras estuvo allí María, el resplandor no faltó ni de día ni de noche.»

También Santiago coincide con Mateo en tan enigmática y potente luz:

> Al llegar al lugar de la gruta se pararon (se refiere, como sabemos, a José y a la partera), y he aquí que ésta estaba sombreada por una nube luminosa. Y exclamó la partera:
>
> «Mi alma ha sido engrandecida hoy, porque han visto mis ojos cosas increíbles, pues ha nacido la salvación de Israel.»
>
> De repente —prosigue el Evangelio apócrifo— la nube empezó a retirarse de la gruta y brilló dentro una luz tan grande, que nuestros ojos no podían resistirla.
>
> Ésta, por un momento, comenzó a disminuir hasta tanto que apareció el Niño...

Quizá la clave nos la da ya Santiago al referirse a esa «nube luminosa» que estaba sobre la boca de la cueva.

De nuevo aparece la «nube»...

Si analizamos el pasaje con detenimiento, notaremos que la «nube» en cuestión estaba «sombreando la gruta». Señal ésta —inequívoca— de que los hechos transcurrían a plena luz del día. De lo contrario, la «nube» no habría arrojado su sombra sobre tierra...

Sin embargo, el autor sagrado califica dicha «nube» como «luminosa». ¿Cómo podía ser si, generalmente, las «columnas» o «nubes» de fuego sólo aparecían durante la noche?

La posible explicación, para mí, surge con idéntica claridad.

Si era efectivamente de día, el sol debía estar cayendo de plano sobre la nave. Los datos obtenidos hoy por la Ufología nos dicen que los ovnis observados a pleno sol brillan o espejean extraordinariamente. Su fuselaje, según la inmensa mayoría de los observadores, resplandece al sol como el acero inoxidable o como un metal muy pulido.

Ésta podría ser, quizá, una de las explicaciones.

También podía ocurrir, naturalmente, que la nave en sí estuviera emitiendo luz en esos momentos...

No sería el primer caso en la ya amplia casuística ovni.

Sea como fuere, lo importante es que la nave —sin duda con cierta forma de nube— se había colocado sobre la gruta. Pero, ¿por qué?

Al empezar a retirarse de la gruta —dice Santiago— los testigos pudieron contemplar cómo del interior de dicha cueva salía luz. Una luminosidad tan extremada que «nuestros ojos no podían resistirla».

¡Cuántos casos he podido investigar hasta ahora en que los testigos del paso o aterrizaje de ovnis me han

Mientras María estuvo en el interior de la cueva, «el resplandor no faltó ni de día ni de noche». Así lo cuentan los Evangelios apócrifos.

hablado de «aquella formidable luz que despedía el objeto y que les permitía ver como si fuera de día...».

Decenas de personas me han repetido que la luminosidad era tan intensa que llegaba a herir sus ojos.

Y he aquí que —¿por casualidad?— dos escritores de hace casi dos mil años están señalando lo mismo.

El espectáculo debió ser tan fuera de serie para José y las parteras que, como afirma Mateo, éstas prefirieron quedarse en el exterior, por miedo a semejante resplandor.

Y supongo que José —aunque el autor sagrado no hace referencia a ello— también «tropezaría» con algún que otro problema a la hora de decidirse a traspasar la entrada de la gruta...

El parto

¿Cómo pudo ocurrir realmente el nacimiento de Jesús?

Ni los evangelistas «oficiales» ni los que nos dejaron los textos apócrifos aportan datos concretos como para establecer la «mecánica» del mismo. Y la Iglesia, con un prudencial criterio, proporciona un sonado carpetazo al asunto, dejándolo envuelto en el misterio. Otro más...

Yo, por mi parte, no me siento con fuerzas como para descender y bucear en dicho misterio.

Salvando las distancias, viene a ser como plantear a la Medicina actual cuáles pueden ser los sistemas o mecanismos clínico-quirúrgicos que imperarán en la especialidad ginecológica dentro de quinientos o mil años.

¿Qué madre del siglo XV hubiera imaginado que, cinco siglos más tarde, los dolorosos partos podrían practicarse... sin dolor?

Una afirmación como ésta, hecha en pleno tiempo de la Inquisición, me hubiera conducido —sin remedio— a la hoguera.

¿Qué puedo suponer que ocurrió en aquellas horas tensas, en el interior de la gruta?

¿Por qué aquella nave espacial se había aproximado a la gruta? ¿Por qué el interior de la cueva se vio inundada de luz? ¿De dónde nacía aquella luminosidad?

Sólo una idea —casi un presentimiento— aletea en mi corazón: es posible que el «equipo» de «astronautas» —lle-

Y dicen los Evangelios apócrifos: «Al llegar al lugar de la gruta se pararon —José y la partera—, y he aquí que ésta estaba sombreada por una nube luminosa.»

gado el momento— hubiera descendido materialmente a tierra y entrado, incluso, en el lugar donde se encontraba la joven María. Y que —de alguna forma que ni siquiera podemos sospechar— contribuyeran o ayudaran en el parto.

¿Qué «técnicas» utilizaron en el alumbramiento? Es posible que ninguna. Es posible que el parto en sí fuera realmente «milagroso», en el más literal de los sentidos.

O es posible que Dios —una vez más— se sirviera de la más compleja y depurada Ciencia para hacer realidad el nacimiento de su «Enviado».

¿Cómo saberlo? ¿Cómo saber si María sufrió los mismos dolores que el resto de las mujeres?

En el apócrifo denominado *Liber de infantia Salvatoris* pude encontrar unos pasajes que arrojan un rayo de luz sobre la forma en que, quizá, se produjo el gran acontecimiento:

> ... y la comadrona entró en la cueva. Se paró ante la presencia de María. Después que ésta consintió en ser examinada por espacio de horas, exclamó la comadrona y dijo a grandes voces:
>
> «Misericordia, Señor y Dios grande, pues jamás se ha oído, ni se ha visto, ni ha podido caber en sospecha humana que unos pechos estén henchidos de leche y que a la vez un niño recién nacido esté denunciando la virginidad de su madre. Virgen concibió, virgen ha dado a luz y continúa siendo virgen.»
>
> 70. Ante la tardanza de la comadrona, José penetró dentro de la cueva. Vino entonces aquélla a su encuentro y ambos salieron fuera, hallando a Simeón (uno de los hijos de José) de pie. Éste le preguntó:
>
> «Señora, ¿qué es de la doncella?, ¿puede abrigar alguna esperanza de vida?»
>
> Dícele la comadrona:
>
> «¿Qué es lo que dices, hombre? Siéntate y te contaré una cosa maravillosa.»
>
> Y elevando sus ojos al cielo, dijo la comadrona con voz clara:
>
> «Padre omnipotente, ¿cuál es el motivo de que me haya cabido en suerte presenciar tamaño milagro, que me llena de estupor?, ¿qué es lo que he hecho yo para ser digna de ver tus santos misterios, de manera que hicieras venir a tu sierva en aquel preciso momento para ser testigo de las maravillas de tus bienes? Señor, ¿qué es lo que tengo que hacer?, ¿cómo podré narrar lo que mis ojos vieron?»
>
> Dícele Simeón:

«Te ruego me des a conocer lo que has visto.»

Dícele la comadrona:

«No quedará esto oculto para ti, ya que es un asunto henchido de muchos bienes. Así pues, presta atención a mis palabras y retenlas en tu corazón:

71. »Cuando hube entrado para examinar la doncella, la encontré con la faz vuelta hacia arriba, mirando al cielo y hablando consigo. Yo creo que estaba en oración y bendecía al Altísimo. Cuando hube, pues, llegado hasta ella, le dije:

»"Dime, hija, ¿no sientes por ventura alguna molestia o tienes algún miembro dolorido?" Mas ella continuaba inmóvil mirando al cielo, cual una sólida roca y como si nada oyese.

72. »En aquel momento se pararon todas las cosas, silenciosas y atemorizadas: los vientos dejaron de soplar; no se movió hoja alguna de los árboles, ni se oyó el ruido de las aguas; los ríos quedaron inmóviles y el mar sin oleaje; callaron los manantiales de las aguas y cesó el eco de voces humanas. Reinaba un gran silencio. Hasta el mismo polo abandonó desde aquel momento su vertiginoso curso. Las medidas de las horas habían ya casi pasado. Todas las cosas se habían abismado en el silencio, atemorizadas y estupefactas. Nosotros estábamos esperando la llegada del Dios alto, la meta de los siglos.

73. »Cuando llegó, pues, la hora, salió al descubierto la virtud de Dios. Y la doncella, que estaba mirando fijamente al cielo, quedó convertida en una viña, pues ya se iba adelantando el colmo de los bienes. Y en cuanto salió la luz, la doncella adoró a Aquel a quien reconoció haber ella misma alumbrado. El niño lanzaba de sí resplandores, lo mismo que el sol. Estaba limpísimo y era gratísimo a la vista, pues sólo Él apareció como paz que apacigua todo...

»Aquella luz se multiplicó y oscureció con su resplandor el fulgor del sol, mientras que esta cueva se vio inundada de una intensa claridad...

74. »Yo, por mi parte, quedé llena de estupor y de admiración y el miedo se apoderó de mí, pues tenía fija mi vista en el intenso resplandor que despedía la luz que había nacido.

»Y esta luz fuese poco a poco condensando y tomando la forma de un niño, hasta que apareció un infante, como suelen ser los hombres al nacer.

»Yo entonces cobré valor: me incliné, le toqué, le levanté en mis manos con gran reverencia y me llené de espanto al ver que tenía el peso propio de un recién nacido. Le examiné y vi que no estaba manchado lo más mínimo, sino que su cuerpo todo era nítido, como acontece con la rociada del Dios Altísimo; era ligero de peso y radiante a la vista.

75. ...»Cuando tomé al infante —prosigue su explicación la comadrona— vi que tenía limpio el cuerpo, sin las manchas con que suelen nacer los hombres, y pensé para mis adentros que a lo mejor habían quedado otros fetos en la matriz de la doncella. Pues es cosa que suele acontecer a las mujeres en el parto, lo cual es causa de que corran peligro y desfallezcan de ánimo.

»Y al momento llamé a José y puse al niño en sus brazos. Me acerqué luego a la doncella, la toqué, y comprobé que no estaba manchada de sangre.

»¿Cómo lo referiré?, ¿qué diré? No atino. No sé cómo describir una claridad tan grande del Dios vivo...»

NINGÚN RESTO DE SANGRE

Prescindiendo de la multitud de exclamaciones, más o menos poéticas, de la comadrona —y que se deben sin duda al entusiasmo o fervor del autor sagrado— el texto en sí, suponiendo que recoja la verdad, aporta algunos detalles interesantes.

Por ejemplo, la partera queda lógicamente aterrorizada al comprobar cómo el niño y su madre están limpios de sangre y de aquellos flujos y humores propios en todo parto.

¿Cómo podía ser?

¿Cómo los pechos de María se encontraban ya repletos de leche, si prácticamente acababa de registrarse el alumbramiento?

Y lo más curioso:

¿Por qué la comadrona habla de una «luz que, poco a poco, va condensándose y tomando la forma de un infante»?

El Evangelio apócrifo de Mateo, así como el de Santiago, coinciden con este último en la falta de manchas de sangre, en los pechos henchidos de leche, y, por supuesto, en la virginidad de la joven. Y de nuevo bajo el «camuflaje» del milagro, surge otra interrogante, no menos sospechosa:

¿Qué sucedió realmente con la mano de una de las comadronas? ¿Por qué dice Mateo que quedó seca nada más tocar la vagina de María?

He aquí el texto de dicho apócrifo:

> 4. La otra comadrona, llamada Salomé, al oír que la madre seguía siendo virgen a pesar del parto, dijo:
>
> «No creeré jamás lo que oigo, si yo misma en persona no lo compruebo.»
>
> Y se acercó a María diciéndole:
>
> «Déjame que palpe para ver si es verdad lo que acaba de decir Zelomi.» Asintió María, y Salomé extendió su mano, pero ésta quedó seca nada más tocar. Entonces la comadrona empezó a llorar vehementemente...

Santiago es más explícito y afirma que la mano de la partera quedó carbonizada.

¿Qué fue lo que pasó?

Sin querer me viene a la memoria un hecho igualmente misterioso, registrado precisamente en el instante de la resurrección de Jesús de Nazaret y que los técnicos de la NASA han demostrado recientemente como una formidable radiación, emitida por la totalidad del cadáver del Nazareno.

Una energía o radiación desconocida por la técnica del hombre, pero que dejó impresa la huella de Jesús en la célebre Sábana Santa que se conserva en Turín.

¿Pudo ocurrir algo parecido en aquel momento, igualmente decisivo, del nacimiento del «Enviado»? ¿Pudo aquella «luz» que vio la partera en el alumbramiento haber dejado algún tipo de radiación en el bajo vientre de María? ¿Fue esto lo que provocó accidentalmente la grave quemadura en la mano de la comadrona incrédula?

Me cuesta trabajo creer que fuera la «maldad» o la lógica duda de Salomé lo que provocó la carbonización de su mano...

Para aquélla y para todas las comadronas del mundo hubiera sido un acontecimiento singular comprobar con sus propios ojos cómo una mujer da a luz un bebé, conserva intacta su virginidad y, sobre todo, no presenta manchas de sangre. Ni ella ni el niño.

Considero este último asunto como más importante que la conservación de la virginidad porque —según los criterios médicos actuales— resulta mucho más difícil esa insólita limpieza que la rotura del himen. Se han llegado a dar algunos casos de partos en los que la madre sigue conservando su virginidad. La razón nada tiene que ver con hechos milagrosos o sobrenaturales. Simplemente, la naturaleza de dicho himen —que es la membrana que cierra el conducto vaginal y, por tanto, prueba evidente de virginidad— es lo suficientemente elástica o resistente como para dilatarse al máximo, permitiendo el paso del recién nacido. Una vez terminado el alumbramiento, dicho himen vuelve a sus dimensiones naturales. Y nadie diría que aquella mujer había sido madre.

Ignoro si fue éste el caso de María. Posiblemente no. Posiblemente, como digo, la «técnica» desplegada por el «equipo» fue tan perfecta, maravillosa y desconocida, tanto para los israelitas como para nosotros, que difícilmente podríamos asimilarla.

De lo que no cabe duda es de que los «astronautas» estuvieron nuevamente muy cerca.

Tan cerca como para proporcionar a aquella cueva subterránea la iluminación necesaria en un trance como aquél.

Tan cerca como para inmovilizar a cuantos seres vivos se encontraban en las proximidades.

Tan cerca —¿por qué no?— como para atender a la joven en el instante del parto. Es Mateo quien afirma en su Evangelio apócrifo:

«Finalmente, dio a luz un niño, a quien en el momento de nacer rodearon los ángeles...»

Tan cerca y tan pendientes de la seguridad del niño y de su madre como para que una «voz» dijera a Salomé la comadrona, cuando salía de la gruta:

«Salomé, Salomé, no digas las maravillas que has visto hasta tanto que el Niño esté en Jerusalén.»

Una medida muy prudente si tenemos en cuenta, como digo, la existencia del cruel Herodes y de los acontecimientos que estaban a punto de ocurrir con la llegada de los Magos...

Era normal que los «astronautas», que indudablemente debían sentirse satisfechos por el éxito de la llegada del «Enviado», no quisieran remover del lugar a María y José y al recién nacido, hasta tanto no hubieran transcurrido los hechos que, necesariamente, debían acontecer.

He consultado a prestigiosos médicos. Al concluir la lectura de estos apócrifos no quise quedarme ahí, en la pura especulación. Deseaba escuchar la voz de la Ciencia. ¿Qué puede aportar la medicina actual al subyugante misterio del parto de María?

Casi en su totalidad, los ginecólogos a quienes interrogué me contemplaron con asombro. Tanto los creyentes como los indiferentes o ateos.

«¿Que cómo pudo ser el nacimiento de Jesús? Eso deberías preguntárselo a los teólogos...» Pero, naturalmente, los exégetas no tienen respuesta. Cuando acudí a los más preclaros representantes del Magisterio de la Iglesia, se encogieron de hombros y con una sonrisa de benevolencia me aconsejaron que no me «metiera en estos líos».

Los médicos —mucho más humildes— sí trataron, al menos, de satisfacer algunas de las cuestiones que hervían en mi mente... Trataré de resumir las muchas horas de diálogo con estos especialistas:

1. Prácticamente, la totalidad de los ginecólogos consultados respondieron afirmativamente a la posibilidad de que una mujer pueda concebir sin que por ello pierda su virginidad. Es difícil, pero no improbable.

2. La medicina actual no conoce, por ahora, otros métodos para fecundar el óvulo femenino que los estrictamente naturales, así como la inseminación artificial, in vitro, y los experimentales de punción o estimulación ácida o eléctrica del óvulo. Estos últimos, no obstante, no conducen a un desarrollo embrionario normal.

3. En cuanto a los partos, la ginecología de 1980 reconoce y ha podido comprobar cómo en determinadas circunstancias —no muy frecuentes— una mujer puede dar a luz y seguir conservando su virginidad. Todo depende de la elasticidad de la membrana que cierra el canal vaginal y que se denomina «himen».

4. Los médicos consideran que —excepción hecha de las operaciones llamadas «cesáreas»— cualquier embarazo normal tiene como única salida natural el canal vaginal. Cualquier parto que no se realizara por este método iría contra las leyes de la propia naturaleza.

5. Cabe la posibilidad —manifestaron los especialistas— que en determinados partos, en los que el periné cede

de forma natural y durante un tiempo prolongado, no se produzca derrame alguno de sangre.

Si en los partos de hoy en día se registran hemorragias o pérdidas normales de sangre se debe, fundamentalmente, a que, dada la celeridad con que se practican, es preciso rasgar los tejidos. En tiempos pasados —y sin las prisas que caracterizan a nuestros días— la preparación al parto podía durar hasta dos y tres días. Hace 40 o 50 años, por ejemplo, el parto en sí podía tener una duración normal de 10 a 12 horas. Hoy, y por razones que todos conocemos, los partos pueden durar entre 4 y 6 horas, por término medio.

Lo que ya resulta casi imposible es que el niño aparezca absolutamente limpio. Los líquidos y secreciones que lo cubren y protegen en el seno materno no son eliminados en el proceso del alumbramiento.

6. Un parto que se salga de estos límites sólo podría ser asimilado por el hombre en base a una ciencia o tecnología superiores y actualmente ignoradas o por la vía del «milagro». Es decir, por encima de las leyes físicas naturales conocidas.

TRES «TÉCNICAS»... «MILAGROSAS»

El juicio de la Medicina sobre el espinoso tema no puede ser más prudente.

Y en buena medida comparto esos criterios. Creo que un parto podrá ser considerado como «natural», siempre y cuando la criatura venga al mundo tal y como ha marcado la naturaleza. Pero entiendo que éste no es el caso de Jesús. Los Evangelios coinciden en ello: el Hijo de Dios hecho hombre fue parido de forma misteriosa.

Y sin querer nos deslizamos nuevamente al origen del planteamiento:

¿Era un parto «milagroso» o «misterioso» porque las gentes sencillas de hace 20 siglos no estaban capacitadas para comprender técnicas quirúrgicas como las nuestras, por poner una comparación? ¿O fue un parto «sobrenatural», en el sentido literal de la palabra? Es decir, un alumbramiento «por encima de las leyes naturales»...

Por supuesto, no puedo contestar a semejante interrogante. ¡Qué más quisiera yo...!

Sí haré otra cosa: Depositar en el corazón del lector una nueva incógnita. Y para ello me serviré de tres hechos reales y concretos:

Uno. Parece ser que en algunos centros hospitalarios de los Estados Unidos se trabaja en la investigación de un láser que podría sustituir en buena medida a la comadrona e incluso, al médico.

Si el descubrimiento prospera, no tardaremos mucho en ver en nuestros hospitales un láser especial que, en segundos, abre el vientre de la futura madre. El niño es extraído limpiamente y ese mismo rayo cierra y cauteriza la herida, ¡sin dejar cicatriz alguna! La operación puede durar menos de cinco minutos.

Dos. En muchas clínicas se utiliza ya la llamada «vigilancia electrónica». Fue la Maternidad Baudeloque, en París, una de las primeras en utilizar este nuevo descubrimiento. Aunque la mortalidad infantil está disminuyendo en los países occidentales, no sucede lo mismo con los niños anormales. Cada vez hay más. Y parece ser que una de las causas primarias son los partos difíciles. Pues bien, mediante la «vigilancia electrónica», los médicos disponen de la necesaria información para saber «si el bebé puede o no sufrir antes y durante el parto». Para ello colocan sobre el vientre de la madre un pequeño aparato detector del que pende un cable electrónico, unido directamente a una máquina registradora. Este ingenio se encuentra en una habitación contigua, donde médicos especialistas observan las bandas magnéticas, las gráficas, las pantallas y toda la información que les viene a través del cable. Paso a paso y minuto a minuto, los médicos saben cómo va a desarrollarse el parto.

La información más importante es la del ritmo cardíaco del feto. Si se comprueban síntomas de insuficiencia cardíaca, la intervención de los médicos puede ser decisiva para salvar la vida del pequeño.

Se sabía ya desde hace tiempo que el niño puede sufrir en el vientre de la madre, pero lo que no se conocían eran las causas ni la intensidad de ese sufrimiento.

Durante las contracciones de la madre, la circulación de la sangre en la placenta se para y el feto se queda momentáneamente sin oxígeno. Si esta situación se prolonga unos segundos de más, el niño corre el peligro de sufrir una lesión cerebral irreversible. La experiencia llevada a cabo con dos monas demostró que si esta situación —denominada «anoxia»— se prolonga durante seis minutos, las células del cerebro se destruyen totalmente, mientras que el corazón resiste perfectamente.

Este nuevo «robot» para la «vigilancia electrónica» puede remediar este grave riesgo. Y como estos problemas, los de la comprensión del cordón umbilical, RH, mala colocación del bebé, etc.

Tres. En los países más avanzados se han instalado en hospitales y clínicas privadas sofisticados aparatos para el diagnóstico, mediante ultrasonidos, en obstetricia y ginecología. Gracias a estos ultrasonidos,[1] los ginecólogos pueden «ver» en pantallas bidimensionales el desarrollo, posición, anomalías y características del feto en todo momento.

Pues bien, a la vista de estos tres frentes concretos de la ginecología moderna, yo preguntaría al lector:

«¿Cómo hubieran sido calificadas estas técnicas y sistemas científicos en las épocas de Abraham, Herodes el Grande, Carlomagno, santo Tomás de Aquino, Alfonso X el Sabio, Calvino o Benedicto XV?

¿Se hubiera hablado de «milagro», de «misterio» o de «intervención sobrenatural»?...

¿Un cambio tridimensional instantáneo?

¿Cómo reaccionaríamos nosotros si un grupo de científicos de la Tierra anunciara al mundo el descubrimiento de los «cambios tridimensionales» a voluntad?

No hace mucho pude estudiar un informe de los supuestos habitantes de un planeta supuestamente ubicado en las inmediaciones de la estrella «Wolf 424», a unos 14 años-luz de la Tierra. Se trataba, como ya habrán adivinado los seguidores de la Ufología, de «Ummo».

En ese «informe», y al hablar de cómo hacen desaparecer sus naves, dicen textualmente:

«Un observador que se encuentre a una distancia no excesiva, puede observar la aparente "aniquilación" instantá-

1. Los ultrasonidos son ondas de naturaleza mecánica cuya frecuencia se halla por encima de los límites de la audición. Es decir, superior a los 18 000 Herz (Hz).

nea de una astronave de este tipo visualizada por él.[2] Dos pueden ser los motivos de esa pseudodesaparición:

»Como hemos reiterado en páginas precedentes, en el instante en que todos los "ibozoo uu" (modelo de entidad física elemental) correspondientes al recinto limitado por la "itooaa" (zona exterior envolvente de sus naves) cambian de "ejes" (dimensión) en el marco tridimensional en que está situado el observador, toda la MASA integrada en dicho recinto deja de poseer existencia física. No es que tal masa sea "aniquilada", puesto que el substrato de tal masa la constituyen los "ibozoo uu" o dicho de otro modo la "MASA" se interpretará como un "plegamiento de la urdimbre de los ibozoo uu". Nuestra física —prosiguen los supuestos "ummitas"— interpreta este fenómeno como si la orientación de esta depresión o pliegue de las entidades constitutivas del espacio, cambie de sentido de modo que los órganos sensoriales o los instrumentos físicos del observador no son capaces de captar tal cambio.

»En este instante, t_0 el vacío en el recinto es absoluto. No ya una sola molécula gaseosa y por supuesto cualquier partícula sólida o líquida, sino ni siquiera una partícula subatómica (protón, neutrino, fotón, etc.) puede localizarse probabilísticamente en ese recinto. Dicho en lenguaje de ustedes:

»La función de probabilidad es nula en t_0. Sin embargo, tal situación inestable dura una fracción infinitesimal de tiempo. El recinto se ve "invadido" consecutivamente por "iboayaa" (cuantum energéticos), es decir, se propagan en su seno campos electromagnéticos y gravitatorios de distintas frecuencias, inmediatamente es atravesado por radiaciones iónicas y al final se produce una "implosión" al precipitarse el gas exterior en el vacío dejado por la estructura "desaparecida". Esta "implosión" es la explicación de esos "estampidos" o "truenos" que algunos observadores de ovnis hermanos terrestres suyos han creído percibir en alguna ocasión tras la desaparición aparente del vehículo.»

Este documento, en mi opinión, podría estar dándonos una «pista» sobre un futuro conjunto de métodos científico-técnicos para «viajar» por el espacio y —¿por qué no?— para «hacer desaparecer» cualquier cuerpo (líquido, sólido o gaseoso o todos ellos a un mismo tiempo) y volverlo a «recomponer» o «materializarlo» en otro lugar.

Si la Ciencia humana llega algún día a semejante grado

2. En Ufología se recogen numerosos casos de testigos que han visto «desaparecer» literalmente un ovni.

de perfección, el «cambio tridimensional», instantáneo y a voluntad, de un feto, por ejemplo, sería como un juego. Momentos antes del alumbramiento, esa tecnología superior podría variar los «ejes» de todas y cada una de las partículas subatómicas del bebé, haciéndolo «saltar» al exterior de la madre y «materializándolo» segundos más tarde.

Supongo que sería necesario salvar ese grave arrecife del «vacío» de que habla el «informe» de «Ummo» y que, según parece, se presenta en el lugar donde «estaba» el cuerpo «aniquilado».

Aunque este esquema resulta hoy puramente hipotético —casi ciencia-ficción—, ¿no estaremos planteando una duda «gemela» a la que podrían haber tenido los Caballeros de la Tabla Redonda si alguien hubiera intentado explicarles el funcionamiento de un portaaviones o de una cámara fotográfica Polaroid?

Quizá ese «transporte» de la totalidad de una masa de un marco tridimensional concreto a otro y su posterior «retorno» al primero, pudiera dar cumplida explicación a esa misteriosa frase de la partera del Evangelio apócrifo:

> Yo, por mi parte, quedé llena de estupor y de admiración y el miedo se apoderó de mí, pues tenía fija mi vista en el intenso resplandor que despedía la luz que había nacido.
>
> Y esta luz fuese poco a poco condensando y tomando la forma de un niño, hasta que apareció un infante, como suelen ser los hombres al nacer.

¿Es que esta forma de «nacer» no se aproxima maravillosamente a la omnipotencia divina?

Quizá alguien pueda esgrimir aquel argumento de «que va contra la naturaleza». Es posible que vaya, en efecto, contra las vías que nosotros, hasta hoy, interpretamos como «naturales», pero ¿quién puede jurarnos que ese cambio de dimensiones no sea igualmente otra de las infinitas «vías» de la Naturaleza? Una Naturaleza, claro está, a la que ni siquiera hemos tenido acceso.

Durante siglos —aunque ya lo hemos olvidado—, el promedio de vida de un hombre normal venía siendo de 40 o 45 años. Incluso menos. Hoy, esa esperanza de vida se fija ya en los 70 u 80 años. ¿Quiénes están o estaban atentando contra la Naturaleza: los hombres de la Edad de Piedra, que podían aspirar a vivir 20 o 30 años como máximo o nosotros, con 70 u 80? Posiblemente, ni los unos ni los otros...

¿Qué podemos pensar, por tanto, de unos «astronautas» capaces de desplazarse hace 2000 años en naves siderales y cuyos hogares podían hallarse en remotos confines de nuestro Universo o de otros Universos «paralelos»?

¿Quién tirará la primera piedra de la duda sobre sus posibilidades tecnológicas?

Y por si alguien puede seguir dudando sobre la presencia de esas naves hace 2000 años, he aquí, en el siguiente capítulo, lo que nos cuentan los asombrosos apócrifos.

23

UNA NAVE LES GUIÓ DESDE PERSIA

Mis sospechas sobre la famosa «estrella» de Belén se confirmaron plenamente al conocer los textos de los apócrifos.

Si después de la lectura de san Mateo y de san Lucas en el Nuevo Testamento estaba ya casi seguro de que la «estrella» en cuestión no podía ser lo que astronómica y científicamente se conoce hoy por una estrella, al tropezar con los textos apócrifos, como digo, mis dudas desaparecieron por completo.

Como el lector recordará, el Evangelio de san Mateo dice, entre otras cosas, sobre dicha «estrella»:

> Nacido Jesús en Belén de Judea, en tiempo del rey Herodes, unos magos que venían del Oriente se presentaron en Jerusalén, diciendo:
>
> «¿Dónde está el Rey de los judíos que ha nacido? Pues vimos su estrella en el Oriente y hemos venido a adorarle.»
>
> Y oyéndolo, el rey Herodes se sobresaltó y con él toda Jerusalén. Convocó a todos los sumos sacerdotes y escribas del pueblo y por ellos se estuvo informando del lugar donde había de nacer el Cristo...

Y prosigue Mateo:

> ... Entonces Herodes llamó aparte a los magos y por sus datos precisó el tiempo de la aparición de la estrella...
>
> Ellos, después de oír al rey, se pusieron en camino, y he aquí que la estrella que habían visto en el Oriente iba delante de ellos, hasta que llegó y se detuvo encima del lugar donde estaba el niño. Al ver la estrella se llenaron de inmensa alegría...

¿Y qué dice el Evangelio apócrifo atribuido a Mateo? He aquí algunos de los pasajes claves:

> 6. También unos pastores afirmaban haber visto al filo de la media noche algunos ángeles que cantaban himnos y bendecían con alabanzas al Dios del cielo. Éstos anunciaban asimismo que había nacido el Salvador de todos, Cristo Señor, por quien habrá de venir la restauración de Israel.
>
> 7. Pero, además, había una enorme estrella que expandía sus rayos sobre la gruta desde la mañana hasta la tarde, sin que nunca jamás desde el origen del mundo se hubiera visto un astro de magnitud semejante. Los profetas que había en Jerusalén decían que esta estrella era la señal de que había nacido el Mesías, que debía dar cumplimiento a la promesa hecha no sólo a Israel, sino a todos los pueblos.

Antes de continuar con este apócrifo, creo que merece la pena reflexionar sobre dos extremos del mismo.

Por un lado, Mateo coincide con el escrito de san Lucas sobre aquellos pastores «que dormían al raso (Lucas, 2,8-14) y vigilaban por turno durante la noche su rebaño».

Por enésima vez, «se les presentó el ángel del Señor —sigue Lucas— y la gloria del Señor los envolvió en su luz; y se llenaron de temor...».

El único evangelista «oficial» que habla de los pastores al raso y del «mensaje» que les dieron los «astronautas» es san Lucas. A decir verdad, siempre lo tomé por bueno y hasta normal. Sin embargo, las cosas se complican cuando uno araña en los textos históricos de la época y contempla el gran «plan» en toda su dimensión. Veamos por qué:

En mi opinión no era racional que los «astronautas» descendieran hasta los apriscos donde debían descansar los pastores. El «equipo», perfecto conocedor del pueblo «elegido», tenía que saber que este oficio estaba incluido en la «lista negra» de las profesiones israelitas...

La pureza de origen, en una amplia medida, había ido determinando ciertamente la posición social del judío dentro de la comunidad de su pueblo. Pero había también circunstancias —independientes del origen— que lo manchaban a los ojos de la opinión pública. Me estoy refiriendo sobre todo a una serie de profesiones y trabajos considerados como «despreciables». Estos oficios rebajaban socialmente a quienes lo ejercían. Y los judíos llegaron, incluso, a redactar listas de estos trabajos «despreciables». Veamos las cuatro «listas negras», de acuerdo con lo manifestado en los escritos rabínicos *Qiddushin IV*, *Ketubor VII*, *Qiddushin 82.ª* y *Sanhedrin 25b.*, respectivamente:

«Asnerizo, Camellero, Marinero, Cochero, Pastor, Tendero, Médico y Carnicero.» (Primera lista.)

«Recogedor de inmundicias de perro, Fundidor de cobre y curtidor.» (Segunda lista.)

«Orfebre (fabricante de cribas), Cortador de lino, Molero, Buhonero, Tejedor (sastre), Barbero, Blanqueador, Sangrador, Bañero y Curtidor.» (Tercera lista.)

«Jugador de dados, Usurero, Organizador de concursos de pichones, Traficante de productos del año sabático, Pastor, Recaudador de impuestos y Publicano.» (Cuarta lista.)

Otros escritos marginales recogen asimismo a los bandidos, autores de actos de violencia, sospechosos en asuntos de dinero, jugadores de azar, etcétera.

En estas curiosas «listas negras» eran excluidos, por ejemplo, los maleteros. Abbá Shaul —que vivió hacia el 150 después de Cristo— cita estos oficios y escribe que son «ocupaciones de ladrones» y que llevan de modo especial «a la maldad». El gremio de los transportistas, por ejemplo, excepción hecha de los citados maleteros, quedaba incluido casi en su totalidad en este «paquete» de oficios poco recomendables. Y el maletero quedaba libre de tamaña «mancha», no porque fueran honrados, sino porque, al ser requeridos para trayectos cortos, «se les podía controlar más fácilmente...».

Los pastores —dicen los textos de la época de Jesús— no gozaban de buena reputación. La experiencia probaba que, en la mayoría de los casos, se trataba de tramposos y ladrones. Conducían sus rebaños a propiedades ajenas y, además, robaban parte de los productos de los rebaños. Por eso estaba prohibido comprarles lana, leche o cabritos.

«A los recaudadores de impuestos, pastores y a los publicanos —decía un escrito rabínico— les es difícil la penitencia.» La razón era porque no pueden conocer a todos aquellos a quienes han dañado o engañado, a los cuales deben una reparación...

Los oficios de la cuarta «lista negra» no sólo eran soberanamente despreciados,[1] incluso aborrecidos, en el espíritu del público, sino también *de iure*, pues se tenían oficialmente como ilegales y proscritos. Quien ejercía uno de estos trabajos, por ejemplo, no podía ser juez y la incapacidad para prestar testimonio lo equiparaba al esclavo. En otras palabras: estaba privado de los derechos cívicos y políticos que podía poseer todo israelita, incluso aquel que, como el bastardo, tenía un origen gravemente manchado.

¿Cómo comprender entonces, insisto, el hecho de que los «astronautas» revelaran el nacimiento de Jesús a unos pastores? Todo el mundo sabía que eran «mentirosos», «ladrones» y «despreciables». ¿Quién podía creerles? No encuentro muy clara, por tanto, la afirmación de san Lucas (2,17-19) cuando dice: «... Al ver al niño, los pastores dieron a conocer lo que los ángeles les habían dicho acerca de aquel niño; y todos los que lo oyeron se maravillaban de lo que los pastores les decían.»

Una de dos: o el bueno de Lucas cuenta la verdad a medias, y en este caso las gentes seguramente no habrían dado crédito a las afirmaciones de los pastores, o el relato más verosímil sería el del apócrifo de Mateo, en el que no se dice que los ángeles fueran directamente hasta los pastores a comunicarles noticia alguna sobre el nacimiento de Jesús. Esto sí sería más lógico. Los pastores pudieron ver las naves y a los «astronautas», pero no recibir mensaje alguno de aquéllos. Si los tripulantes eran conscientes de este nulo índice de credibilidad hacia la profesión de pastor, ¿para qué malgastar fuerzas en comunicar tan buena nueva a quienes, por principio, no iban a ser creídos?

Esa «precipitada» comunicación de los «astronautas» a los pastores que velaban el ganado al raso —como dice san Lucas— hubiera supuesto, además, otro riesgo: si Jerusalén distaba entonces unos siete u ocho kilómetros de Belén la noticia del nacimiento del nuevo «rey» de Israel habría llegado hasta el palacio de Herodes el Grande en horas. No creo que al «equipo» celeste le interesara que los guerreros herodianos tomaran cartas en el asunto tan pronto. Debieron pasar, en mi opinión, algunas semanas o quizá meses hasta que los «astronautas» dieran «luz verde» a la propagación masiva y oficial de la «buena nue-

1. En Midrash Sal 23 puede leerse también: «No hay ocupación más despreciable que la de pastor.» Filón, por su parte, dice en su obra *De agricultura*: «Ocuparse de cabras y corderos es considerado como poco glorioso.»

va». Otra cosa es que, individuos o testigos esporádicos, hubieran visto el paso de las naves...

El propio apócrifo de Mateo dice que «había una estrella que expandía sus rayos sobre la gruta desde la mañana a la tarde... y que los profetas que había en Jerusalén decían que esta estrella era la señal de que había nacido el Mesías...».

Era lógico. Si Jesús había nacido en una gruta, en el camino, por ejemplo, de Jericó a Belén, otros peregrinos o viajeros pudieron ver la «estrella» o su fortísima iluminación. Y la noticia, qué duda cabe, llegaría hasta Jerusalén. Y es posible que hasta el propio Herodes conociera el rumor. Pero se trataba sólo de un extraño «fenómeno», una «señal». La preocupante noticia del nacimiento de un nuevo «rey» le llegó al tirano con la visita oficial de los «Magos» que procedían de tierras ajenas a Palestina. Y en ese momento sí debió crecer la angustia de Herodes...

Las más elementales medidas de seguridad debieron, pues, obligar a los «astronautas» al más estricto silencio sobre el alumbramiento de Cristo. Al menos, en una buena temporada...

Otra cosa es, y bien diferente, que los pastores fueran testigos del agitado paso de las naves, con su luminosidad, cambios de colores, etc.

En segundo lugar —y siguiendo con el comentario al apócrifo de Mateo—, ¿qué podemos deducir, en especial cuantos investigamos e indagamos el fenómeno ovni, de la descripción de esa «estrella» de enorme volumen o luminosidad y que expandía o lanzaba sus rayos sobre la gruta desde la mañana a la tarde?

¿Cuándo se ha visto una «estrella» que aparezca durante el día? ¿Y cómo es posible que una estrella normal —situadas las más próximas a decenas de años-luz del Sistema Solar— pueda iluminar o lanzar su luz sobre una cueva y sólo sobre una cueva? Si el Sol —otra «estrella»— lanza sus rayos a medio mundo y no a una parcela reducida de terreno, ¿por qué iba a obrar este «milagro» otra estrella, lógicamente situada mucho más lejos de la tierra?

La descripción de tal «fenómeno» sí encaja, en cambio, en los cientos de miles de casos recogidos hoy en todo el mundo sobre ovnis...

Pero, ¿cómo puede un autor de principios de nuestra Era describir tan admirablemente lo que hoy, veinte siglos después, ha sido, incluso, fotografiado en color? Aquel evangelista «apócrifo», evidentemente, no podía estar mintiendo ni inventando. ¿Cómo podía sospechar que miles de años más tarde, otros hombres —nosotros— íbamos a tener pruebas irrefutables de la presencia de ovnis en los cielos?

Y aquella, según mis cálculos, era la segunda «estrella» que describen los apócrifos. La primera, recordémoslo, se situó cerca de la cueva y proyectó su sombra sobre la misma poco antes o en el mismísimo momento del nacimiento del Enviado. Y no iba a ser la última «estrella» que fuera vista en las proximidades de la gruta...

¿De la cueva al establo?

Y prosigue así el Evangelio apócrifo de Mateo:

> Tres días después de nacer el Señor, salió María de la gruta y se aposentó en un establo. Allí reclinó el niño en un pesebre, y el buey y el asno le adoraron. Entonces se cumplió lo que había sido anunciado por el profeta Isaías:
>
> «El buey conoció a su amo, y el asno el pesebre de su Señor.» Y hasta los mismos animales entre los que se encontraba le adoraban sin cesar. En lo cual tuvo cumplimiento lo que había predicho el profeta Hababuc:
>
> «Te darás a conocer en medio de los animales.»
>
> En este mismo lugar permanecieron José y María con el Niño durante tres días.

He aquí un pasaje en el que tampoco puedo estar muy de acuerdo. Si José y María llegaron a salir de la gruta a los tres días, no parece sensato que se metieran en un establo. Lo normal, y mucho más después de semejante acontecimiento, es que la familia prosiguiera camino hacia Belén. A no ser, claro está, que los «astronautas» determinaran lo contrario y por razones que nadie puede precisar.

La única razón que me viene a la mente, y forzando mucho la lógica, es la ya expresada sobre la seguridad del Niño. Pero, si nadie propagaba el hecho de su Divinidad, no veo la razón por la que pudiera peligrar su seguridad, incluso, en la propia aldea de Belén o en Jerusalén. Y la prueba está en que María y José, fieles cumplidores de la Ley, circuncidaron a Jesús a los ocho días del alumbramiento...

Pero, ¿quién puede saber la verdad, toda la verdad y nada más que la verdad?

El mismo apócrifo, más adelante, reconoce este hecho:

> 1. Al sexto día, después del nacimiento, entraron en Belén, y allí pasaron también el séptimo día. Al octavo circuncidaron al Niño y le dieron por nombre Jesús, que es como le había llamado el ángel antes de su concepción.
>
> XVI
>
> 1. Después de transcurridos dos años, vinieron a Jerusalén unos magos procedentes del Oriente, trayendo consigo grandes dones. Éstos preguntaron con toda solicitud a los judíos:
>
> «¿Dónde está el rey que os ha nacido? Pues hemos visto su estrella en el Oriente y venimos a adorarle.»
>
> Llegó este rumor hasta el rey Herodes. Y él se quedó tan consternado al oírlo, que dio aviso en seguida a los escribas, fariseos y doctores del pueblo para que le informaran dónde había de nacer el Mesías según los vaticinios proféticos. Éstos respondieron:
>
> «En Belén de Judá, pues así está escrito: Y tú, Belén, tierra de Judá, en manera alguna eres la última entre las principales de Judá, pues de ti ha de salir el jefe que gobierne a mi pueblo Israel.»
>
> Después llamó a los magos y con todo cuidado averiguó de ellos el tiempo en que se les había aparecido la estrella. Y con esto les dejó marchar a Belén, diciéndoles:
>
> «Id e informaos con toda diligencia sobre el niño, y cuando hubiéreis dado con él, avisadme para que vaya yo también y le adore.»
>
> 2. Y mientras avanzaban en el camino, se les apareció la estrella de nuevo e iba delante de ellos, sirviéndoles de guía hasta que llegaron por fin al lugar donde se encontraba el Niño. Al ver la estrella, los Magos se llenaron de gozo. Después entraron en la casa y encontraron al Niño en el regazo de su madre.
>
> Entonces abrieron sus cofres y donaron a José y María cuantiosos regalos. A continuación fue cada uno ofreciendo al Niño una moneda de oro. Y, finalmente, el primero le presentó una ofrenda de oro; el segundo, una de incienso, y el tercero, una de mirra. Y como tuvieran aún la intención de volver a Herodes, recibieron durante el sueño aviso de un ángel para que no lo hicieran. Y entonces adoraron al Niño, rebosantes de júbilo, tornando a su tierra por otro camino.

Y llegamos, al fin, a los misteriosos «Magos».

Sólo Mateo los cita en su Evangelio canónico. Algunos sectores de la Iglesia Católica niegan hoy que tales personajes existieran realmente. Pero estos teólogos no aportan pruebas contundentes sobre esa supuesta falta de rigor histórico en el evangelista. El hecho de escudar su incredulidad argumentando que «estamos seguramente ante una hermosa leyenda oriental» no es científico. Por esa misma regla de tres, también podríamos estar ante un «cuento» o «metáfora» o «parábola» en el caso de la matanza de los inocentes o en la huida a Egipto o en la mismísima resurrección de Jesús de Nazaret.

Los teólogos llaman y aceptan esta incongruencia bajo el pomposo nombre de «género midráshico» o «construcción haggádica». Es decir, una forma o modo de narrar la historia, añadiendo detalles pintorescos para recalcar la enseñanza teológica que de los hechos realmente acaecidos se desprende.

Por supuesto, no comparto tal criterio. Creo, sencillamente, que tanto los «Magos» como la «estrella» que les guió hasta Belén pudieron existir física e históricamente.

La única explicación medianamente racional que he encontrado en este sentido por parte de la Iglesia Católica es la que se cita en la Biblia Comentada de los profesores de Salamanca y que dice textualmente:

«Sobre la estrella que vieron los magos se han lanzado muchas hipótesis. Orígenes, a quien siguen aún algunos modernos, cree que se trata de un cometa. Célebre es la hipótesis que se atribuye a Keppler: se trataría de la conjunción de los planetas Saturno, Júpiter y Marte, que tuvo lugar el 747 de la fundación de Roma. Difícilmente se explican todas las características de esta estrella —prosiguen los profesores de Salamanca— que aparecen en el texto de una constelación o astro natural. Todo hace suponer que se trata de un meteoro luminoso próximo a la tierra, dispuesto o creado por Dios para este fin, como dispuso aquella columna de fuego que guiaba a los hebreos por el desierto a su salida de Egipto.»

Evidentemente, Orígenes no estaba muy ducho en Astronomía...

Pero prefiero comentar y dedicar otro capítulo a las

posibles «explicaciones» científicas sobre la «estrella» de Belén.

No quiero soltar, por ahora, el hilo de esa, para mí, nada sólida teoría de los Magos y la estrella como un mero cuento o leyenda...

Si tal narración fuera un simple «género midráshico», como afirman muchos teólogos y exégetas, ¿cómo se explica esa reunión —en la «cumbre»— de Herodes con los escribas, fariseos y doctores del pueblo?

Llegados a este nivel hay que recordar a tales hipercríticos el papel que jugaban los escribas en tiempos de Jesús.

Precisamente, el único factor del poder de aquéllos recaía en su «sabiduría». Quien deseaba ser admitido en la corporación de los escribas por la ordenación debía recorrer un regular ciclo de estudios de varios años. Y recordemos que fuera de los sacerdotes jefes y de los miembros de las familias patricias, sólo los escribas pudieron entrar en la asamblea suprema, el Sanedrín. El partido fariseo del Sanedrín, por ejemplo, estaba compuesto íntegramente por escribas. Pero su influencia y poder en el pueblo no radicaba en el hecho de que poseyesen el conocimiento de la tradición en el campo de la legislación religiosa y de que, debido a ese conocimiento, pudieran llegar a los puestos clave. No. Su prestigio estaba basado en un hecho casi desconocido por los hombres del siglo XX: los escribas eran portadores de una ciencia secreta, de la «tradición esotérica».

Esta circunstancia, lógicamente, resultará desconcertante para cuantos hoy en día atacan o ignoran el mundo del esoterismo... Y la Iglesia se ha distinguido y se distingue aún por tales características.

Veamos, como ejemplo, algunas de las sentencias recogidas por el Talmud de Jerusalén (Venecia, 1523) y manuscrito de Cambridge: «No se deben explicar públicamente las leyes sobre el incesto delante de tres oyentes, ni la historia de la creación del mundo delante de dos, ni la visión del carro delante de uno solo, a no ser que éste sea prudente y de buen sentido. A quien considere cuatro cosas más le valiera no haber venido al mundo (a saber: en primer lugar), lo que está arriba (en segundo lugar), lo que está abajo (en tercer lugar), lo que era antes (en cuarto lugar), lo que será después.» Así, pues, la enseñanza esotérica en sentido estricto tenía por objeto, como indican también muchos otros testimonios, «los secretos más arcanos del ser divino (la visión del carro) y los secretos de la maravilla de la creación», tal y como relata Joachim Jeremías.

Otra vez el «carro de fuego»... ¡Y era considerado por los escribas como un gran secreto dentro del esoterismo! Esta teosofía y cosmogonía se transmitían privadamente, del maestro al discípulo más íntimo. Se hablaba muy suavemente y, además, en la discusión de la sacrosanta visión del carro, se cubría la cabeza con un velo —tal y como narra el escrito rabínico *Yebamot*— por miedo reverencial ante el secreto del ser divino.

Los escribas, en fin, eran los grandes «iniciados», los auténticos depositarios de la tradición esotérica. ¿A quiénes podía recurrir entonces Herodes el Grande ante una emergencia tan grave para él como la supuesta aparición en su reino de un «rey»? A los doctores y fariseos, sí, pero, sobre todo, a los escribas.

Y éstos, precisamente, le manifestaron lo que todos sabemos: que el Mesías debía nacer en Belén.

¿Quién puede considerar estos hechos como pura «leyenda» o «género midráshico»? Y si el propio «carro de fuego» figuraba en los escritos y tradiciones orales como algo absolutamente histórico, ¿por qué la «estrella» —que también podía haber sido descrita como un «carro de fuego»— no iba a gozar de ese mismo carácter? Sobre todo, cuando había decenas o centenas de testigos que la habían visto...

La matanza de los niños: ¿otro «cuento» oriental?

Esta corriente teológica de los «géneros literarios» ha llevado a otros exégetas y teólogos a considerar la matanza de los inocentes como un simple «cuento» oriental. Exactamente igual que el pasaje de los Magos o de la «estrella» de Belén.

Y basan su teoría, por ejemplo, en el hecho de que el historiador judío-romanizado Flavio Josefo no incluye tal infanticidio en sus escritos.

Personalmente sigo sin estar de acuerdo con estos «midráshicos»...

Herodes era muy capaz de semejante matanza. Lo había demostrado con largueza. Además, muchos de los estudiosos de aquel período coinciden en otro hecho vital: a Herodes le interesaba apagar cualquier conato de sublevación popular. Y la llegada del Mesías —el libertador de Israel— pudo intranquilizarle hasta extremos poco frecuentes.

La crueldad de Herodes el Grande, como digo, es una verdad tristemente demostrada. Mató a su primera mujer, Marianna, a tres de sus hijos y a un hermano. La más vaga sospecha de traición era suficiente para que condenase a muerte aún a sus más íntimos amigos y colaboradores.

Poco faltó para que los «principales» de la región fueran hechos prisioneros y ejecutados, simplemente porque Herodes deseaba que, una vez muerto, «todo el mundo llorase...». La orden fue abortada oportunamente por su hermana, que odiaba a Herodes tanto o más que el resto de sus súbditos.

Si añadimos a esto que la vida de los niños —aunque nos parece mentira —no tenía entonces el valor de hoy, es perfectamente posible que la matanza de Belén pudiera pasar inadvertida para Josefo o que, sencillamente, no la incluyera en sus relatos.

Y existe otra razón —no menos importante— por la que deduzco que el degüello de los inocentes no tiene nada que ver con un simple «cuento» o «leyenda».

Todos los historiadores modernos saben que la familia real herodiana formaba parte del grupo que, entre los judíos, era conocido como «los prosélitos». Herodes el Grande no tenía sangre judía en sus venas. Su padre, Antípater, era de familia idumea y su madre, Kypros, descendía de la familia de un jeque árabe.

Herodes intentó inútilmente ocultar que descendía de prosélitos. Es decir, que era lo que Flavio Josefo llamaba un «semijudío». A través de su historiador de corte, Nicolás de Damasco, el amigo Herodes procuró propagar la noticia de que procedía de los primeros judíos llegados del destierro de Babilonia. Pero nadie le creyó. Y muy especialmente después del sospechoso y gravísimo gesto de mandar quemar los registros y archivos genealógicos judíos...

Herodes, descendiente de prosélitos, es posible, incluso, que de esclavos emancipados, no tenía por ello derecho alguno al trono real de los judíos. El Deuteronomio (17,15) lo prohibía expresamente: «Nombrarás rey tuyo a uno de tus hermanos, no podrás nombrar a un extranjero.» La exégesis rabínica de este texto excluía igualmente de la dignidad real al prosélito. Y Herodes había dicho: «¿Quién interpreta el Deuteronomio?» Los rabinos se lo explicaron pero, como esto no convenía a Herodes, los mandó matar. Esto, según Josefo, debió ocurrir a su llegada al poder, en el año 37 antes de Cristo. Y cayeron bajo su espada «los 45 principales miembros del Sanedrín, miembros del partido de Antígono», rey y sumo sacerdote.

¿Cómo no iba a preocuparse Herodes el Grande por el nacimiento de un Mesías salvador? Y mucho más a la vista de la conmoción que, sin duda, provocó en Jerusalén y en media Judea la llegada de varios y exóticos personajes de tierras orientales que afirmaban «haber visto la estrella del rey de los judíos por el Oriente»...

Aquella oleada de entusiasmo popular, que debió coincidir con la aparición de la estrella vista en las proximidades de la gruta donde había nacido Jesús, tuvo que poner tan nervioso al sanguinario rey que no dudó en mandar eliminar a todos los niños menores de dos años.

¿Y por qué de esas edades?

La explicación parece brotar de la entrevista sostenida entre Herodes y los Magos. Si aquella «estrella» había sido vista aproximadamente dos años atrás, el «rey» de los judíos tenía que tener ya esa edad.

Si estos misteriosos personajes orientales —posiblemente filósofos, doctores y astrólogos, que no reyes— procedían de alguna de las ciudades de Babilonia, el tiempo normal para llegar hasta Jerusalén podía estimarse en varios meses. Es posible, incluso, que hasta en un año. Todo dependía de la prisa de la caravana y de las circunstancias y contratiempos del camino.

Entre unas cosas y otras, quizá los Magos llegaron a Belén cuando el Niño tenía ya más de un año. Esto explicaría perfectamente que la estrella se detuviera, justamente, encima de la casa donde habitaban María y José. Los Evangelios no hablan de establo o cueva. Citan una «casa».

Después de tantos meses, lo lógico es que la familia de José —que había viajado hasta Belén para empadronarse, no para dar a luz— viviera ya en cualquiera de las casas de sus familiares o amigos o, repito, de su propiedad.

Si José no hubiera tenido intereses o propiedades en dicha aldea, ¿por qué permanecer tanto tiempo en la misma? Es más. ¿Qué hubiera sucedido si el «astronauta» no se presenta ante José y le ordena salir de inmediato hacia Egipto? Es muy probable que la familia de Jesús se hubiera asentado definitivamente en Belén.

Pero el relato de la «estrella» y los Magos no termina aquí. Veamos otro interesantísimo apócrifo —el Evangelio árabe sobre la Infancia de Jesús—, que coincide con los anteriores y aún los enriquece:

> 1. Y sucedió que, habiendo nacido el Señor Jesús en Belén de Judá durante el reinado de Herodes —dice el manuscrito— vinieron a Jerusalén unos Magos según la predicción de Zaradust (Zoroastro). Y traían como presentes oro, incienso y mirra. Y le adoraron y ofrecieron sus dones. Entonces María tomó uno de aquellos pañales y se lo entregó en retorno. Ellos se sintieron muy honrados en aceptarlo de sus manos.
>
> Y en la misma hora se les apareció un ángel que tenía la misma forma de aquella estrella que les había servido de guía en el camino. Y siguiendo el rastro de su luz, partieron de allí hasta llegar a su patria.

La predicción de Zaradust o Zoroastro —según el manuscrito laurentino del siglo XIII conservado en Florencia— es una profecía hecha por el propio Zoroastro y en la que afirmaba que una virgen había de dar a luz un hijo que sería sacrificado por los judíos y que luego subiría al cielo. A su nacimiento aparecería una estrella, bajo cuya guía se encaminaran los Magos a Belén y adorarían allí al recién nacido.

Esta misma profecía de Zoroastro se encuentra firmemente vinculada con la redacción siríaca de este mismo Evangelio árabe de la Infancia. En dicha versión se presenta el mismo episodio de la adoración de los Magos, aunque notablemente amplificado.

En la siríaca, por ejemplo, se dice que aquella misma noche del nacimiento de Jesús fue enviado a Persia un «ángel guardián». Y que éste apareció en forma de «estrella» brillante a los magnates del reino, adoradores del fuego y de las estrellas, cuando se encontraban celebrando una gran fiesta.

Entonces, tres reyes, hijos de reyes, tomaron tres libras de oro, incienso y mirra; se vistieron de sus trajes preciosos, se ciñeron la tiara y, guiados por el mismo «ángel» que había arrebatado a Habacuc y alimentado a Daniel en la cueva de los leones, llegaron a Jerusalén.

Preguntaron a Herodes sobre el paradero del nuevo rey

y, al salir del palacio, volvieron a ver la «estrella», pero esta vez en forma de «columna de fuego».

Adoraron al niño y durante la noche del quinto día de la semana posterior a la Natividad, se les apareció de nuevo el «ángel» que vieron en Persia en forma de «estrella», quien les acompañó hasta que llegaron a su país.

Mi hipótesis acerca de la constante asociación de «ángeles» con «estrellas» y «nubes luminosas» o «columnas de fuego» y viceversa se ve fortalecida en este caso con el testimonio del citado Evangelio árabe.

Ya no cabe duda de que aquellos pueblos —tanto los persas como los israelitas— tenían un mismo concepto para las naves espaciales como para sus ocupantes o «astronautas».

Encuentro hasta obligado, en fin, que si aquel «equipo» había sacado de sus tierras a los Magos —guiándoles con una de sus naves espaciales— les condujera nuevamente, sanos y salvos, al mismo territorio.

De ahí que el testimonio de san Mateo en el Nuevo Testamento se me antoje, una vez más, incompleto cuando dice que los magos, «avisados en sueños, se retiraron a su país por otro camino».

Es mucho más preciso, pues, el pasaje del Evangelio apócrifo árabe, que deja bien sentado que aquel mismo «ángel» que vieron en Persia con forma de «estrella» fue el encargado de acompañarles por el nuevo rumbo.

Un análisis científico

Un «ángel» con forma de «estrella»...

Pero, ¿es que se puede hablar con mayor claridad?

Y sigo preguntándome: ¿qué clase de «estrella» puede guiar a una caravana durante semanas o meses, a través de desiertos, valles y montañas?

¿Una «estrella» que es capaz de posarse en tierra?

Eso dice el apócrifo de Santiago:

«3. Y en aquel momento —al salir del palacio de Herodes— la estrella aquella, que habían visto en el Oriente, volvió de nuevo a guiarles hasta que llegaron a la cueva, y se posó sobre la boca de ésta. Entonces, vieron los magos al Niño con su Madre, María, y sacaron dones de sus cofres: oro, incienso y mirra.»

Como adelanté en las primeras páginas, este pasaje, precisamente, me electrizó de tal forma que decidí emprender la presente aventura.

¿Una «estrella» que toma tierra frente a la boca de una gruta? ¿Dónde y cuándo se vio maravilla semejante?

24

«RADIOGRAFÍA» DE LA LLAMADA ESTRELLA DE BELÉN

Aunque mi corazón ha intuido desde el principio la verdadera «naturaleza» de la estrella de Belén, quiero hacer un nuevo esfuerzo e intentar racionalizar dicho fenómeno.

Suponiendo que el evangelista Mateo y los restantes autores de los Evangelios apócrifos dijeron la verdad —como así creo—, ¿qué posibles «explicaciones» lógicas y terrestres podemos remover, en busca de la verdad?

Intentaré para ello seguir un orden absolutamente «científico».

¿PUDO SER LA ESTRELLA DE BELÉN UN SOL?

Si nuestro Sol —como dice la Astronomía— es una «simple» estrella de «tipo medio», resulta absurdo —desde un punto de vista científico— pensar que una de estas estrellas o soles haya podido aproximarse, no ya a nuestro planeta, sino al propio Sistema Solar que constituye nuestro «barrio» sideral.

Si cualquiera de los 100 000 millones de estrellas que parece conforman nuestra galaxia hubiera abandonado su posición inicial para «llegar» hasta Belén, la «intrusa» habría desencadenado un apocalíptico desastre cósmico, mucho antes de divisar siquiera nuestro sistema planetario.

Y lógicamente, Belén y el resto del planeta hubieran quizá desaparecido del mapa celeste...

Basta asomarse hoy al firmamento para saber que la

estrella o sol más próximo a nosotros —algo así como nuestro «vecino de escalera»— dista más de cuatro años-luz. Ese «vecino» —Alfa de Centauro—, suponiendo que hubiera podido llegar hasta nuestro mundo, habría necesitado, además, y viajando a la velocidad de la luz (a 300 000 kilómetros por segundo), un total de cuatro años.

Y según las cartas de todos los astrónomos, la «vecina de escalera» no se ha movido de su sitio desde que el hombre tuvo la posibilidad de mirar hacia las estrellas.

Es cierto que Dios puede lograrlo todo. Incluso, que un sol de millones de kilómetros de diámetro y altísimas temperaturas, pueda cruzar los espacios y «guiar» a unos magos de Oriente.

Sin embargo, sigo creyendo que Dios tiene que ser bastante más sensato...

¿Pudo ser un cometa?

Después de contemplar la imposibilidad de que la «estrella» de Belén fuera un sol, nos queda también la hipótesis de que «aquello» se tratara en realidad de un cometa. En nuestros árboles de Navidad y «nacimientos», casi siempre representamos esa «estrella» con una larga estela o cola.

Pero, ¿qué dicen los astrónomos?

Cuantos estudian el firmamento saben que un cometa, cuando todavía se encuentra muy alejado del Sol (en las proximidades de Plutón o más lejos), está constituido simplemente por una agregación de cuerpos rocosos —el llamado «núcleo»—, cuya estructura no se conoce todavía con seguridad.

Al aproximarse ese núcleo cometario a nuestro Sol, la energía radiante solar hace que del mismo se desprendan gases y pequeñas partículas sólidas, los cuales quedan gravitando a su alrededor y dan lugar a la llamada «cabellera» del cometa.

Al llegar a la órbita de Júpiter, esta «cabellera» se desarrolla ampliamente, y en algunas ocasiones alcanza una longitud superior a los 150 000 kilómetros.

A una distancia del Sol de dos unidades astronómicas (unos 300 millones de kilómetros), a partir de la «cabe-

Y la estrella iba delante de los Magos, mostrándoles el camino

llera» del cometa surge y se desarrolla una estrecha «cola», también a expensas de la materia del núcleo. Y se extiende en dirección opuesta al Sol, a lo largo de varios millones de kilómetros.

¿Qué quiere decir esto?

Sencillamente, que la existencia de un cometa —por muy pequeño que éste sea— lleva implícita unas dimensiones gigantescas, del todo ajenas a las características descritas por san Mateo en el Evangelio para la famosa «estrella» de Belén.

Y hay que añadir, por supuesto, que ningún cometa ingresa en la atmósfera terrestre sin ocasionar su autodestrucción, así como un sinfín de serias perturbaciones. Ahí tenemos el ejemplo del cometa Halley, que «tocó» las últimas capas de la atmósfera con su «cola» en 1911 y provocó un histerismo mundial.

Si la «estrella» de Belén hubiera sido un cometa —como afirmaba Orígenes—, su proximidad al mundo habría sido delatada por la inmensa mayoría de los pueblos. Y su paso figuraría hoy en los anales de la Historia. Hecho éste que no consta.

Las únicas referencias históricas a la presencia de cometas en las épocas inmediatamente anteriores y posteriores al nacimiento de Jesús de Nazaret son las siguientes, según he podido constatar:

Después del asesinato de César, a poco de las idus [1] del mes de marzo del año 44 a.C., apareció un brillante cometa. En el año 17 de nuestra Era surgió también, de repente, otro, con una magnífica cola que, en los países mediterráneos, pudo ser observado durante toda una noche.

El siguiente en importancia —al menos que nos conste históricamente— fue visto en el año 66, poco antes del suicidio de Nerón.

Y en el intermedio se produjo un relato de mucha precisión, procedente de los astrónomos chinos.

En la enciclopedia *Wen-hien-thung-khao*, del sabio Ma Tuanlin, se cuenta lo siguiente sobre dicha aparición:

«En los primeros años del (emperador) Yven-yen, en el 7.º mes, el día Sin-uei (25 de agosto), fue visto un cometa en la parte del cielo Tung-tsing (cerca de Mu de la constelación de "Los Gemelos"). Se desplazó sobre los U-Tchui-Heu ("Los Gemelos"), salió de entre Ho-su (constelación "Castor" y "Polux") y emprendió su carrera hacia

1. Idus: En el antiguo cómputo romano, el día 15 de marzo, mayo, julio y octubre, y el 13 de los demás meses.

el Norte y penetró en el grupo Hienyuen ("Cabeza del León") y en la casa Thaiouei ("Cola del León").

»En el 5.º día desapareció en el Dragón Azul (Constelación "Escorpión"). En conjunto, el cometa fue observado durante 63 días.»

El detallado relato de la antigua China contiene —según ha podido averiguarse modernamente— la primera descripción del célebre cometa Halley, el vistoso astro que pasa por las «cercanías» del Sol cada 76 años y que ha sido visto, efectivamente, desde la Tierra. La última vez que surgió, como relataba anteriormente, fue del año 1909 al 1911.

Y volverá en 1986...

Sin embargo, los cometas, aunque tengan un carácter cíclico como el Halley y unas dimensiones tan considerables, no siempre son vistos por todo el mundo. Así, en el año 12 antes de Cristo, el Halley constituyó un acontecimiento celeste y fue visible con todo detalle. En cambio, ni en los países del Mediterráneo, ni en Mesopotamia, ni en Egipto se hace mención, en aquella época, a un cuerpo sideral tan luminoso e impresionante.

En cambio, para el mundo del esoterismo, sí puede resultar importante —quizá trascendental y altamente significativo— que ese formidable Halley pasase sobre nuestro mundo poco antes del nacimiento de Jesús...

Y, para concluir este capítulo, hagamos una nueva pregunta:

¿Qué cometa podría «guiar» a unos magos, desaparecer del firmamento al llegar a la ciudad de Jerusalén y, poco después, cuando estos magos reemprendieron el viaje hacia la aldea de Belén, presentarse de nuevo ante la caravana, marcándoles el rumbo?

Y como filigrana cósmica final, el «cometa» se «detuvo encima del lugar donde estaba el niño...».

«Demasiado» para un cometa...

Ni meteoro ni meteorito

Este intento de justificación «razonable» de la «estrella» que vieron y siguieron los Magos llegados de Oriente se nos antoja más descabellado, incluso, que los anteriores.

Los meteoros —reza la Ciencia— son minúsculas partículas, del tamaño de una cabeza de alfiler, metálicas o pétreas, que aparecen sólo visibles cuando penetran en la atmósfera terrestre, a velocidad de algunas decenas de miles de kilómetros por hora.

El calor que se produce en el roce con la atmósfera los pone incandescentes. Y trazan entonces en el cielo nocturno esas estelas luminosas tan conocidas con el nombre de «estrellas fugaces».

Por el contrario, los meteoritos alcanzan a veces dimensiones de algunos metros y, por tanto, son siempre lo suficientemente grandes para no consumirse por completo durante su caída.

Cuando un meteoro entra en la atmósfera de nuestro mundo, tiene la misma velocidad que un cuerpo en órbita alrededor del Sol, a una distancia igual a la de la Tierra. Esta velocidad depende del tipo de órbita. Para las circulares —como la terrestre— es de 30 kilómetros por segundo. Si es una órbita parabólica, la velocidad de caída del meteoro o meteorito será de 42 kilómetros por segundo. Para que nos entendamos mejor: esos meteoros que vemos rasgar con su luz las noches de verano caen a la friolera de ¡150 000 kilómetros por hora!

Naturalmente, la visión de esa caída apenas se prolonga unos segundos o décimas de segundo.

Y si el meteorito es ya de dimensiones respetables, el asunto se envenena mucho más...

A esa espeluznante velocidad de caída hay que sumar su peso, a veces de hasta un millón de toneladas. Es mundialmente famoso, por ejemplo, el caído el 12 de febrero de 1947 en la Siberia Sudoriental. El meteorito se fraccionó en el aire en multitud de pedazos, que cayeron sobre tierra como una lluvia de hierro. Se cubrió de agujeros y cráteres un área de un kilómetro cuadrado, de los que el más grande tiene un diámetro de 27 metros.

Sobradamente conocido es también el cráter meteórico de Arizona. Alcanza un diámetro de 1 250 metros y una profundidad de 170. Se estima que la cantidad total de fragmentos encontrados alrededor del cráter pesa, aproximadamente, 12 000 toneladas.

Y así podríamos seguir enumerando multitud de casos.

Es evidente que ningún meteoro o meteorito habría podido sostener un «vuelo horizontal», guiando a una caravana, soltando chorros de luz, y, para colmo, detenerse sobre una casa.

¿Fue la estrella de Belén una nova o una supernova?

Cualquier astrofísico o aficionado a la Astronomía se habrá percatado ya, al leer el título de este capítulo, que la interrogante resulta poco menos que absurda. Pero veamos por qué tienen razón...

Como marcaba al estudiar la primera posibilidad —la de que la estrella de Belén fuera un sol— no podemos olvidar en ningún momento que sería catastrófica la aproximación de uno de estos gigantescos astros a nuestro Sistema Solar.

Con más razón, por tanto, si el fenómeno pudiera ser identificado con una «nova» o con una «supernova».

Dice la Astrofísica del siglo XX:

«Las modernas teorías de la evolución estelar predicen, para gran número de estrellas (al menos para aquellas cuya masa, al llegar a la secuencia principal, superan en más de cuatro veces la de nuestro Sol), una explosión como etapa final de sus vidas. Este resultado no deja de plantear numerosos problemas, pero parece dar la clave de uno de los fenómenos más espectaculares estudiados por la Astronomía: las supernovas.

»Una supernova es una estrella en la que se produce un aumento rápido —en unos pocos días— y extraordinariamente grande (varios millones de veces) de su brillo, seguido también de una rápida extinción.»

Se trata de algo relativamente poco frecuente. En los últimos 1 000 años, por ejemplo, en nuestra galaxia sólo se han observado tres supernovas. La primera en el año 1054 y fue estudiada por los astrónomos chinos y japoneses. Los restos de esta explosión constituyen la nebulosa del «Cangrejo», aún en expansión.

La segunda apareció en la constelación de «Casiopea», en 1572. La tercera, en la zona de «Sagitario», fue observada en 1904.

Actualmente se admite que —por término medio— en una galaxia aparece una supernova cada 30 años.

En cuanto a las estrellas denominadas novas son, en su apariencia inmediata, muy semejantes a las supernovas, aunque a una escala mucho menor. Su luminosidad aumenta de 10 000 hasta 100 000 veces la inicial. Pero, a diferencia también de las supernovas, constituyen un fenómeno que se repite al cabo de cierto número de años.

Conclusión: ninguna nova o supernova puede registrarse dentro de nuestro Sistema Solar. Entre otras razones, porque en este «barrio» planetario donde se mueve la «vieja canica azul» a la que llamamos Tierra, no hay ni ha habido este tipo de estrellas.

Que el estallido de una de estas estrellas en el firmamento —a miles de millones de años-luz de nuestro mundo— alertara a los Magos y les pusiera en camino, en busca del Rey de los judíos, es otro problema a discutir...

Pero esta apreciación prefiero analizarla en el próximo apartado: el de una supuesta «conjunción» planetaria. Una teoría que, dicho sea de paso, está «de moda» entre los exégetas y teólogos modernos...

¿Estamos ante una «conjunción» de planetas?

He aquí un debate interesante.

Hoy, astronómicamente hablando, se conoce como «conjunción» el hecho de que dos planetas se sitúen en el mismo grado de longitud.

O, para ser más claros, que se «acerquen» o alineen tanto entre sí, que puedan llegar a parecer una única estrella de gran luminosidad.

¿Fue esto lo que vieron y lo que «guió» a los Magos?

Empecemos por el principio...

La historia de la «conjunción» planetaria se puso de moda en el mundo a raíz del descubrimiento hecho por el matemático imperial y astrónomo Juan Kepler.

La noche del 17 de diciembre de 1603, el célebre personaje estaba sentado en el Hradschin de Praga, sobre el río Moldava. Y observaba con gran atención la aproximación de dos planetas. Aquella noche, Saturno y Júpiter se dieron cita en la constelación de «Los Peces».

Y al volver a calcular sus posiciones, Kepler descubre un relato del rabino Abarbanel que da pormenores sobre una extraordinaria influencia que los astrólogos judíos atribuían a la misma constelación. «El Mesías —aseguraban— tendría que venir durante una conjunción de Saturno y Júpiter, en la constelación de "Los Peces".»

Y Kepler pensó:

«La conjunción ocurrida en la época del natalicio del Niño Jesús, ¿habría sido la misma que ahora se repetía en 1603?»

El astrónomo tomó papel y lápiz e hizo los cálculos necesarios.

Resultado: observación de una triple «conjunción» dentro de un mismo año. Y el cálculo astronómico señaló la fecha del año 7 antes de Cristo para este fenómeno.

Según las tablas astrológicas, tuvo que haber ocurrido el año 6 antes de Cristo.

Kepler se decidió entonces por el año 6 y remitió la concepción de María al año 7 antes de Cristo.

El matemático dio a conocer su fascinante descubrimiento en una porción de libros y artículos. Pero Kepler fue «víctima» de una crisis de misticismo y —como suele ocurrir en estos casos— sus hipótesis y hallazgos cayeron en el olvido o fueron menospreciados.

Y llegó el siglo XX. Y con él, otro descubrimiento que vendría a reivindicar lo dicho por Kepler (un poco tarde, eso sí): en 1925, el erudito alemán P. Schnabel descifró unos trozos cuneiformes, procedentes de un célebre «Instituto Técnico» de la antigua escuela de Astrología de Sippar, en Babilonia. Allí había una noticia sorprendente.

Se trataba de la situación de los planetas en la constelación de «Los Peces». Los planetas Júpiter y Saturno vienen cuidadosamente señalados durante un período de cinco meses. Y esto ocurre —referido a nuestro cómputo— en el año 7 antes del nacimiento de Jesús.

El hallazgo era tan importante, que buena parte de la Astronomía oficial se volcó en la comprobación del cálculo. Y merced a los ultramodernos «planetarios» se ratificó —para satisfacción de todos, a excepción del ya difunto Kepler, claro— que en el año 7 antes de nuestra Era hubo una «conjunción» de Júpiter y Saturno en la constelación de «Los Peces».

Como había calculado el matemático del siglo XVII, se repitió por tres veces. Y parece ser que dicha «conjunción» debió ser visible en condiciones muy favorables desde el espacio del Mediterráneo.

Según estos cálculos astronómicos modernos, las tres «conjunciones» citadas se produjeron en las siguientes fechas:

El 29 de mayo del año 7 antes de Cristo tuvo lugar, visible durante dos horas, la primera aproximación de los planetas.

La segunda «conjunción» se registró el 3 de octubre, a los 18 grados, en la constelación de «Los Peces».

El 4 de diciembre tenía lugar la tercera y última.

El hallazgo astronómico —importante en sí mismo, qué duda cabe— ha servido para que muchos estudiosos de las Sagradas Escrituras hayan asociado esta triple «conjunción» con la «estrella» de Belén.

A ello ha contribuido —¡y de qué forma!— la no menos importante confirmación de que Jesús no nació en el año cero de nuestra Era, como se creía, sino —precisamente— entre los años menos 6 o menos 7.

Algunos puntos oscuros

Hasta aquí, la teoría de la famosa «conjunción» planetaria. Y aunque el planteamiento es científicamente aceptable, e incluso convincente, también aparecen en él puntos oscuros...

Veamos algunos.

Concedamos que los Magos —sin duda astrónomos y astrólogos— radicaban en la ciudad de Sippar, en la floreciente Babilonia, donde han sido halladas las tablillas que confirmaron el descubrimiento de Kepler.

Si dichos Magos habían visto la «conjunción» en el Oriente, tal y como le notificaron a Herodes, ¿por qué se pusieron en camino hacia Occidente? Es decir, en el sentido opuesto...

Y otro nada despreciable dilema:

¿Es que tal «conjunción» sólo fue vista por los astrónomos y astrólogos de Babilonia?

No tiene sentido que dicha «conjunción» —divisada seguramente desde toda la cuenca Mediterránea— sólo fuera «interpretada» por los doctores de la lejana Babilonia. No podemos ignorar que Jerusalén era en aquellos tiempos un foco extraordinario de cultura. En tiempos de Herodes, por ejemplo, llegó Hillel desde Babilonia para escuchar a Shemanya y Abtalyon, sin arredrarse ante un viaje a pie y de semanas o meses...

Por su parte, Janán ben Abishalon llegó de Egipto a Jerusalén, donde más tarde fue juez, y Najum, colega suyo en el mismo tribunal de Media. Pablo también se trasladó desde Tarso de Cilicia a Jerusalén para estudiar al lado de Gamaliel.

Si la venida del Mesías era esperada con auténtica expectación en el pueblo hebreo, ¿cómo es posible que los doctores, astrónomos, escribas y doctores judíos que vivían en Palestina —y que debían ser tan buenos o mejores «profesionales» que los de Sippar— no se dieran cuenta de que la traída y llevada «conjunción» planetaria era la señal tan larga y ansiosamente esperada?

Y dado que la «conjunción» de los planetas se repitió por tres veces en el mismo año, no podemos imaginar que, en las tres ocasiones, el fenómeno les pillara durmiendo..., o en huelga.

Esto me lleva a pensar, en fin, que las tres «conjunciones» del año «menos siete», poco o nada tuvieron que ver con la cada vez más intrigante «estrella» de Belén.

Si consideramos, además, que el viaje de los Magos hacia Jerusalén debió durar meses, ¿cómo explicamos que la «conjunción» permaneciera todo este tiempo en el firmamento? Estas aproximaciones entre planetas se prolongan, como máximo, varios días. Quizá una semana...

Y otro hecho fundamental que han olvidado igualmente los exégetas defensores de esta teoría. Los Magos debieron seguir, suponiendo que procedieran de Babilonia, una dirección Este-Oeste. Al salir de Jerusalén y encaminarse hacia la aldea de Belén, ese rumbo varió hacia el Sur-Oeste. ¿Cómo es posible que una «conjunción» cambie también hacia dicha dirección? Por último, que tal «conjunción» se coloque sobre una casa de la humilde aldea de Belén me parece una tomadura de pelo...

Y aunque los Magos se informaron sobre la aldea concreta donde debía nacer el «rey de los judíos», puesto que así se lo acababa de comunicar Herodes, también es extraño (por no decir cómico) que la «conjunción» en cuestión fuera por delante de la caravana y se «parase» justo encima del lugar. Belén no debía ser muy grande por aquella época, pero sí agruparía el suficiente número de casas, establos, cuevas y apriscos como para confundir a un extranjero que iba buscando a uno de los muchos bebés del pueblo.

Razón de más, en fin, para que la «estrella» se parase encima del lugar exacto donde vivía el Niño que buscaban y respecto al cual —con toda seguridad—, los Magos no disponían de filiación alguna.

Resulta muy difícil de creer que una «conjunción planetaria», a millones de kilómetros de nuestro mundo, pueda comportarse de esta forma.

Caminaban de día

Tampoco podemos olvidar un detalle de suma trascendencia. La totalidad de los testimonios históricos hacen referencia a que las caravanas que circulaban en aquellas fechas —e incluso posteriormente— lo hacían generalmente de día. Raramente avanzaban por la noche.

Tanto los mercaderes como los «correos», emigrantes o, incluso, las expediciones militares, hacían sus viajes «de sol a sol».

Las más elementales normas de seguridad —frente a salteadores, accidentes en el terreno, ataques de animales, etc.—, así lo aconsejaban.

Pero, según esto, y dado que las estrellas, cometas, meteoros, meteoritos y conjunciones planetarias no son visibles a plena luz del día, ¿qué clase de «estrella» era la que guiaba a los astrólogos?

¿Fue la «estrella» de Belén una nave sideral?

Y puesto que la posibilidad de que el relato del evangelista sobre los Magos y la estrella de Belén fuera tan sólo un «género midráshico», como defienden algunos teólogos, ya la he razonado en capítulos anteriores, sólo resta —en mi opinión— una única y posible explicación.

Si la estrella de Belén no fue un sol, ni tampoco una nova o una supernova. Si es imposible que se tratase de un cometa, de un meteoro o de un meteorito. Si la «estrella» de Belén no fue una «conjunción» de planetas ni hay posibilidad de confundirla con un fenómeno óptico o meteorológico, ni tampoco con un globo-sonda o el planeta Venus (como dirían hoy los militares...), y si tampoco era una leyenda oriental o un invento de san Mateo y de los Evangelios apócrifos, ¿qué queda?

Sencillamente, la estrella de Belén —como ya he expuesto con largueza en páginas anteriores— podía ser lo que hoy conocemos como «nave sideral». Una brillante nave espacial que, por supuesto, no podía proceder de la Tierra...

Una nave que yo, personalmente, identifico y asocio con lo que hoy, en nuestra civilización, se conoce por «objetos volantes no identificados» (ovnis).

Y algo muy fuerte vuelve a clamar en mi espíritu. Y me dice que no estoy equivocado.

25

LOS «ASTRONAUTAS», HOY

Pero los «astronautas» de Yavé no han olvidado al planeta llamado Tierra.

En mi opinión, el gran «plan» no ha sido cerrado todavía.

¿Por qué?

Intentaré escapar fugazmente de mi propia falta de perspectiva en el tiempo y en el espacio. Sólo así puedo aproximarme e intentar aproximar al lector a la «verdad» que late en mi Yo interior.

Tal y como hemos visto, estos seres celestes dejaron sus huellas en el mundo hace ahora unos 4 000 años. Abraham y los restantes patriarcas fueron testigos directos de la presencia de la «gloria», de la «nube», de la «columna» o del «ángel» de Yavé.

Poco después —hace ahora unos 3 200 años—, Moisés y el resto de los «elegidos» tuvieron ante sí a los mismos «astronautas» de Yavé.

Y otro tanto ocurrió en la época del rey Salomón —hace ahora unos 2 900 años—, cuando el «equipo» de seres al servicio del Gran Dios diseñó el templo de Israel, «donde moraba la nube de Yavé...».

Por último —hace ahora 2 000 años—, aquellos «astronautas» culminaron la fase más delicada del «plan»: y Jesús de Nazaret apareció sobre el planeta.

Si, como he afirmado en las primeras líneas de la presente tesis, los «astronautas» de Yavé eran seres de carne y hueso, procedentes quizá de otros Universos o planos «paralelos» al nuestro, ¿cómo es posible que pudieran «estar presentes» a lo largo de 2 000 años?

¿Es que el tiempo —tal y como nosotros lo concebimos— no cuenta para ellos?

Naturalmente sólo podemos seguir especulando.

Y surgen ante mí dos variantes:

Primera: que aquellos seres que trabajaron en el gran «plan» de la Redención humana no fueran los mismos a lo largo de esos 2 000 años.

En este caso, y si los «astronautas» estaban encadenados a la realidad física del tiempo, como ocurre con el hombre, la única explicación medianamente razonable a esa constante y constatable presencia de los «celestes» entre los patriarcas y en la mismísima vida de Jesús, es la de un «relevo» perfectamente organizado.

Dentro de un único y monolítico «plan», los «astronautas» —siempre según esta primera hipótesis— habrían ido sucediéndose en las diversas fases del mismo. Quizá sus vehículos, trajes espaciales y medios técnicos pudieron variar con el paso de los siglos. Sin embargo, está claro que no ocurrió lo mismo con su objetivo final. Éste fue sostenido con todo rigor.

Segunda: que los «astronautas» fueran los mismos durante los 2 000 años de preparación del «plan».

Esta teoría, lo sé, resulta más dura e irreal. Si nuestro cerebro no está preparado aún para «saltar» del tiempo o para asimilar otras «realidades» donde la vida inteligente transcurra fuera de esa «dirección única y sin retorno» que es el paso de los días, ¿cómo podemos imaginar a unos seres total y absolutamente libres de esta «cadena» o de este «torrente» que nos limita implacablemente?

Pero, aunque no podamos comprenderlo, ¿por qué negar o cerrar los ojos de la mente a dicha posibilidad?

Hace precisamente 2 000 años, cuando Pedro tomó las riendas de la Iglesia, ni él ni sus sucesores podían sospechar siquiera que veinte siglos más tarde, esa misma Iglesia tendría que enfrentarse a realidades tan concretas como el aborto institucionalizado, la píldora anticonceptiva, la eutanasia o los «niños-probeta». Ni en aquellos primeros tiempos del cristianismo, ni en la Edad Media ni tampoco en el siglo XIX, los teólogos o Padres de la Iglesia hubieran encajado con facilidad los conceptos y fenómenos sociales que caracterizan a nuestras actuales generaciones. ¿Y es que por ello estamos los hombres de 1980 más alejados que Pedro o que san Agustín o que Juana de Arco del gran mensaje divino?

Hace 2 000 años —incluso en el referido siglo XIX—, los sacerdotes y fieles cristianos hubieran tenido serias dificultades para entender dos palabras tan rutinarias como «ordenadores electrónicos». En mayo de 1980, la celebración de un Congreso sobre la Iglesia y los ordenadores electrónicos, en Saint Paul de Vence (costa Azul), constituyó un hecho casi intrascendente. Porque la tecnología al servicio de Dios, al fin, empieza a tener un carácter absolutamente lógico y normal...

¿Por qué rasgarnos entonces las vestiduras ante la fascinante posibilidad de unas civilizaciones —al servicio de la Gran Fuerza— capaces de controlar algo tan arisco para nosotros como es el tiempo?

Sólo así, siendo capaces de estar dentro de nuestro tiempo y, a la vez, fuera de él, los «astronautas» podrían haber llevado a cabo misiones tan distintas y distantes en el tiempo como el paso del mar de los Juncos, la promulgación de las Leyes en el monte Sinaí, la conducción del pueblo elegido hasta Palestina o de los Magos hasta la aldea de Belén de Judá.

Para estos seres, el paso de las generaciones no representaría ningún trastorno. Esto, incluso, casaría matemáticamente con muchas de sus manifestaciones a hombres como Jacob, Moisés o Joaquín. En aquellas apariciones, los «astronautas» repitieron sin cesar «que eran los mismos que se habían mostrado a los padres y ancestros de estos patriarcas y profetas».

Personalmente —y tampoco dispongo de pruebas— me inclino por esta segunda teoría. El dominio del tiempo resulta quizá mucho más natural en seres cuya sabiduría y experiencia les ha llevado prácticamente a las puertas o al interior —¿quién sabe?— de la Verdad.

Si el Cristo descendió a este mundo para enseñarnos cómo vencer a la muerte, ¿no parece lógico que sus servidores y colaboradores disfrutaran ya de semejante prerrogativa?

Einstein nos dio un primer aviso con su teoría de la relatividad. Ni siquiera hoy podemos sostener con firmeza en nuestro cerebro la «reducción» que sufriría el tiempo de un cosmonauta humano si pudiera ser lanzado al espacio a una velocidad aproximada a la de la luz (300 000 kilómetros por segundo). Doscientos años terrestres quedarían reducidos en esas circunstancias a 24 meses... Y ese cosmonauta norteamericano o soviético, después de quemar dos años por el Universo a la velocidad de la luz, regresaría a la Tierra ¡200 años después de su partida!

¿Cómo comprender hoy esta maravillosa distorsión del tiempo?

Y si todo pudo ser así, si aquellos «astronautas» celestes no estaban ni están sujetos al tiempo, ¿por qué suponer que levaron anclas de este mundo?

Es cierto que el Cristo nació y murió hace 2 000 años. Y es cierto también que cumplió su «trabajo». Es cierto que nos dejó su mensaje. Es cierto que los hombres, desde entonces, disponen de una «autopista» segura hacia el Conocimiento. Pero, en mi humilde opinión, el «plan» no fue archivado con la partida del Enviado...

Si uno de los cometidos básicos de la presencia del «equipo» de «astronautas» sobre la Tierra fue la elevación espiritual del ser humano —perfectamente apuntalada a raíz de la llegada de Jesús—, no creo que estos seres fueran tan torpes como para no percatarse que esa apertura del hombre hacia la Perfección iba a necesitar de un casi permanente «engrase» y «mantenimiento».

Era normal, por tanto, que no se alejaran demasiado y que, por el contrario, siguieran el devenir de la Historia humana con toda atención.

Si los israelitas de hace 3 200 años eran un pueblo de «dura cerviz», ¿cómo podríamos calificar a los hombres de la Santa Inquisición, a los traficantes de esclavos del siglo XVIII o a nuestras generaciones, capaces de hacer estallar ingenios nucleares sobre Japón o de «adorar» al «becerro de oro» del dinero o del poder por encima, incluso, de las vidas o de la dignidad humanas?

¿Es que una Humanidad semejante no necesita de progresivos «empujones» o «descargas» que hagan subir el termómetro de su espiritualidad? ¿Es que esos millones de hombres que han nacido en los últimos 2 000 años no han pedido a gritos una respuesta a su profunda inquietud? ¿Es que el género humano no ha necesitado y necesita líderes, señales, milagros o prodigios que iluminen su penoso peregrinaje?

Y llegamos al final de mi planteamiento.

Curiosamente —sospechosamente diría yo—, a partir de los primeros siglos de nuestra Era, y conforme ganaba terreno en el mundo la doctrina de Jesús de Nazaret, otros prodigios empezaron a registrarse a lo largo y ancho del planeta. Así, desde los siglos X y XI hasta la primera mitad del siglo XX, el mundo tradicionalmente cristiano ha contabilizado unas 21 000 «apariciones marianas». Y otro tanto sucedía en las órbitas orientales y americanas, aunque, lógicamente, no han recibido jamás tal calificativo.

Todas estas «visiones», «apariciones», «milagros» o

«contactos» con seres y «esferas» sobrenaturales han desembocado irremisiblemente en una nítida elevación espiritual de los pueblos. Ahí tenemos los ejemplos de Santiago de Compostela, Lourdes, Fátima, Guadalupe, el Pilar...

El «catálogo», como digo, alcanza las 21 000 «apariciones».

Y aunque una profundización en este nuevo campo nos llevaría demasiado lejos, creo que es suficiente con mencionarlo para que nos demos cuenta que la presencia de estos seres ha sido y es permanente en la Historia.

Cuando uno analiza esas «apariciones» con un máximo de objetividad cae en la cuenta que, a raíz de las mismas, el nivel espiritual de los pueblos próximos y lejanos al lugar donde se registró sube casi violentamente. Y las masas experimentan un inusitado fervor.

Se preguntará el lector por qué asocio las llamadas «apariciones marianas» con aquel «equipo» de «astronautas» o seres celestes.

Muy sencillo. Al estudiarlas exhaustivamente —y yo lo he hecho con generosidad— uno termina por hallar demasiados puntos en común con los relatos que encierran los libros del Antiguo y Nuevo Testamento, así como con las historias, leyendas y escritos de los místicos y con las actuales investigaciones ovni.

Yo invito al lector a que se informe, a título de simple curiosidad, sobre los hechos milagrosos que tuvieron lugar hace 60 años en Fátima. Quizá encuentre detalles y descripciones que parecen sacados de cualquier «encuentro» o avistamiento ovni actual.

Y hay que reconocer que todas o casi todas esas «apariciones» han dado fruto. En los campos, encinas o montañas donde «se presentó el ángel o la gran luz o la hermosa señora» se levantan hoy formidables basílicas o humildes ermitas...

Si la intención del «equipo» era mantener el fuego sagrado de la espiritualidad, la verdad es que, en líneas generales, lo han ido logrando.

Por supuesto, y siguiendo en la misma línea de franqueza, creo que muy pocos estudiosos de la Biblia —quizá ninguno— han llegado a establecer este puente entre los «ángeles» de Yavé y las «apariciones marianas». Según los exégetas ambos hechos son diferentes. Siento no estar conforme con el veredicto de los teólogos y estudiosos católicos. Para mí, insisto, todo forma parte de un único «plan»: el gran plan.

¿Cómo explicar si no esas coincidencias a la hora de describir a los «ángeles» del Antiguo o Nuevo Testamento y a los que vieron los videntes de la Edad Media o de nuestro propio siglo? ¿Por qué esas semejanzas de luminosidad, grandioso resplandor, etc., de la Biblia y de la inmensa mayoría de las citadas apariciones marianas?

Y lo más significativo: ¿qué sentido pueden encerrar esas 21 000 apariciones, justamente después del nacimiento del Cristianismo? Si Jesús había dejado ya su «mensaje», ¿por qué tantas señales, milagros y manifestaciones «sobrenaturales»?

Ya he dicho que no creo en las puras manifestaciones «gratuitas» por parte de Dios o de sus servidores. Si se producen es siempre por algo.

Y en este caso —y siempre según mi criterio—, la clave habría que buscarla en esa necesidad de ir elevando la espiritualidad y la inquietud humanas. Unos rasgos que, si echamos un vistazo a la Edad Media, sólo descubriremos en el seno de los monasterios, de algunas órdenes religiosas y en determinadas sociedades y hermandades secretas. Pero, ¿y qué pasaba con el pueblo liso y llano?

Por lo general, y basta con echar un vistazo a la Historia para comprobarlo, aquellas masas de seres humanos apenas si recibían un barniz pseudorreligioso, más colorista, folklórico y supersticioso que otra cosa...

En honor a la verdad, esas súbitas y «estratégicas» apariciones sí caldeaban nuevamente los ánimos espirituales de los hombres del pueblo. Ahí tenemos, sin ir muy lejos en el tiempo y en la geografía, las multitudinarias peregrinaciones a Lourdes, Fátima o Santiago de Compostela.

Pero, como digo, no quiero dejarme arrastrar por la magia de este fenómeno. Tiempo habrá de analizarlo en otra oportunidad...

Para mí está claro que los «astronautas» no perdieron el contacto con los hombres de la Tierra. Y es más: mi larga y solitaria carrera tras los «no identificados» me dice que los «astronautas» todavía están aquí.

Yo no podría hacer semejante afirmación de no poseer uno de los más ricos y completos archivos sobre apariciones de ovnis. Es precisamente en base a esa impresionante información que obra en mi poder por lo que —a través de un simple proceso de deducción— asocio o identifico las «columnas de fuego» o la «gloria» de Yavé del Antiguo Testamento con las «luces» sobre las encinas de la Edad

Media y del siglo XVIII o XIX y con los actuales discos silenciosos, majestuosos y brillantes, que surcan nuestros cielos o aterrizan en los campos.

Pero, si este fenómeno se repite —¡y con qué precisión!— desde hace 4 000 años, ¿qué puede desprenderse de la actual presencia ovni en el mundo?

Creo que lo he dicho en otras ocasiones. En mi opinión, los ovnis que se ven actualmente pertenecen sin duda a cientos o miles de civilizaciones distintas. Pues bien, es más que probable que algunas de esas naves exteriores estén siendo tripuladas por los «astronautas» de Yavé...

Seres celestes —libres del tiempo—, y al servicio de la Gran Fuerza, que siguen muy de cerca la evolución humana.

Seres que un día «nos fueron dados por custodios».

Seres —«astronautas»— que navegan por nuestros cielos como un día lo hicieron sobre el pueblo elegido o sobre la gruta donde nació Jesús de Nazaret.

Seres que todavía «trabajan» en ese gran «plan»...

Seres que, como hemos visto, no podían mostrarse a los patriarcas o a los discípulos de Jesús o a los hombres del siglo XIV o XIX como realmente son: como «astronautas».

Ésta, quizá, sea la gran diferencia entre nuestra generación y las que poblaron la Tierra desde los años de Abraham. Nosotros sí empezamos a estar preparados para comprender algunas verdades. Nosotros sí podemos concebir la más depurada técnica al servicio de la Divinidad.

Pero han tenido que pasar 4 000 años...

Y es muy probable que todavía necesitemos un largo trecho para sentarnos frente a esos «hombres» de otros Universos y retirar el velo que cubre nuestros ojos.

Bueno es, a pesar de todo, que el ser humano del astro frío llamado Tierra haya empezado ya a plantearse tal posibilidad.

Porque si todo esto fuera así, ¿no será que habremos encontrado, por añadidura, la razón principal de ese «no contacto» entre los hombres de nuestro mundo y los que tripulan esas naves exteriores?

¿No estará ocurriendo que son los «astronautas» celestes quienes, precisamente, esperan con impaciencia que el hombre de la Tierra termine de dar esos «pasos» en su evolución mental para descender definitivamente?

Y tal y como sucedió en la época bíblica, quizá esos «astronautas» hayan tomado ya la iniciativa y numerosas personas en el mundo saben, intuyen o sienten su presencia...

Y todos, consciente o inconscientemente, trabajan ya por una nueva Humanidad.

Ahora, casi sin querer, cuando contemplo las estrellas en mis largas noches de soledad, un escalofrío me estremece.

«... ¿Es que esas naves que yo persigo podrían ser las mismas que un día, hace 2 000 años, iluminaron la gruta donde nació el gran Enviado?»

Y por qué no...

Septiembre de 1980.

PERSONAS CONSULTADAS

1. José Manuel Arroniz, doctor en Teología y licenciado en Sagradas Escrituras.
2. Bellarmino Magatti y Antonio Battista (Studium Biblicum Franciscanum de Jerusalén).
3. Ignacio Mancini, Teodoro López y Manuel Crespo, de *Tierra Santa.*
4. Ignacio Mendieta, sacerdote.
5. Teólogos y exégetas de las facultades de Teología de Deusto, Comillas, Salamanca y Navarra.
6. Sara Ruhin, jefe de la Sección de Verificación Climática del Servicio de Meteorología del Ministerio de Transportes del Estado de Israel.
7. Miguel Ángel de Frutos, consejero cultural de la Embajada Española en El Cairo.
8. Laurinda Jaffe, de la Universidad de California.
9. Mia Tegner y David Epel, del Laboratorio de la Scripps Institution of Oceanography.
10. Paul Berg y Cohen, médicos e investigadores en genética por la Universidad de Stanford.
11. Doctora Barral, médico e investigadora en genética (Ciudad Sanitaria Enrique Sotomayor de la Seguridad Social en Cruces-Baracaldo).
12. Doctor Portuondo, director del Banco de Esperma de la Ciudad Sanitaria de la Seguridad Social en Bilbao.
13. Doctor José Moya Trilla, del Centro Médico de Diagnóstico y Tratamiento Educativo (Barcelona).
14. Doctor Manuel Sarria Díaz (aparato digestivo), de Málaga.
15. Doctor Modesto Marín (urólogo), de Bilbao.
16. Doctor Pedro Sustacha y equipo de ginecólogos de las clínicas San Francisco Javier y Doctor Sansebastián de Bilbao.
17. Doctor César Abadía Arechaga (pediatría y puericultura) Bilbao.
18. Especialistas del Laboratorio de Genética de la Universidad Autónoma de Bilbao.
19. P. Valverde Tort (Mataró).
20. Pilar Cernuda, redactora jefe de Agencia Sapisa.

OBRAS CONSULTADAS

1. Diccionario Teológico de Kittel.
2. Diccionario Teológico X. León-Dufour (Biblioteca Herder).
3. Biblia Comentada (autores cristianos-profesores de Salamanca).
4. Comentario bíblico *San Jerónimo* (Antiguo y Nuevo Testamento).
5. Biblia de Jerusalén (Desclée de Brouwer).
6. Joachim Jeremías (*Jerusalén en tiempos de Jesús.* Estudio económico y social del mundo del Nuevo Testamento).
7. Werner Keller *(Y la Biblia tenía razón).*
8. *Revelación y Teología,* de E. Schillebeeckx.
9. *La Revelación como Historia,* de W. Pannenberg, R. Rendtorff, U. Wilckens y T. Rendtorff .
10. *Arqueología bíblica,* de G. E. Wright.
11. R. de Vaux: *Historia Antigua de Israel.*
12. *Teología del Antiguo Testamento,* de Gerhard von Rad.
13. *Geología,* de Richard M. Pearl.
14. *Diccionario de Teología bíblica,* de Johannes B. Bauer.
15. *Los Evangelios apócrifos,* de Aurelio de Santos Otero (Biblioteca de Autores Cristianos).
16. *La Biblia apócrifa,* de Bonsirven-Daniel Rops.
17. *Los Evangelios apócrifos,* de E. González-Blanco.
18. *Tratado de la Virgen Santísima,* de Gregorio Alastruey (BAC).
19. *Mariología,* de J. B. Carol (BAC).
20. *Vaticano II. Documentos* (Biblioteca de Autores Cristianos).
21. *Vaticano I. El Concilio de Pío IX,* de Enrique Rondet.
22. *Historia de Israel en la época del Antiguo Testamento,* de Siegfried Herrmann.
23. *Estudios sobre el Antiguo Testamento,* de Von Rad.
24. *Teología de san José,* de Bonifacio Llamera, OP.
25. *El Evangelio ante el psicoanálisis,* de Françoise Dolto.
26. *Meteorología,* de Ledesma Baleriola.
27. *La teoría de la relatividad,* de Landau y Rumer.
28. *Guía de campo de las estrellas y los planetas,* de Donald H. Menzel.
29. *Cosmología,* de H. Bondi.
30. *El Universo,* de Margherita Hack.
31. *La aventura del Cosmos,* de Albert Ducrocq.
32. *Conocimiento actual del Universo,* de Bernard Lovell.
33. *Hijos del Universo,* de Hoimar von Ditfurth.
34. *El Sistema Solar, Estrellas, cúmulos y galaxias* (Colección Salvat).
35. *Cosmos,* de Andreas Faber-Kaiser.
36. *El Sistema Solar,* de Selecciones de Scientific American.
37. *Patología externa y Medicina operatoria,* de A. Vidal.

38. *Tratado de patología quirúrgica*, de Begouin, Bourgeois, Pedro Duval, Gosset, Jeanbrau, Lecene, Lenormant, Proust y Tixier.
39. *Diagnóstico con ultrasonidos en obstetricia y ginecología*, de F. Bonilla-Musoles.
40. *Estudios bíblicos* (cuadernos 3.º y 4.º), del Consejo Superior de Investigaciones Científicas. Patronato Menéndez Pelayo-Instituto Francisco Suárez.

Índice onomástico

Las cifras en cursiva remiten a las ilustraciones